LE VIEUX QUI PARTAIT EN VACANCES

LE VIEUX QUI PARTAIT EN VACANCES

J.B. MORRISON

Traduit de l'anglais par
Jean-Noël Chatain

City
Roman

Publié en Grande-Bretagne par Pan Books sous le titre
Frank Derrick's Holiday of a Lifetime

Couverture : © Studio City

ISBN : 978-2-8246-0683-5
Code Hachette : 22 2982 5

Rayon : Roman
Collection dirigée par Christian English & Frédéric Thibaud.

Dépôt légal : novembre 2015
Imprimé en France par France Quercy 46090 Mercuès - n° 51168/

Pour Holly

Prologue

Un homme de quatre-vingt-deux ans, en treillis camouflage *Desert Storm* et des cheveux longs lui arrivant au milieu du dos, portait une chemise qui, même dans un aéroport où l'on croise chaque jour des passagers de retour d'Hawaï ou d'Acapulco, semblait incroyablement criarde.

Il se dirigeait vers les comptoirs d'enregistrement. D'une main, il tenait une grande valise et, de l'autre, un petit sac de week-end, tous deux dans un tissu à motifs évoquant la moquette d'escalier d'un hôtel de campagne. Malgré la profusion de poches disponibles sur son pantalon, il tenait son passeport et son billet d'avion entre les dents, tel un chien dressé apportant le journal à son maître.

La valise de Frank Derrick était la seule de l'aéroport non pourvue de roulettes, si bien qu'il ne cessait de trébucher sur toutes les autres qui, elles, en étaient munies, tel un piéton qui se serait aventuré par mégarde sur une autoroute. Dans la file d'attente pour l'enregistrement, Franck recouvra son souffle et les sensations dans son bras ankylosé, puis essuya la bave de son passeport.

— Bonjour monsieur, dit en souriant la femme derrière le comptoir. Los Angeles ?

— Oui, répondit-il.

Frank lui tendit passeport et billet, puis elle pianota sur son ordinateur.

— Je vais rendre visite à ma fille, reprit-il, et à ma petite-fille, pour l'aider dans son Projet Retrouvailles.

— Cela m'a l'air fort sympathique, dit la femme, avant de lui demander de poser sa valise sur le tapis roulant à côté du comptoir. Vous avez fait vos bagages tout seul ?

Trop épuisé d'avoir porté la valise pour songer à une réplique drôle et spirituelle, Frank se borna à répondre :

— Oui.

La femme accrocha une étiquette en papier autour de la poignée, le tapis roulant s'ébranla et la valise disparut derrière un rideau de bandes en caoutchouc, tel un cercueil dans un crématorium. L'espace d'un bref instant, Frank espéra qu'elle soit chargée par erreur sur un vol pour la Nouvelle-Zélande ou détruite par la police comme bagage suspect.

Il n'était pas mécontent d'en être débarrassé, et pas seulement de la lourde valise, mais de tout ce qu'il laissait derrière lui, à Fullwind-on-Sea[1], y compris son logement et le village lui-même. Frank dit au revoir à la femme, prit son bagage à main et se dirigea vers le contrôle des passeports, le hall d'embarquement… et l'Amérique.

---

1. Littéralement : *Plein-vent-sur-mer*.

1

Halloween

Beth, la fille de Frank, lui avait confié une fois qu'elle appréhendait toujours de recevoir un appel inattendu commençant par : « C'est bien la fille de Francis Derrick à l'appareil ? » Et, même s'il était peu probable que cela se produise dans l'autre sens, le ton sérieux de la voix de Beth au téléphone indiqua à Frank, ce jour-là, qu'il s'agissait d'un coup de fil du même acabit.

— Écoute, papa, commença-t-elle, je ne veux pas que tu t'inquiètes – ce qui naturellement incita Frank à s'inquiéter sur-le-champ. Ça a l'air plus grave que ça ne l'est certainement. Mais peut-être que tu veux t'asseoir. Tu es assis ?

Plus Beth tardait à en venir au fait, plus l'inquiétude de Frank augmentait.

— Je m'assois… De quoi s'agit-il ?

Il s'assit.

Beth marqua une pause, tout en se préparant à faire une annonce qu'elle avait manifestement du mal à formuler.

— J'ai deux choses à te dire, en fait. J'aimerais pouvoir t'offrir la possibilité de choisir celle que tu souhaites entendre en premier, la bonne ou la mauvaise nouvelle. Mais j'ai bien peur qu'elles ne soient toutes les deux assez mauvaises. Pfft… c'est pas vrai, lâcha Beth, avant de prendre une profonde inspiration. Je me suis tellement stressée que je n'arrive pas à t'annoncer l'une ni l'autre.

— Beth, dit Frank en tentant d'avoir l'air calme et maître de lui-même, et pas aussi anxieux de découvrir ce qui perturbait sa fille unique, si loin de lui, à l'autre bout du monde. Qu'est-ce qui t'arrive ?

— Jimmy m'a quittée et on m'a découvert une tumeur.

Cela faisait tellement d'informations en une aussi phrase courte et quasi poétique que Frank n'était pas certain d'avoir bien entendu, et pourtant il n'avait pas envie de demander à Beth de la répéter. Il était assis mais avait l'impression d'être debout.

Et la sensation que la pièce tanguait, au point qu'il crut qu'il allait vomir. En outre, il avait besoin de dire quelque chose. Il devait au moins demander de quel genre de tumeur il s'agissait. De son vivant, Sheila, la femme de Frank, gérait toujours les urgences médicales de Beth : les genoux écorchés et la lotion à la calamine, le thermomètre et le sparadrap.

Sheila savait où poussaient les feuilles d'oseille, quand Beth était tombée dans un champ d'orties, et comment retirer une écharde sans même que Beth ne s'en rende compte. Que dirait Sheila à présent ?

Tandis que Frank cherchait les mots adéquats, Beth le noya sous les détails techniques, symptômes, pronostics et autres termes latins. Elle glosa sur les merveilles de la médecine moderne, certains des meilleurs praticiens sur terre, les diagnostics précoces, la guérison complète à laquelle on pouvait s'attendre, sans compter que les choses avaient beaucoup changé à l'heure actuelle et que – Dieu merci – elle avait une assurance-maladie. Beth précisa aussi qu'environ un mois après l'ablation de la tumeur au sein, elle devrait subir des séances de radiothérapie pendant quelques semaines afin d'éliminer tout résidu de cellules cancéreuses.

— Une radiothérapie ? répliqua Frank – ça lui paraissait si violent.

— C'est juste des rayons X, papa.

Elle continua à minimiser la gravité de la maladie, comme si Frank était celui qu'on devait réconforter. Elle enchaîna sur la hausse des taux de survie et la baisse de ceux de mortalité, la chirurgie devenue moins invasive, et conclut en disant que la taille de la tumeur n'excédait pas celle d'une pièce de 5 cents.

— C'est gros comment une pièce de 5 cents ? s'enquit Frank.

— À peu près comme une pièce de 10 pence, je crois.

La conversation prit une tournure bizarre quoique bienvenue, tandis qu'ils tentaient de comparer les tailles des différentes pièces de monnaie britanniques et américaines.

— On m'opère lundi, déclara Beth.

Impossible pour Frank de savoir quand cela tombait. Il avait oublié quel jour c'était. Il essaya de prendre en compte le décalage horaire dans ses calculs.

— Après-demain, dit Beth en devinant que son père avait perdu tout repère. J'avais peur de te l'annoncer… Ça va ?

— Moi ? C'est pas de moi dont tu devrais te soucier. Je veux dire, toi, comment tu te sens ? Ça va ?

— Hormis la rupture de mon couple et le cancer ? fit Beth, avant de s'excuser pour sa désinvolture, en mettant cela sur le compte de sa fille Laura. Elle m'aide à garder le moral en faisant des blagues de mauvais goût sur tout ça. On dit que le rire est le meilleur remède.

On se trompe, eut envie de répliquer Frank. Ce n'est pas le meilleur remède. Un an et demi plus tôt, pour son quatre-vingt-unième anniversaire, il s'était fait renverser par une camionnette de laitier. Celle-ci roulait à 8 km/h et Frank avait fini recouvert de lait et d'œufs. L'épisode aurait dû être hilarant. Mais ça ne soulageait pas la douleur.

Tout ce que Beth venait de lui expliquer et qu'il avait déjà oublié ou mal compris, parce que c'était du latin, de l'américain ou du jargon médical, eh bien il espérait que tout ça était le meilleur remède. La médecine était le meilleur remède.

— Comment va Laura ?

— Elle va bien, papa. En fait, elle a sincèrement été géniale. Avec les deux.

— Les deux ?

Frank avait oublié ce qui concernait Jimmy. Ce n'étaient pas des mauvaises nouvelles équivalentes. Pas pour lui, du moins. Aucune n'était bonne, mais l'une des deux était à l'évidence pire que l'autre.

Frank avait toujours bien aimé Jimmy. De tous les copains de sa fille, ce fut le premier qu'il ait apprécié. Jusqu'à ce qu'elle rencontre Jimmy, Beth donnait l'impression de vouloir battre le record du petit ami le plus atroce. Frank s'était même demandé si ce n'était pas un acte de rébellion contre Sheila ou lui. S'étaient-ils montrés trop stricts envers elle ? Était-ce de leur faute si, à l'adolescence, Beth avait fréquenté autant de garçons égocentriques, rustres, grossiers, débraillés et irréfléchis ? Elle était sortie avec des voleurs à la petite semaine, des racistes et deux dealers, de la même manière que les autres filles étaient attirées par les blonds ou les binoclards. Comparé à eux, Jimmy rassemblait à lui seul les qualités d'une tout autre série de sept nains ; il était charmant, serviable, humble et poli, consciencieux, affable et gentil. Plus fidèle que Lassie, Jimmy avait incarné un meilleur père pour Laura que le véritable. Celui-ci n'était pas resté assez longtemps à l'hôpital pour être le témoin de la première photo de la petite, pas plus qu'à celle du nouveau-né enroulant sa main autour du doigt de Frank ; le géniteur de Laura avait quitté le foyer avant la première échographie. Frank avait accepté de ne plus jamais prononcer son nom, mais David avait peut-être été le pire petit copain de Beth. En tout cas, ce fut le dernier.

Cinq ans après le départ de David, Beth avait amené Jimmy à la maison pour lui présenter ses parents et il avait alors paru la perfection faite homme. Impossible pour Frank de ne pas se sentir soulagé. Jimmy apporta des fleurs à Sheila et offrit à Frank une bouteille de vin qui semblait très onéreuse (celle-ci était couverte de poussière.) Presque un an après la mort de Sheila, Jimmy souhaita parler à Frank en privé. Il s'adressa à lui en l'appelant « monsieur », comme s'ils jouaient dans un film, et lui demanda la permission d'épouser sa fille. Débordant de joie, Frank lui accorda bien sûr la main de Beth, et Laura, qui écoutait à la porte donnant sur le couloir, revint en courant au salon. Jimmy, dont la profession consistait à acheter et à vendre du vin – mais qui en buvait rarement lui-même – déboucha une autre bouteille d'aspect tout aussi coûteux que la première et ils portèrent un toast aux futurs M. et Mme Brooks. Beth déclara que Frank ne perdait pas une fille mais gagnait au contraire un fils. L'idée n'avait pas encore traversé l'esprit de Frank, mais sitôt qu'il l'eut en tête il ne put s'en débarrasser. Peu après le mariage, fatigué par ses allers-retours constants en Amérique pour qu'on lui tamponne visas et passeport, Jimmy s'installa définitivement à Los Angeles en emmenant Beth et Laura avec lui, et Frank perdit de nouveau sa fille. Dix ans plus tard, tout portait à croire qu'il allait la perdre à jamais. Et il avait aussi perdu son fils.

Comme Frank aimait beaucoup son gendre, Beth avait attendu jusqu'à deux mois après le départ de Jimmy pour annoncer qu'elle et lui s'étaient peu à peu éloignés l'un de l'autre depuis un an. Parfois, si elle sentait que Frank n'avait rien à y gagner, elle préférait lui épargner les mauvaises nouvelles. Par exemple, Beth ne lui avait pas dit quand la mère de Jimmy était décédée, ou quand Laura s'était fait arrêter pour consommation d'alcool alors qu'elle était encore mineure. Beth voulait le protéger de tout ce qui ne l'affecterait pas directement et qu'il n'aurait sinon aucun moyen de découvrir. Elle avait même bataillé avec sa conscience avant de parler à Frank du cancer. Pourrait-elle subir une opération chirurgicale et un mois de radiothérapie sans en informer son père ? Pourrait-elle garder ce secret, sinon pour le reste de sa vie, du moins pour le reste de la vie de Frank ?

Beth avait certes prévu de lui dire un jour qu'elle était séparée de Jimmy, mais plus le temps passerait plus elle aurait eu du mal à le faire. Si elle n'avait pas eu vent de la tumeur, il était possible qu'elle n'ait jamais annoncé à Frank le départ de Jimmy, et Frank aurait pu passer le restant de ses jours dans l'ignorance béate du fait que le charmant, serviable, humble et poli, consciencieux, affable et gentil Jimmy, qu'il appréciait tant, ne vivait plus avec sa fille. Mais deux mauvaises nouvelles annoncées ensemble permettaient en quelque sorte d'atténuer l'impact de chacune annoncée individuellement.

— Jimmy est au courant ? De la…

Frank avait peur de prononcer le mot à haute voix. Il s'était montré tout aussi réticent de nommer l'Alzheimer de Sheila, même encore maintenant lorsqu'il disait qu'elle n'était plus elle-même et faisait allusion à ses pertes de mémoire, comme si elle avait simplement besoin de regagner la pièce où elle avait oublié quelque chose afin de tout se rappeler sur-le-champ.

— Non, répondit Beth. Il n'est pas au courant.

Frank songea qu'il y avait de fortes chances pour qu'elle n'en parle jamais à Jimmy.

— Où est-il maintenant ? demanda Frank.

— Il loge chez son frère, à Pasadena.

— C'est loin ?

— Environ une heure de voiture.

— Bien.

Frank n'était pas plus avancé. Beth lui avait souvent parlé des horribles problèmes de circulation de Los Angeles. Une heure de voiture équivalait à quelle distance ? Cinq minutes à pied ? Il se dit qu'il devait contribuer d'une manière ou d'une autre la conversation, du moins poser des questions, mais une fois de plus il se sentit perdu.

— Laura va bien ? demanda-t-il, faute de trouver mieux.

— Elle va bien, répondit Beth, faute de trouver mieux.

N'importe quel autre jour, Frank aurait été anéanti en apprenant que Jimmy avait quitté le foyer mais, pour l'heure, il pouvait uniquement se concentrer sur sa fille. Elle lui fit promettre de ne pas s'inquiéter, en ajoutant qu'elle ne raccrocherait pas tant qu'il ne le lui promettrait pas. Frank le lui promit, même si ça ne signifiait pas grand-chose. Parce qu'il allait *forcément* s'inquiéter. Beth lui dit qu'elle l'aimait et ils se dirent au revoir. Lorsqu'elle raccrocha, Frank écouta la ligne téléphonique. Il n'entendit rien pendant une seconde ou deux, puis le bref *bip* sonore de la déconnexion, suivi par le silence et le grésillement des parasites et de la poussière dans les câbles de l'antique téléphone de Frank. Il le possédait depuis si longtemps qu'il ne s'était pas rendu compte qu'il le louait toujours à British Telecom. À ce jour, le modèle de base en plastique à 30 £ lui avait coûté plus de 750 £. Près d'une minute s'écoula et il raccrocha le combiné.

2

Thanksgiving

Halloween parut durer *ad vitam aeternam*. Frank resta assis dans le noir à regarder la télévision en sourdine et ignora de l'aube au crépuscule les coups de sonnette à sa porte d'entrée, chaque fois que des visiteurs tentaient à leur manière de lui soutirer des friandises contre leurs bêtises. Cela se prolongea tout le mois de novembre.

Dong-ding.

— Avez-vous besoin d'un jardinier ?

Dong-ding.

— Vous savez que vous avez des tuiles branlantes sur votre toit, papy ?

Dong-ding.

— Seriez-vous intéressé par une assurance pour votre chaudière ?

Dong-ding.

— Avez-vous songé à un pendentif d'alerte 24/24 h en cas d'urgence ?

Dong-ding.

— Êtes-vous satisfait de votre opérateur mobile ?

Dong-ding.

— Avez-vous pensé à Jésus aujourd'hui ?

À Fullwind, tout le monde parlait de la sonnette de Frank Derrick. Les livreurs de journaux avaient informé les postiers, qui lancèrent la nouvelle aux couvreurs, lesquels la firent dégringoler du toit aux laveurs de vitres. Les témoins de Jéhovah répandirent la bonne parole aux œuvres de charité, aux démarcheurs électoraux et aux jardiniers en quête de travail qui, à leur tour, informèrent tous ceux qui faisaient la collecte des bonbons d'Halloween et s'amusaient à sonner aux portes puis s'enfuyaient avant qu'on leur ouvre. À croire que tout le monde avant envie de tester la sonnette de Frank.

Pour être honnête, ce carillon se révélait pour le moins inhabituel. Les deux notes étaient certes les mêmes que celles de la sonnette la plus identifiable et la plus populaire au monde – le fameux *Ding-dong* des sitcoms et des représentantes Avon –, mais quand on pressait le bouton, les deux notes montaient au lieu de descendre… et on entendait *Dong-ding*, comme si la sonnette posait une question ou avait un accent australien.

Lorsque celle-ci retentit un matin à la fin novembre, Frank décida de l'ignorer. Ce serait encore du spam version porte-à-porte. Et puis il n'attendait personne. Il doutait aussi que tous ses voisins se soient rassemblés pour lui chanter un *Christmas Carol* en avance, avant de lui offrir un gigantesque panier garni et une énorme carte qui ne pouvait pas rentrer dans la boîte aux lettres, signée par eux-mêmes et tous les habitants de Fullwind-on-Sea. Par ailleurs, s'il s'agissait de *Carol singers*[1], ceux-ci n'avaient pas d'oreille, ou alors c'étaient des enfants du coin qui ne connaissaient pas les paroles. Les mêmes gamins oisifs qui pressaient la sonnette de Frank pour faire *Dong-ding* à Halloween, avec la capuche de leur sweat-shirt sur la tête,

1. Chorale qui interprète des *Christmas Carols* (chants de Noël) et recueille des fonds pour des œuvres de charité.

ou qui traînaient devant la bibliothèque le 5 novembre[1] avec un ballon de baudruche dans une poussette.

La sonnette retentit à nouveau.

— Peut-être que c'est pour toi, Bill, dit Frank.

Il baissa les yeux sur son chat et celui-ci le regarda avec la même expression indéchiffrable qu'il arborait toujours. Elle ne changeait jamais, qu'il soit heureux ou triste, indifférent, affamé, assoiffé, rassasié, ou encore qu'il s'ennuie, soit excité, en colère, effrayé par un chien, en train de pourchasser une souris ou de cracher une boule de poils ; bref, ce même air ahuri d'irascibilité figée au Botox qui, aujourd'hui, semblait toutefois signifier :

Peu importe, Frank. Contente-toi d'ouvrir la porte et laisse-moi sortir. Faire ses besoins à l'intérieur est foutrement mal élevé.

Frank soupira.

— Un joyeux dong-ding venu du ciel, Bill.

Il traversa le salon, passa par-dessus les boîtiers de DVD qu'il était en train de ranger par ordre alphabétique. Frank en possédait beaucoup et il était arrivé à la lettre « I », avant de rester bloqué pendant près d'une heure pour parfaire son imitation de Michael Caine dans *The Italian Job*[2]. Avec les imitations de Frank, le salon affichait parfois un casting trois étoiles comme sur le tapis rouge, la nuit des Oscars. Michael Caine, Humphrey Bogart, James Stewart, Sean Connery et Roger Moore pouvaient faire partie de la distribution. La plupart du temps, toutefois, le tapis n'était pas rouge mais de couleur crème, certes moins défraîchi

---

1. Le 5 novembre 1605, un dénommé Guy Fawkes tenta de faire exploser le Parlement britannique, mais fut dénoncé et arrêté. Cette *Conspiration des Poudres* est commémorée chaque année à cette date. Des feux de joie et d'artifice sont organisés et la coutume veut que l'on brûle l'effigie d'un « Guy » (pantin fait de vieux chiffons bourré de journaux). Dans les jours qui précèdent, les enfants promènent leur propre « Guy » dans les rues et demandent « *a penny for the Guy* » pour acheter des pétards.

2. *The Italian Job* (*L'Or se barre*), film d'aventures britannique sorti en 1969. Un remake américain (*Braquage à l'italienne*) portant le même titre original est sorti en 2003.

sous le fauteuil et le buffet. L'événement ne réunissait que Frank et Bill, son chat au visage impassible de champion de poker – dont le nom ne semblait pas si idiot du vivant de Ben –, et chacun d'eux dînait individuellement devant la télé.

Frank passa donc sur les DVD, puis gagna le couloir et descendit l'escalier, suivi par Bill qui slalomait entre ses jambes manquant le faire trébucher à chaque pas.

Au bas des marches, Frank ramassa le courrier du jour. Les publicités et prospectus abondaient à cette époque de l'année et tous affichaient un thème de saison. Catalogues de sous-vêtements thermiques, cardigans chauds et pyjamas en polaire, idées de cadeaux pour remplir les bas de Noël, chaussettes de lit, couvre-chaussures antidérapants et autres appareils de luminothérapie pour éviter de broyer du noir. Frank découvrit aussi un nouveau paquet de cartes de vœux offertes par des œuvres caritatives – mais il n'avait personne à qui les envoyer – et une brochure du ministère de la Santé contenant des conseils utiles mais souvent contradictoires afin de survivre à l'hiver. *Remuez, restez dans la même pièce, dormez avec un bonnet, mangez un repas chaud, gardez le moral*, etc.

Il posa le fascicule et le calendrier de l'Avent sur la dernière marche, puis s'empara d'une enveloppe. Celle-ci portait un timbre des États-Unis et était adressée à Frank, qui reconnut l'écriture de Laura. Il l'ouvrit et en sortit une carte de vœux. *Joyeux Thanksgiving* pouvait-on y lire au-dessus d'une dinde souriante façon dessin animé, alors qu'elle n'avait guère matière à sourire ou à remercier quiconque à cette époque de l'année. La carte était signée *Beth et Laura*, les deux prénoms écrits de la main de Laura.

Dix ans plus tôt, quand Beth, la fille de Frank, avait annoncé son installation aux États-Unis, elle l'avait rassuré en disant qu'elle n'était qu'à douze heures de vol. Elle reviendrait bientôt et souvent le voir. Elle l'appellerait au moins une fois par semaine, lui écrirait régulièrement et, quand Frank aurait ouvert son compte en ligne à la bibliothèque, ils pourraient échanger des e-mails et ensuite se parler face à face par Internet via des webcams.

Beth avait même ajouté en plaisantant que Frank la verrait probablement davantage que lorsqu'elle vivait à quatre-vingts kilomètres à peine de chez lui et qu'il ne tarderait pas à se lasser de la voir sur écran. Elle avait également affirmé qu'on mettait plus de temps pour se rendre en Écosse ou en Cornouailles que pour aller à Los Angeles, et Frank avait renchéri avec sa propre blague en disant que ce serait sans doute aussi moins cher, parce qu'il n'avait pas envie que sa fille se sente coupable d'aller vivre aussi loin.

Frank savait que le vol vers l'Angleterre ne durait peut-être qu'une douzaine d'heures, mais il fallait y ajouter deux heures de trajet dans Los Angeles embouteillé pour rejoindre l'aéroport et encore quelques heures pour l'enregistrement des bagages et la sécurité, deux ou trois autres à la douane, au contrôle des passeports et à la réception des bagages à Heathrow, sans compter les trois ou quatre heures en taxi ou à bord d'un train retardé, bondé et infect et d'un bus de remplacement de Heathrow à Fullwind. Le temps qu'ils arrivent, ils seraient épuisés, victimes du décalage horaire, et devraient quasiment repartir. Et Frank savait que le billet d'avion n'était pas vraiment moins cher qu'un billet de train pour l'Écosse ou la Cornouailles. Il savait tout cela mais ne voulait pas retenir Beth. Il ne voulait pas devenir une entrave.

Lors de ses premiers six mois en Amérique, Beth joua les touristes. Elle envoya à Frank des cartes postales et des lettres avec des photos de Laura, d'elle-même et de son mari Jimmy à Disneyland et aux studios Universal, en train de faire du lèche-vitrines dans Rodeo Drive ou de poser avec les mains et les pieds sur les empreintes de stars devant le Chinese Theatre. Frank reçut aussi un cliché de tous les trois faisant du vélo sur la plage de Santa Monica, avec le soleil miroitant sur le Pacifique à l'arrière-plan, l'eau du même bleu vif que le ciel, si bien qu'on ne savait pas trop où l'un s'achevait et où l'autre commençait. Frank n'ignorait pas qu'il serait quasi impossible pour Beth d'envisager de revenir ici en vacances, avec la boutique caritative, la supérette, la bibliothèque mal fournie et la marée brune charriant algues, sacs plastique, couches-culottes et boîtes de conserve sur les galets de la pluvieuse Fullwind-on-Sea.

Chaque année, elle envoyait à Frank une nouvelle photo de Laura, prise pour son anniversaire ou autour de cette date, et Frank les rangeait toutes dans l'album que sa femme Sheila et lui avaient commencé à la naissance de leur petite-fille. Frank avait pris le relais tout seul quand la maladie de Sheila signifia qu'elle ne parvenait plus à se rappeler comment accomplir cette simple tâche, et aussi parce qu'il était bouleversé de voir qu'elle ne savait plus qui étaient ces étrangers sur les photos.

Pourtant, il y eut des moments, juste avant la mort de Sheila, où Frank s'asseyait avec elle et ils regardaient l'album ensemble. Sheila posait alors les doigts sur les visages inconnus sous le film plastique de protection et Frank détectait une infime étincelle de reconnaissance. Un peu comme si sa mémoire étiolée reprenait vie sous ses doigts, de la même manière que ceux-ci devenaient plus sensibles au froid par une journée d'hiver.

Sur la première photo de l'album, Laura n'avait qu'un jour ou deux. Maladroitement juchée sur les genoux de Frank à l'hôpital, elle avait enroulé sa main minuscule autour du doigt de son grand-père… qui l'avait vu grandir plus tard au fil des clichés d'anniversaire. Au début, la petite avait hâte d'être prise en photo ; toute excitée, elle faisait la belle dans son tutu, sa robe de princesse, ou tenait contre elle sa poupée ou sa peluche préférée. Vers les douze ans elle commença à fuir l'objectif et à rechigner à sourire puis, en pleine adolescence, décida de ne plus desserrer les dents : elle ne voulait pas qu'on voie son appareil et cachait son visage sous ses cheveux ou *La longue frange de Laura* comme Beth l'avait inscrit au dos de la photo prise pour les quinze ans de sa fille.

À son seizième anniversaire, les photos avaient cessé. Frank supposa que Laura était désormais trop branchée, trop timide ou trop occupée par les garçons pour se faire photographier par sa mère. À moins qu'il n'existe plus personne à Santa Monica qui effectue encore des tirages sur papier. L'année prochaine Laura aurait vingt et un ans et Frank se demanda si les photos d'anniversaire reprendraient, à présent qu'elle était officiellement une adulte et en charge de sa propre destinée photographique.

Depuis dix ans que Beth vivait à l'étranger, elle était venue deux fois en Angleterre. La seconde visite avait eu lieu cinq ans plus tôt quand Laura, Jimmy et elle étaient descendus non loin de chez Frank, dans une maison d'hôte qui rendait *L'Hôtel en folie*[1] des plus accueillants.

Au bout d'une semaine et demie de sorties sous la bruine, de puzzles, et seulement trois chaînes de télévision, ils regagnèrent l'Amérique. Beth déclara que la prochaine fois ils devraient rester plus longtemps pour que le voyage exténuant vaille davantage la peine.

À la fin de leur séjour à l'*Hôtel en Folie*, Beth avait réitéré les promesses faites à Frank lorsqu'elle était partie s'installer aux États-Unis. Elle déclara qu'elle reviendrait bientôt, lui écrirait et téléphonerait. Frank lui demanda

1. *Fawlty Towers (L'Hôtel en folie)* : sitcom humoristique britannique créée par John Cleese (Monty Python).

d'au moins veiller à l'appeler sitôt qu'ils seraient arrivés à bon port, peu importe l'heure du jour ou de la nuit, sinon il se ferait su souci. Il s'imaginerait que l'avion s'était écrasé ou qu'on les avait arrêtés par erreur pour trafic de drogue. Beth oublia d'appeler.

Tout comme elle oubliait toujours de le faire quand elle rentrait chez elle, après avoir rendu visite à Frank quand elle vivait encore en Angleterre. Frank surveillait le téléphone, en attendant qu'il sonne, jusqu'à ce qu'il finisse par ne plus pouvoir attendre et appelle Beth, qui s'excusait alors en disant qu'elle était épuisée par les quatre-vingts kilomètres de trajet pour rentrer à Croydon. Si bien que Frank savait qu'à tous les coups elle ne l'appellerait pas après plus de huit mille kilomètres de vol pour rentrer à L.A. et que ce serait à lui de lui téléphoner.

Lorsque Frank s'était fait renverser par la camionnette du laitier, il avait ensuite passé trois jours à l'hôpital avant de rentrer chez lui avec un orteil fracturé et le bras dans le plâtre formant un angle comme un boomerang. Frank savait que Beth culpabilisait de ne pas avoir survolé l'Atlantique afin de veiller sur lui, mais il ne voulait pas être un poids mort pour elle – ou, dans le cas présent, un boomerang. Si bien qu'en guise de compromis Beth s'arrangea pour rémunérer une aide à domicile qui rendit visite à Frank une fois par semaine pendant trois semaines, afin de faire le ménage de son appartement, sa vaisselle, le gratter sous le plâtre s'il avait des démangeaisons et le distraire jusqu'à ce qu'il soit de nouveau en forme. Pendant toute cette période, Beth avait appelé plus souvent – peut-être se sentait-elle autant coupable qu'inquiète –, mais lorsqu'on lui avait retiré le plâtre elle appela moins et ce fut bientôt à Frank de lui téléphoner.

Quand Beth était partie s'installer en Amérique, Frank appelait sa fille tout le temps ; il se trompait souvent dans le décalage horaire, réveillait tout le monde, interrompait leur dîner ou leur petit-déjeuner, ou tombait encore sur eux alors qu'ils venaient de franchir la porte pour se rendre au travail, à l'école ou au centre commercial. Parfois Jimmy, l'époux américain de Beth, prenait l'appel et, même s'ils s'entendaient très bien de vive voix, bizarrement aucun des deux ne savait au juste quoi dire à l'autre au téléphone hormis des phrases du genre : *Ça va ?* et soit *Beth est là ?* ou *Je vais chercher Beth*. Si Laura décrochait, les premiers temps de leur installation en Amérique, elle répondait par un *Hellooo Gaga !* plein d'enthousiasme – le nom qu'elle avait donné à Frank à l'époque où elle était trop jeune pour prononcer *Granddad*[1] –, suivi par la description haletante de tout ce qu'elle avait fait à l'école, avec les noms de ses nouvelles copines et le reste. Après avoir fêté ses treize ans, Laura devint moins loquace, l'esprit ailleurs et, en pleine adolescence, elle se contentait d'un bonjour, avant de crier : *Mamaaan !* Frank confondait parfois sa voix avec celle de Beth, même si celle Laura avait davantage d'intonations américaines que sa mère, et il l'écoutait grandir au téléphone de la même manière qu'il l'avait vue grandir sur ses photos d'anniversaires.

Depuis Halloween, Laura informait Frank par e-mail de l'évolution de la santé de Beth. Elle évaluait l'humeur de sa mère, ses cycles de sommeil, son appétit, son état d'esprit, son énergie et son optimisme. Elle avait informé Frank du succès de l'ablation de la tumeur mammaire et de l'état d'esprit dans lequel Beth allait aborder la radiothérapie. Les e-mails n'empêchaient pas Frank de s'inquiéter, mais l'aidaient certes à se faire un peu moins de souci.

Dans ses e-mails Laura appelait toujours le cancer de sa mère *l'Enflure*. Même après l'opération, une fois la tumeur

1. *Papy, pépé, grand-papa* en anglais.

retirée, disséquée, reconnue comme pathologique et incinérée comme déchet médical, Laura continua de faire référence au cancer de sa mère en utilisant le surnom qu'elle lui avait donné. Elle affirmait que c'était important de nommer ses ennemis et qu'une personne célèbre – Jésus ou un autre bonhomme – avait dit un truc intelligent à ce propos. Plus tard, elle envoya un nouvel e-mail à Frank, dans lequel elle expliquait qu'elle avait repris la citation de travers, mais que celle-ci émanait de JFK : « Pardonnez à vos ennemis, mais n'oubliez jamais leurs noms. »

Frank remit la carte de Thanksgiving dans l'enveloppe.

Il avait quatre-vingt-deux ans. Pour trouver sa date de naissance, il devait aller tout en bas du menu déroulant sur les sites web de ventes aux enchères où il était inscrit. Il était presque trop vieux pour être considéré vivant ou du moins pour utiliser Internet. Même les mutuelles privées avaient cessé de lui envoyer leurs offres spéciales pour un check-up gratuit ou un scanner de tout le corps. Médicalement, il était bon pour la casse. Inassurable.

À deux doigts du prochain accident, qu'il dégringole dans l'escalier ou se fasse renverser par une autre camionnette de laitier. La grande Faucheuse avait plus d'un tour dans son sac. Un arsenal plus grand que celui de la Corée du Nord. Alzheimer, une pneumonie provoquée par la maladie de Parkinson ou une attaque… Il existait tellement de causes naturelles que Frank devait sans doute déjà avoir quelque chose en lui.

Le diabète ou une insuffisance cardiaque, l'ostéoporose… ou peut-être qu'il mourrait d'un truc banal comme la grippe ou d'une blessure infectée au doigt. Peut-être qu'il s'étoufferait avec une cacahuète, parce qu'il n'y aurait personne sur place pour se poster derrière lui, passer ses bras sous les siens et lui entourer la taille en comprimant son estomac. Frank n'était pas de ceux qui, en arrivant au terme de leur vie, acceptaient joyeusement leur destin. Frank n'était pas pétri de bravoure face à la mort : elle le terrifiait. Il n'était pas prêt et doutait de l'être jamais. Il n'était pas préparé à rencontrer son créateur. Il ne croyait même pas que celui-ci existait. Mais il tomberait raide mort sur-le-champ si cela permettait à Beth de ne plus jamais être malade.

Même si elle lui avait assuré à maintes reprises que tout se passerait bien, même si l'opération s'était bien déroulée et que Beth témoignait d'un optimisme à toute épreuve dans ses propos, depuis Halloween, la maladie de sa fille était toujours plus ou moins présente dans un coin de la tête de Frank. Lorsqu'il parvenait à l'oublier un petit moment, voilà que celle-ci revenait dans l'intrigue de tous les feuilletons, aux infos et dans les journaux.

Elle hantait ses rêves, à la fois la nuit et dans le journal. Malgré tout ce qu'on lui avait dit, en dépit de l'avis médical et du second avis médical des médecins, chirurgiens et autres oncologues, il ne pouvait s'empêcher de penser que sa fille allait mourir avant lui.

Il contempla la silhouette qui se découpait à travers la vitre givrée de sa porte d'entrée. Il ne se pressa pas pour ouvrir. Quelle que soit la personne sur le perron, celle-ci avait sans doute vu Frank de l'autre côté de la vitre et ne voudrait pas s'en aller avant d'avoir au moins tenté de lui vendre quelque chose – un monte escalier ou une alarme pour la maison – ou d'avoir eu l'occasion de lui proposer d'aménager son jardin, de repeindre sa cheminée, ou de lui voler sa pension. Frank ôta la chaîne et ouvrit la porte.

C'était son propriétaire. Frank ne l'avait rencontré qu'à deux reprises. Le jour où il avait emménagé vingt-quatre ans plus tôt et aujourd'hui, c'était la deuxième fois. Lorsque le propriétaire parla, il marmonna. Difficile de comprendre ce qu'il disait. On aurait dit qu'il avait trop de dents ou qu'une guêpe lui avait piqué la langue. Le propriétaire lui serra la main et, tel Frank imitant Marlon Brandon dans *Le Parrain* (une imitation qu'il avait retirée de son répertoire après avoir manqué s'étouffer à cause d'une boule de ouate), fit une proposition à Frank que celui-ci ne pouvait refuser.

3

Allongé dans le lit, Frank se demandait l'heure qu'il était. Il jeta un coup d'œil sur le réveil et tenta de voir les chiffres, mais sa vue était brouillée. Il se dit qu'en penchant la tête sous le bon angle, il pourrait déchiffrer le cadran à travers ses lunettes posées sur la table de nuit, mais en vain.

Le premier geste de la journée pour atteindre soit ses lunettes ou le réveil se révélait toujours le plus difficile. Pire que de s'extirper d'un transat ouvert au dernier cran. Ce premier mouvement de la journée de Frank constituait une activité mieux adaptée à l'après-midi, le temps de bien échauffer ses articulations.

Nouveau coup d'œil sur le réveil. S'il quittait le lit trop tôt, la journée semblait n'en plus finir. D'ordinaire Frank attendait le passage du premier avion en provenance de Gatwick au-dessus de son appartement. Il était alors autour de 5 heures du matin et Frank se levait.

Il se frotta une nouvelle fois les paupières en essayant de déchiffrer le cadran. Le chèque que lui avait remis son propriétaire se trouvait sur la table de chevet, près du réveil. Frank l'avait posé ici la veille au soir, en cas de cambriolage, même s'il savait que pour toute personne dépourvue d'un compte bancaire au nom de Frank Derrick, ce bout de papier n'avait pas plus de valeur que tout le reste à l'intérieur de l'appartement.

Sur le perron, hier matin, en découvrant pour la première fois le chèque – que le propriétaire ne voulait pas lâcher, comme s'il était Chris Tarrant de *Qui veut gagner des millions ?* – Frank avait regardé le symbole de la livre sterling, le chiffre 5 et les cinq zéros qui suivaient, tout en se demandant comment il était possible que son deux-pièces tristounet puisse valoir un demi-million.

Certes, il comprenait que les prix de l'immobilier s'étaient envolés et qu'il vivait dans l'une des rues les plus recherchées d'un des hauts lieux du Sussex ouest pour les retraités. Une fois cet appartement vide, le propriétaire, qui possédait déjà celui du dessous, pourrait faire abattre tout le bâtiment et construire dix pavillons à la place, mais 5 millions de livres, tout de même… ?

Ce n'était pas la première fois que le propriétaire de Frank lui suggérait de déménager. Ses rappels pour arriéré de loyer lui parvenaient souvent avec les adresses d'appartements plus abordables, plus petits, situés plus près du centre-ville, et susceptibles d'intéresser Frank : un logement au rez-de-chaussée ou avec ascenseur et sans jardin, car en voyant la hauteur du gazon et les mauvaises herbes n'importe qui comprenait qu'à l'évidence Frank ne s'intéressait pas au jardinage.

Lorsque les yeux de Frank s'étaient enfin focalisés avec netteté sur la virgule après le 5[1] et le point après les trois premiers zéros, il constata que le chèque atteignait la somme de cinq mille livres et non pas cinq millions – un montant qui ne risquait guère de bouleverser son existence. Sauf si le timing était idéal, bien sûr ; si la somme arrivait au bon moment dans votre vie, comme *maintenant*, eh bien

1. Les Anglo-Saxons placent le symbole monétaire avant la somme et utilisent la virgule au lieu du point et vice versa : ainsi la somme de 5.000,00 £ s'écrit £ 5,000.00.

c'était juste le moment où 5 000 livres pouvaient vraiment changer la vie de Frank. Son compte bancaire était dans le rouge, il avait des notes de téléphone, de gaz et d'électricité impayées… le prochain hiver rigoureux pourrait l'achever.

Avec cinq mille livres, il aurait pu régler toutes les factures en souffrance, allumer le chauffage dans plus d'une pièce en hiver. Toujours allongé dans le lit, il contempla le plafond. Celui-ci avait besoin d'un coup de peinture. Idem pour les murs. Il aurait pu rénover tout l'appartement avec cinq mille livres.

Faire réparer la chaudière ou acheter un écran de télé plus grand : il devait rapprocher son fauteuil pour lire les sous-titres de toutes les séries policières scandinaves qu'il regardait ces derniers temps. Il pourrait s'offrir une chirurgie oculaire au laser avec cinq mille livres et la télé pourrait rester à sa place. Avec cinq mille livres, il aurait pu installer le home-cinéma dont il avait toujours rêvé dans la remise du jardin. La prochaine fois qu'un couvreur ou un jardinier paysagiste aurait pressé sa sonnette fantaisiste pour offrir ses services, Frank aurait pu lui provoquer une crise cardiaque en disant oui.

Bien sûr, s'il avait accepté les cinq mille livres qu'on lui offrait pour libérer l'appartement, alors il aurait dû quitter celui-ci. Une situation sans issue.

Inutile dans ce cas de réparer le toit ou d'aménager le jardin, de monter le chauffage ou d'agrandir l'écran de télé s'il n'était pas là pour l'apprécier. Qui plus est, ces réparations et rénovations n'étaient-elles pas du ressort du propriétaire, de toute manière ?

Une sorte de grondement lointain retentit et, à mesure qu'il s'amplifia, Frank commença à sortir du lit. Peu importe qu'il ait interprété le survol de son appartement comme un signe ou simplement que ce soit le moment pour lui de se lever. Frank avait déjà décidé de ce qu'il allait faire bien avant que l'avion soit paré au décollage.

*

Il était 10 heures du soir à Santa Monica quand Frank sortit son carnet d'adresses du tiroir de son bureau pour consulter le numéro de téléphone de Beth. Le seul qu'il composait. La majorité des appels de Frank étaient entrants et relevaient du démarchage téléphonique. Des appels masqués en provenance d'entrepôts ou de complexes industriels. Pourtant il ne se souvenait jamais du numéro de Beth. Il le trouva dans le carnet et le composa.

— Allô ?

— Elizabeth, dit Frank.

— Salut papa.

Elle semblait fatiguée et un tantinet irritable.

— J'espère que je ne te réveille pas.

— Je somnolais un peu.

— Bon… Je ne m'attends pas à ce que tu paies. Je devrais sans doute régler ça en premier. Mais je me suis dit que…

Frank égrena toute une série d'avant-propos et de préliminaires avant d'en arriver au but, tout comme Beth l'avait fait en l'appelant pour Halloween. Mais elle préparait alors Frank à de mauvaises nouvelles ; son préambule à elle consistait à prévenir l'auditoire que certaines scènes risquaient de choquer les âmes sensibles. Les préludes de Frank s'apparentait plutôt à « attachez vos ceintures, ça va secouer », soit le genre d'avertissement qu'on entendait avant un tour de grand huit.

— Je peux prendre un taxi et descendre à l'hôtel, évidemment, continua-t-il. Tu ne m'auras pas dans les pattes et tu pourras mener ta vie comme d'habitude. Juste deux semaines et pas avant que ton traitement soit terminé, évidemment. Qu'est-ce que t'en penses ?

Beth resta un si long moment sans répondre que Frank se demanda s'ils n'avaient pas été coupés.

— Si tu veux bien de moi, bien sûr, dit-il.

— Papa, dit Beth, je ne suis pas certaine de comprendre où tu veux en venir.

— Je me disais que je pourrais te rendre visite. Chez toi.

— OK, dit Beth.

Frank espérait entendre davantage d'enthousiasme dans sa voix.

— Je vais m'en occuper tout seul. Tu n'auras pas besoin de faire quoi que ce soit.

— OK. Tu vas venir ici, alors ?

Il sentait de gros nuages se rassembler au-dessus de sa parade de Noël. Il sortit son parapluie et continua.

— J'ai pensé que je pourrais être présent pour l'anniversaire de Laura.

Il y eut un nouveau long silence avant que Beth ne réponde.

— Tu ne préférerais pas que je me renseigne d'abord à ta place ? dit-elle. Le vol n'est pas donné.

Elle avait l'air si épuisé et, pour une fois, Frank espéra égoïstement que c'était à cause de l'Enflure.

— Je veux m'en occuper tout seul, dit-il. Bien sûr, je sais que tu voudras sans doute en parler d'abord à Laura.

Encore un long silence avant que Beth ne reprenne la parole. C'était comme une interview par satellite aux infos.

— Laura sera folle de joie, papa. Mais est-ce que tu as un passeport au moins ?

— Oui.

— Valide ?

— Je le ferai renouveler.

— Faire ce long voyage, quand même ? Tout seul ?

— Ce sera l'aventure. Je serai comme Michael Palin.

— Michael Palin a toujours une équipe énorme avec lui, observa Beth.

Frank décela une vague étincelle d'humour, certes résigné, dans sa remarque.

— Tu n'as pas peur de l'avion ?

— Je ne pense pas, dit Frank.

— De nos jours les sièges sont très rapprochés dans les avions, tu sais ; tu n'es plus tout jeune, papa.

— Je sais. Mais je suis plus tassé qu'avant.

Nouveau long silence, puis Beth posa la question à cinq mille dollars que Frank redoutait.

— Comment vas-tu payer le billet ?

Il espérait pouvoir lui parler plus tard par e-mail de gain surprise à la loterie ou de l'ancien compte bancaire qu'il croyait avoir fermé des années plus tôt et avait produit des intérêts pendant trente ans. C'était tellement plus simple de mentir par voie électronique. S'il disait la vérité à Beth, elle ne ferait que l'obliger à déchirer le chèque du propriétaire après avoir attiré son attention sur l'éléphant dans le salon – l'éléphant des sans-abri.

— Des Premium Bonds[1], annonça-t-il.

— Quoi ?

— J'ai gagné un peu d'argent sur mes Premium Bonds. Pas une somme considérable mais assez pour partir en vacances.

— Ça existe toujours ?

— Oui, bien sûr.

— Et tu as été tiré au sort ?

— Oui. Pour être honnête, j'avais oublié que je les avais encore.

— Tu as gagné combien ?

1. Sortes de bons du trésor émis par l'État britannique sous forme d'obligations, dont la répartition est tirée au sort.

— Cinq mille livres.

— Vraiment ?

— C'est pas tant que ça.

Sauf si ça tombe au bon moment.

— Franchement, j'ignorais que ça existait encore, dit Beth.

— Pourtant si. J'ai mis un temps fou à mettre la main dessus après avoir reçu la lettre. J'ai dû retourner l'appartement de fond en comble.

Plus Frank ajoutait de détails à son mensonge, plus il commençait à y croire lui-même. Il devait juste veiller à ne pas aller trop loin et y mêler une invasion d'extraterrestres, une histoire d'amour, ou de pousser la chansonnette.

— Ils étaient tombés derrière le tiroir de la cuisine, expliqua-t-il. Il y avait une tache de café sur l'enveloppe, mais les obligations sont correctes. J'ai poussé un cri de joie en les retrouvant. Bill a eu la trouille de sa vie.

Implique Bill, songea Frank. Son témoin vedette. Les trois singes de la sagesse incarnés par le chat le plus insondable au monde. Essaye un peu de le cuisiner, Perry Mason…

Beth était si habituée aux combines de Frank pour s'enrichir en un éclair qu'elle avait du mal à ne pas voir la situation sous un angle différent. Par e-mail ou sur son répondeur, il lui laissait toujours des messages enjoués au sujet d'un cheval qui courait sous le nom de *Beth's Chance* ou d'un jockey nommé Derek qui montait un outsider à soixante contre un appelé *Lucky Francis*.

L'an dernier, il avait acheté un appareil numérique et avait pris chaque jour pendant un mois des photos du bric-à-brac de la boutique caritative : figurines d'animaux, assiettes décoratives, plats de service et coquetiers dont il affirmait qu'ils étaient en argent massif plutôt que simplement argentés. Il avait joint les images aux e-mails et envoyé le tout à Beth, en bloquant sa connexion Internet pendant des heures à cause de la taille trop importante des fichiers.

— Bon, reprit-elle, je suppose que… enfin, je vais devoir consulter mon *organizer*… euh… mon agenda, lui traduisit-elle.

— Bien sûr.

— Je ne peux pas tout laisser tomber, comme ça.

— Loin de moi cette idée.

— C'est un très long voyage, papa.

— Il n'y a que douze heures de vol, souligna Frank en utilisant sans le savoir l'un des arguments de Beth dix ans plus tôt.

Avant qu'elle ne puisse changer d'avis ou lui demander de lui faxer la lettre des Premium Bonds, Frank la persuada d'aller chercher son agenda et de décider de dates convenables. Il savait qu'il aurait encore besoin de lui prouver qu'il ne plaisantait pas, soit par une photocopie de ses billets d'avion, soit par sa présence physique son perron à Santa Monica, avant qu'elle ne croie vraiment à sa venue. Il espérait qu'elle ne se souvienne pas qu'il avait encaissé ses Premium Bonds voilà des années pour régler, avec beaucoup de retard, le loyer de l'appartement qu'il était sur le point d'abandonner, et aussi qu'il ne buvait pas de café.

Frank lui dit au revoir, puis rouvrit son carnet d'adresses et, pour la première fois depuis longtemps, composa un numéro différent de celui de Beth.

Il était très tôt dans la matinée, mais le propriétaire répondit, ses marmonnements semblant plus faciles à comprendre au téléphone, comme s'il parlait à travers le changeur de voix d'un kidnappeur réglé à l'envers.

Frank lui annonça qu'il acceptait son offre. Le propriétaire lui demanda de signer la lettre d'entente remise avec le chèque et de la poster dans l'enveloppe timbrée à son adresse, qu'il lui avait également fournie. Dans la missive, Frank acceptait de libérer l'appartement dans les trois mois. Le propriétaire lui dit ensuite qu'il lui virerait aussitôt l'argent sur son compte et lui demanda de déchirer le chèque. Celui-ci était juste pour la frime. Comme le faux chèque géant offert par un supermarché au Téléthon. Si Hilary, la voisine d'en face et chef du comité de surveillance du quartier, se trouvait hier à sa fenêtre, elle avait peut-être pris une photo de Frank et du propriétaire, chacun tenant le chèque d'une main. Elle aurait pu confier l'image au journal local pour illustrer le gros titre : *Un habitant du coin commet une erreur monumentale*.

4

Frank rédigea une liste :

Réserver vols
Me procurer formulaires passeport
Photos d'identité
Poster formulaire
Acheter valise
Dollars

Il ajouta une liste séparée de choses « essentielles » à la principale. Sur cette sous-liste il regroupa les articles de toilette, crèmes solaires, vêtements d'été, lunettes de soleil, cartes et tout ce qu'il avait besoin d'acheter. Il plaça les divers éléments de la liste par ordre d'importance, de même que les plus urgents, ou ceux plus longs à se procurer, comme son passeport, qu'il souligna en rouge avec son stylo *Radio Times*.

Il écrivit AMÉRIQUE en lettres capitales en haut de la liste et plia le bout de papier en deux. Le lendemain, lorsqu'il se retrouva dans le bus gratuit en partance pour le grand hypermarché Sainsbury's, il se rendit compte qu'il avait laissé la liste à la maison. Il aurait dû écrire *Prendre liste* sur la liste.

Invariablement, Frank était le seul homme dans le bus pour le grand Sainsbury's. Tous les autres passagers étaient de sexe féminin et avaient plus de soixante-dix ans. Elles gloussaient et éclataient de rire et, en général, réagissaient à tout homme montant dans le bus comme si c'était Colin Firth en tee-shirt mouillé.

Aujourd'hui, comme les autres fois, Frank traversa l'océan de femmes qui gloussaient et alla s'asseoir à l'arrière du bus, où aucune place n'était occupée, en tentant de se rendre invisible. Il regarda par la vitre et songea à l'Amérique, en se disant que ça devait être différent de Fullwind. Il imagina des enseignes au néon et des gratte-ciel, de longues voitures dans de longues rues rectilignes sans le moindre virage sur des centaines de kilomètres. Il songea aux policiers armés, faisant tournoyer leur matraque, et aux gosses aux coins des rues qui marquaient des paniers de basket-ball ou ouvraient les bornes d'incendie pour s'éclabousser.

Il imagina Beth et Laura assises à côté de lui dans un taxi jaune, sa rêverie à peine troublée par l'idée qu'ils risquaient de ne pas tenir tous les trois sur la banquette arrière et qu'il devrait s'asseoir en face sur le strapontin et rouler dans le mauvais sens, ce qui le rendait toujours malade en voiture. Il contempla par la vitre les rucs du Sussex qui défilaient sous ses yeux et imagina que le bus gratuit était un taxi jaune et roulait dans Mulholland Drive et Melrose Avenue avec sa famille, des rues dont il n'était pas sûr qu'elles existaient vraiment hormis dans les nombreux films et séries télé qu'il avait vus, ou dans les paroles de chansons entendues à la radio. Il n'était même pas certain que les taxis de Los Angeles soient jaunes et pourvus de strapontin.

Lorsque le bus atteignit Sainsbury's, Frank attendit que toutes les folles en descendent, ce qui sembla prendre un temps inouï. Il échangea un haussement de sourcil signifiant *Sacrées bonnes femmes, hein ?* et un hochement de tête avec le chauffeur, puis descendit à son tour.

Aux distributeurs de billets à l'entrée de l'hypermarché, il consulta son solde bancaire. Les 5 000 livres étaient déjà sur son compte et la banque les avait aussitôt réduits en 4 963, 67 £ de frais de découvert. Il devait agir vite avant qu'elle ne lui prenne tout.

Il entra dans l'hypermarché et se rendit à l'agence de voyage, tout au bout de l'énorme magasin. Quinze minutes plus tard, Frank avait réservé ses vols – treize jours à Los Angeles. Pas une semaine ou une quinzaine, ou encore la traditionnelle dizaine de jours, mais treize parce que les vols étaient légèrement moins chers ainsi – et il s'avança ensuite triomphalement vers le photomaton situé à l'entrée du supermarché. À l'intérieur de la cabine, un homme nettoyait la vitre.

— J'ai presque fini, papy, dit-il à Frank.

— Prenez votre temps, dit Frank, même s'il espérait que l'homme ne soit pas trop long.

Frank était pour l'instant le seul à attendre pour se faire tirer le portrait et n'avait pas envie de faire ces photos à la va-vite à cause d'une file de personnes impatientes derrière lui qui faisaient « Tss-tss » en regardant leur montre. Il ne voulait pas se retrouver avec la photo d'identité de quelqu'un sous pression, comme un trafiquant de drogue ou un terroriste.

— Passeport ? demanda l'homme.

— Oui.

— Vacances ?

— Amérique.

— Sympa, dit l'homme.

— Je vais voir ma fille. (Il avait envie de le dire à tout le monde, à n'importe qui.) Et ma petite-fille.

— Super. J'ai fini, dit l'homme. Vous pouvez vous voir là-dedans.

Il ramassa son nécessaire de nettoyage et tint le petit rideau ouvert pour Frank.

— N'oubliez pas de dire : *Cheese !*

— Merci, dit Frank. La dernière fois que j'ai utilisé un photomaton, les photos étaient en sépia.

Il exagérait, mais ces appareils avaient certes changé depuis une quinzaine d'années. Pas étonnant que les gens de son âge ne fassent pas renouveler leur passeport. Dans le temps, faire des photos d'identité nécessitait juste de vous asseoir, de choisir le rideau cracra ou le rideau blanc, de glisser vos cinquante pence dans la fente et de croiser les doigts. Désormais, c'était comme être aux commandes de la navette spatiale.

Frank s'installa sur le tabouret rond et regarda son reflet dans la paroi en verre. Il se demanda s'il devait nouer ses longs cheveux blancs en queue-de-cheval. Il les écarta de ses yeux et les ramena derrière ses oreilles. Il avait besoin de monter le tabouret. Il se releva et le fit tourner en sens inverse. Celui-ci était trop bas à présent. Il décida de se redresser légèrement au-dessus. Comme il l'aurait fait dans des toilettes publiques. Il retira ses lunettes. Maintenant, il ne pouvait plus lire les instructions. Il rechaussa donc ses lunettes.

Il y avait tout un tas de boutons, de choix sur écran et divers schémas. Près de l'écran apparaissaient les quatre portraits d'une femme, dont trois barrées d'une croix rouge avec le mot « INCORRECT » au-dessus et la quatrième cochée en vert avec le mot « CORRECT ». Frank trouva que la femme avait l'air minable sur cette image. Hauts les cœurs, se dit-il, tu pars en vacances. Il savait qu'il aurait du mal à ne pas sourire s'il songeait à la raison pour laquelle il se faisait tirer le portrait. Il allait devoir essayer de penser à autre chose au moment de prendre la pose.

En bas de l'écran en verre il était inscrit : « Veuillez vous assurer de la propreté de cette vitre, avant de prendre votre photo. » Comme quelqu'un venait de la nettoyer pour lui, Frank glissa des pièces dans la fente et posa. En essayant de ne pas sourire mais sans froncer les sourcils pour autant. De face, expression neutre, sans sourire, sans hausser les sourcils, visage et oreilles découvertes, pas de fausse moustache. Frank tenta d'imiter « Laura à quatorze ans » ou « Bill intemporel ». La machine émit un bip, tandis que Frank comptait à rebours : trois, deux… il se demanda si le nettoyeur de la vitre plaisantait en lui conseillant de dire *Cheese* !... un.

— Cheese ! lâcha Frank.

Le flash le surprit et il en résulta une photo façon Charles Manson ahuri. Sans compter qu'il avait oublié d'ôter ses lunettes. La machine lui demanda s'il souhaitait accepter ou refuser le cliché. Il refusa. Il avait droit à trois essais.

Il prit de nouveau la pose. Dans sa vision périphérique, Frank sentit un changement de lumière quelque part sur la gauche. Il tourna la tête et aperçut une petite fille qui avait soulevé le rideau et regardait dans la cabine. Sous les quatre images de la femme, on pouvait lire : « Pas d'autre personne sur la photo. Pas de tête couverte, sauf pour raisons religieuse ou médicale. » La gamine était presque sur le cliché et portait un bonnet de laine, encore qu'on ignorait si c'était pour raison religieuse ou médicale.

La petite dévisagea Frank. Cela se produisait souvent. D'ordinaire dans le bus ou les files d'attente. Ce qui mettait Frank mal à l'aise, au point qu'il se sentait toujours obligé de faire le clown. Un besoin souvent intensifié quand les enfants qui le fixaient du regard le montraient du doigt en s'exclamant : « Regarde, c'est le père Noël ! » ou Gandalf ou Dumbledore. Plus d'une fois, un enfant fasciné par la vision de Frank avait embarrassé son père ou sa mère en demandant : « Pourquoi le monsieur a des cheveux longs comme une dame ? » Frank enviait leur liberté de pouvoir dire tout ce qui leur passait par la tête.

— Bonjour, dit-il à la gamine. Tu cherches le Magicien d'Oz ?

Elle le dévisagea. Frank sourit.

— Je fais des photos pour mon passeport. Je vais voir ma fille et ma petite-fille.

Une voix féminine s'écria :

— Samantha, viens !

La gamine lâcha le rideau et laissa Frank tranquille.

Quand Beth était petite, Frank l'emmenait souvent chez Woolworth prendre des photos avec elle. Juste pour s'amuser. Ils souriaient et fronçaient les sourcils, s'ébouriffaient les cheveux, se couvraient les oreilles, tiraient la langue ou relevaient leur chandail sur leur tête. Frank imaginait que les gens ne faisaient plus ça. À cause d'Internet et des téléphones portables. Il ne voulait certes pas être de ces personnes âgées qui pensaient ce genre de choses. Toutefois, il savait que c'était sans doute vrai.

Il refusa la première photo, presque choqué de sa non-photogénie, puis posa pour une deuxième. Celle-ci était meilleure – pas parfaite, loin s'en faut ; il ressemblait toujours à un vieux assis sur un tabouret télescopique dans un supermarché –, mais il ne voulait pas risquer d'en prendre une troisième et dernière, par crainte de finir encore comme un tueur en série éberlué en gilet bourré d'explosifs.

Il sélectionna « Accepter » sur l'écran devant lui et la machine lui proposa la version carte postale de son portrait ou une bande autocollante, ce qu'il envisagea de choisir un instant, en se disant que ce serait chouette de recouvrir Fullwind de stickers à l'effigie de Frank Derrick, mais il refusa et opta pour « Photos d'identité ».

Quelques secondes plus tard, ses tirages numériques l'attendaient. Il n'eut pas besoin de rester debout près de la cabine en attendant que ses photos soient développées, puis de batailler pour les attraper par-derrière la petite barre, avant que toutes les personnes qui attendaient de récupérer les leurs ne voient les siennes et éclatent de rire. Il n'eut pas à agiter la bande de photos pour les faire sécher en rentrant chez lui. Ses cinq tirages identiques étaient imprimés et totalement secs presque avant même qu'il ne rouvre le petit rideau.

Frank rentra en bus à Fullwind. Il se rendit ensuite à la bibliothèque et se connecta à son compte e-mail pour envoyer à Beth les informations concernant son vol. Maintenant, c'était bien réel. Il allait en Amérique. Sa boîte mail contenait dix-sept messages. Quinze d'entre eux étaient du courrier indésirable et les deux autres provenaient de Laura. Le premier s'intitulait : « L'Enflure ».

Salut Frank,
Maman m'a dit que tu venais.
J'ai hâte de te voir.
L'humeur de maman aujourd'hui : 8/10.
Je pense que c'est parce que tu vas venir.
Je suis en train de chercher des attractions touristiques.
À plus.

L

Le sujet du deuxième e-mail était : « Projet Retrouvailles ». Frank l'ouvrit et lut les trois phrases énigmatiques.

Je crois que c'est pas toujours à cause de l'Enflure
que maman a son moral parfois au plus bas.
J'ai eu une idée.
Je t'en dirai plus bientôt.
Bises
L

En sortant de la bibliothèque, Frank demanda à la bibliothécaire s'il existait des ouvrages sur Los Angeles.

— Je vais en Amérique voir ma fille et ma petite-fille. C'était elle à l'instant…

La bibliothécaire regarda alentour. Il n'y avait personne d'autre hormis Frank et elle-même.

— Sur l'ordinateur, précisa-t-il. Elle m'envoie des e-mails.

La bibliothécaire consulta son écran en quête d'ouvrages sur L.A. Cinq minutes plus tard Frank s'en allait avec un bouquin sur San Francisco, puis traversa la rue pour rejoindre le bureau de poste où il demanda un formulaire pour renouvellement de passeport.

— Vous partez en vacances ? demanda la femme au comptoir, tandis qu'elle lui tournait le dos pour chercher le document.

— Je vais en Californie, répondit Frank.

— Vous avez bien de la chance.

— Je vais rendre visite à ma famille.

La guichetière le répéterait au facteur, qui le dirait aux gamins distribuant les journaux, lesquels passeraient le message aux couvreurs, aux laveurs de vitres, aux témoins de Jéhovah, aux démarcheurs électoraux et aux collecteurs de fonds pour les bonnes œuvres, qui eux-mêmes en feraient part à la bibliothécaire, laquelle serait déjà au courant et le répéterait aux jardiniers, qui colporteraient la nouvelle de bouche à oreille jusqu'à ceux qui faisaient la collecte des bonbons d'Halloween et à ceux qui s'amusaient à sonner aux portes puis s'enfuyaient avant qu'on leur ouvre.

Au bout du compte, la sonnette inversée de Frank se mettrait à retentir et il irait ouvrir à quelqu'un lui annonçant que Frank Derrick se rendait en Amérique pour voir sa fille et sa petite-fille, et il répliquerait : « Oui, je sais. C'est formidable, non ? »

5

Noël

Aucun avion ne volait le matin de Noël. Les cieux étaient déserts. Aucun oiseau ne poussa de chansonnette matutinale à la fenêtre de Frank et aucune voiture ne circulait dans Sea Lane, au-dessous. Aucun facteur ou laitier ne sifflotait.

Aucun gamin ne distribuait le journal. Aucun couvreur pétri d'optimisme. Tout le monde avait pris sa journée. Même Bill, juchait sur le pantalon de Frank qui était posé sur une chaise près de l'armoire, au pied du lit, faisait sa grasse matinée de Noël.

Pour Frank, le jour de Noël ressemblait beaucoup à une journée comme les autres. Hormis le programme télé plus épais et le sapin dans son salon, il aurait pu le confondre avec un autre jour tout à fait ordinaire.

Frank sortit du lit. Son premier pas ressemblait à celui d'un astronaute remettant le pied sur terre après une mission de trois mois en apesanteur, si bien que la tête lui tournait et tombait de côté, mais se rattrapait de justesse à l'armoire en tendant la main. Cette porte entrebâillée en permanence se ferma et, dans la cuisine, celle du four s'ouvrit. C'était l'effet papillon de sa maison. Il ouvrit les rideaux, celui de gauche se bloqua et un autre crochet en plastique dégringola de la tringle.

— Faut que je répare ça, dit-il à Bill qui n'écoutait pas.

Frank ramassa le crochet et le posa sur le rebord de fenêtre avec les autres. Il passa la main sur la vitre pour voir au-dehors. Il pleuvait.

— Bing Crosby va encore être déçu, dit Frank.

Il retira son pyjama. Il grelottait déjà de froid, mais s'il ne s'habillait pas tout de suite il finirait par traîner toute la journée en robe de chambre. Il enfila une chemise et, comme pour prouver que le jour ne se différenciait pas des autres, il enfila par-dessus un pull bleu uni à col en V. Aucun motif de rêne ou de père Noël et, s'il pressait le chandail avec son doigt, il n'entendait pas la musique de *Vive le vent*. Il commença à retirer doucement le pantalon par-dessous le chat qui dormait, comme une nappe sur une table dressée, mais Bill se réveilla aussitôt puis s'en alla en trottinant dans le couloir d'un air grincheux… ou pas. Impossible de le savoir.

Frank attrapa ses lunettes et regarda le réveil : presque 6 heures du matin. Il suivit Bill dans la cuisine, lui donna à manger, puis descendit récupérer le journal, en oubliant qu'il n'y en avait pas aujourd'hui. Il ramassa une pub de pizzeria avec les mots *Pizza à la dinde !!!* en lettres vertes sur le haut de la feuille, puis ouvrit la porte d'entrée pour laisser sortir Bill. Il prit ensuite le calendrier de l'Avent du refuge pour animaux, resté sur la dernière marche depuis novembre, puis remonta à l'étage.

Frank se prépara une tasse de thé, puis alluma le gaz – il lui fallut tourner le bouton une vingtaine de fois avant d'obtenir une flamme. Un nouveau record. Lorsqu'elle jaillit enfin, elle manqua lui arracher le visage. Il s'assit dans le fauteuil du salon, puis ouvrit toutes les fenêtres du calendrier de l'Avent. Derrière chacune d'elle se trouvait un animal différent : chiot au visage triste, chat abandonné ou âne maltraité. La fenêtre d'aujourd'hui comportait deux volets. Les perforations de celui de droite n'étaient pas correctement découpées et seul un côté s'ouvrait. Lorsqu'il déchira le volet coincé afin de voir en entier la tête du Labrador maltraité, une carte de Noël de l'église locale tomba de la cheminée. L'effet papillon de l'appartement venait encore de frapper.

Frank ramassa la carte tombée par terre et la remit sur le manteau de cheminée, entre un éléphant en laiton et une girafe en porcelaine. Lorsqu'il avait acheté celle-ci, la femme de la boutique caritative avait dit : « J'allais vous la mettre de côté avant que vous ne veniez aujourd'hui. Vous devez avoir pas mal de girafes à présent. »

L'idée d'être aussi prévisible n'avait jamais plu à Frank. Un jour qu'il était entré au pub du coin, le barman lui avait demandé s'il voulait « la même chose que d'habitude » et, comme c'était le seul pub du village, Frank se dit alors qu'il n'avait pas d'autre choix que de cesser de le fréquenter. Il détestait le fait qu'on le considère comme un habitué à la boutique caritative. Quelqu'un dont les vieilles dames qui travaillaient là-bas discutaient et qui lui mettaient des girafes de côté. Elles devaient sans doute l'appeler « L'Homme aux girafes », de la même manière que Frank donnait des surnoms amérindiens à certains de ses voisins en accord avec leur personnalité ou leur activité : Tond-sa-pelouse-au-coupe-ongles et Lave-sa-voiture-trop-souvent. Il se réjouit quand la femme cessa de travailler à la boutique. Il espérait cependant qu'elle n'était pas morte, comme c'était souvent le cas au magasin quand le personnel changeait.

Toutefois elle avait raison. La collection de figurines d'animaux de Frank – dont toutes étaient d'une valeur inestimable, mais pas de la manière dont il le croyait – se révélait conséquente. Lui-même avait dit à son chat en plaisantant qu'il possédait le quatrième zoo de cheminée du pays. Heureusement qu'il recevait si peu de cartes de vœux.

Il y avait la carte de Noël de l'église du coin sur le manteau de cheminée indiquant l'horaire de la Messe de minuit de la veille, une autre d'un couvreur local appelé Dennis, qui tenait à débuter l'année sur le toit de Frank, comme c'était le seul de Sea Lane à ne pas coiffer un pavillon de plain-pied et nécessitait l'usage de son échelle. Il y avait aussi deux cartes en provenance de Beth et Laura, celle de Thanksgiving et l'autre avec « Joyeuses Fêtes » au recto avec les mêmes lettres que celles du célèbre panneau Hollywood.

Frank constata avec joie que Beth était assez en forme pour signer de sa propre main, cette fois. Encore deux autres cartes : une d'un certain Stephen ou d'une certaine Stephanie qu'il recevait chaque année – sans jamais deviner de qui il s'agissait – et puis une carte de Christmas en personne, à savoir Kelly.

Kelly Christmas était le nom de l'aide-ménagère qui s'était occupée de Frank après son accident avec la camionnette du laitier. Une fois par semaine, pendant trois mois, Kelly avait apporté un peu de lumière dans l'appartement. C'était comme avoir une fenêtre en plus ou comme si on avait rapproché Fullwind du soleil. Les visites de Kelly avaient donné à Frank une raison de mettre son dentier le matin. En recevant sa carte de vœux, il s'était rappelé combien non seulement sa compagnie, mais la compagnie en général, lui manquait.

L'enveloppe n'était pas timbrée et Frank s'était demandé si Kelly ne l'avait pas apportée elle-même. Et si elle avait sonné à sa porte alors qu'il était sorti, ou à l'un des nombreux moments où il avait choisi d'ignorer le carillon. Il se dit qu'elle avait peut-être glissé la carte dans la boîte aux lettres, avant de s'esquiver, et qu'il était juste un nom parmi d'autres sur la liste des anciens clients de Kelly, tout comme il apparaissait sur les listes d'œuvres caritatives et sociétés de vente par correspondance qui lui envoyaient chaque année des tonnes de cartes de vœux et de calendriers de l'Avent.

Il entendit une voiture dans la rue. Un instant, il songea que ce pouvait être Kelly Christmas. Qui garait n'importe comment la petite voiture bleue de sa société, en débordant sur le bas-côté herbeux qui longeait la route et en renversant les bornes en béton blanc, comme elle avait si souvent réussi à le faire.

Il regarda par la fenêtre du salon une voiture blanche qui venait de se garer de l'autre côté de la route. Une jeune famille descendit du véhicule et emprunta l'allée du pavillon d'en face. Frank vit la porte d'entrée s'ouvrir et un couple de personnes âgées accueillir la famille à grand renfort d'étreintes et de baisers.

Frank alla s'asseoir et alluma la télévision. Double meurtre, attentat suicide dans un marché à ciel ouvert, inondation… Les infos ne prenaient pas leur journée de congé. Il changea de chaîne et regarda *La Coccinelle à Mexico*, tout en attendant le coup de fil de sa fille.

Noël était l'un des jours de l'année où Frank était sûr de recevoir un appel de Beth. Elle lui téléphonait aussi pour son anniversaire et pour la Fête des Pères, même si l'appel avait une semaine de retard ou d'avance, selon que les Fêtes des Pères britanniques et américaines coïncident ou pas. Mais Frank attendait avec impatience ses trois coups de fil annuels de sa fille davantage que les jours des fêtes correspondantes.

À 14 h 30, Beth n'avait toujours pas appelé. Bill avait regagné le salon avec Frank et tous deux mangeaient de la dinde. Le plat de Bill avait l'air écœurant mais pas moins appétissant que celui de Frank, qui lui avait été livré congelé, avec légumes et jus de viande dans une boîte en carton. Il mangeait dans une assiette posée sur ses genoux.

La télé diffusait *La Bataille d'Angleterre* et, pendant la scène où Christopher Plummer se disputait avec Susannah York dans un pub, Frank s'assoupit. Lorsque le téléphone sonna, Frank ne savait pas si c'était dans le film ou dans un rêve. La sonnerie stridente paraissait toutefois plus récente qu'en 1940. Son chapeau en papier lui était tombé sur les yeux et il se crut mort.

À la troisième ou quatrième sonnerie, il comprit que c'était son téléphone et qu'il n'était pas mort. Il rajusta son chapeau et se leva, en faisant valdinguer l'assiette de ses genoux sur la moquette. Il décrocha la combiné.

— Allô…

— Joyeux Noël !

C'était Beth.

Frank était perdu. Même s'il y avait un sapin dans la pièce, il avait momentanément oublié quel jour c'était.

— Quelle heure est-il ?

— Ici ? dit Beth. Huit heures passées.

— Du matin ?

— Oui. Tout va bien ?

— Un instant.

Frank posa le combiné sur le bureau. Il ramassa son assiette par terre et prit une gorgée du verre de vin qu'il avait versé cinq heures plus tôt et auquel il avait à peine touché. Il avait ouvert la bouteille il y a trois mois et, comme il n'avait pas pu remettre le bouchon dans le goulot, il avait recouvert celui-ci avec du Scotch. Le vin était aigre et Frank grimaça comme un bébé qui suce un citron.

— Désolé, reprit-il. J'ai dû m'assoupir. Joyeux Noël. Des After Eight[1], au fait ? Vous en avez là-bas ?

— Les chocolats ? Oui, je pense. J'ai toujours préféré les Matchmakers. Ceux-là, j'en ai jamais vu par ici. Quoi qu'il en soit, papa, assez discuté chocolats, Laura veut te parler la première. Je vais te la passer.

Frank reprit un peu de vin. Celui-ci était légèrement moins acide à la deuxième gorgée.

— Joyeux Noël, Frank, dit Laura.

— Joyeux Noël. Je me suis endormi. Qu'est-ce que tu fais de beau aujourd'hui ?

— J'aide maman à cuisiner et il se pourrait qu'on aille faire un tour à la plage ensuite.

— La plage ? Je présume qu'il fait beau par chez vous, alors ?

Laura ne répondit pas tout de suite, comme si elle vérifiait la météo par la fenêtre ou sur Google.

— Il y a un beau soleil, répondit-elle enfin.

— Merci pour la carte.

— Merci pour la tienne, dit Laura.

— Désolé si elle était un peu vieillotte. Ici, le choix de cartes de vœux n'a pas vraiment évolué depuis les années 1950.

— Je l'ai bien aimée, dit Laura. Elle faisait rétro.

— Rétro. Un peu comme moi.

— T'es super-moderne, Frank, répliqua Laura. Tout le monde le dit.

— Merci, dit Frank en espérant qu'elle ne se moquait pas de lui.

Il avait du mal à saisir les subtiles nuances de son langage – une expression plus directe que véritablement

1. Jeu de mots avec *after eight* (après 8 heures/8 heures passées) et *After Eight*, la marque de confiseries.

tortueuse, à vrai dire – et se demandait qui pouvait bien être ce « tout le monde ».

— J'espère que Beth ne t'a pas réveillée exprès pour que tu me parles, dit Frank. J'imagine que tu as dû sortir hier soir.

— Juste avec quelques amis. Rien d'extraordinaire.

— Je me souviens de l'époque où j'avais *quelques amis*.

Frank plaisantait, mais c'était vrai : quelques amis, puis deux ou trois, puis un seul, puis aucun ami.

— Comment va ta maman ? demanda-t-il en baissant inutilement la voix au cas où Beth pourrait l'entendre.

— Bien.

En entendant cette réponse monosyllabique, Frank devina que Beth se trouvait toujours la pièce et que Laura n'avait pas envie de parler d'elle, mais l'adjectif bref et positif suffit à le calmer de la même manière que les e-mails envoyés par sa petite-fille.

Sur sa messagerie électronique à la bibliothèque, Frank avait plus de vingt courriels intitulés *L'Enflure*. Tous étaient laconiques, se résumant souvent à une liste de notes sur 10 pour l'état physique de Beth ou le poids du monde (en livres) qu'elle portait sur les épaules ce jour-là, ou encore l'état de son moral au moment de la rédaction du message. Laura réactualisait son « bulletin de santé » au moins une fois par semaine, en allant parfois jusqu'à trois. Pour un homme qui n'ouvrait que très rarement un livre, Frank passait beaucoup de temps à la bibliothèque. Une semaine avant Noël, Frank ouvrit le plus long e-mail que Laura lui ait jamais envoyé. Le sujet portait un différent titre : *Le Projet Retrouvailles*.

Salut Frank,
Feliz Navidad.
Ne ris pas.

Je pensais à maman et au fait qu'elle avait été très malheureuse ces derniers temps. Je croyais que c'était l'Enflure et les rayons, et les allers-retours à l'hôpital, mais tu sais quoi, Frank ? Je ne pense pas qu'on puisse tout mettre sur le compte de l'Enflure. Je crois que sa mélancolie a démarré avant l'Enflure. Je pense que Jimmy lui manque. Je pense aussi que maman et Jimmy ont vraiment envie de se remettre ensemble. Sauf qu'ils ne le savent pas encore.

Ne ris pas, je t'ai dit.

Dans l'e-mail Laura expliquait comment elle allait tenter de manipuler les sentiments de sa mère. Elle passerait de la musique dans sa chambre et laisserait sa porte ouverte, de sorte que Beth puisse entendre la chanson sur laquelle Jimmy et elle avaient ouvert le bal à leur mariage. Elle mettrait aussi de la musique dans la cuisine et au salon, les titres des groupes et des chanteurs que Jimmy et Beth étaient allées voir dans des clubs et des salles de concert, lors de leurs premières années en Amérique. Chaque film que Laura sélectionnerait sur la chaîne Cinéma porterait sur l'amour qui renaît et les vieilles flammes que l'on ravive. Laura préparerait les mêmes plats que Jimmy avait l'habitude de confectionner. Chaque vision, chaque son et chaque odeur dont Beth ferait l'expérience serait contrôlée par sa fille. Quand Laura avait dit à l'instant qu'elle aidait Beth à cuisiner, Frank se demanda s'il s'agissait aussi d'une contrefaçon d'une des recettes portant la griffe de Jimmy.

L'attention de Frank fut détournée par les phares d'une voiture éclairant par à-coups la fenêtre de son salon. Il regarda un couple d'âge moyen et son chien – tous les trois arborant une écharpe façon guirlande de Noël – franchir un portail quelques maisons plus loin.

Laura parut sentir qu'il était distrait.

— Tu veux que je te repasse maman ?

— Oui, merci, répondit-il. Bonne journée.

Frank se rendit compte de son intonation américaine involontaire. Il serait comme un poisson dans l'eau là-bas.

Il écouta ce qui se passait à des milliers de kilomètres à l'autre bout de la ligne ; On entendait de la musique et il se demanda si Laura l'avait choisie. Il l'entendit parler à Beth, sans comprendre les paroles, mais Beth éclata de rire. Elle riait encore en reprenant le combiné. Frank était ravi de savoir qu'elle passait le joyeux Noël qu'il lui souhaitait plus que jamais.

— Pèèère, commença-t-elle en prenant un accent anglais très chic. Quoi d'neuf ? ajouta-t-elle dans un américain des plus comiques.

— Je crois bien que je ne m'habituerai jamais à ce que ma petite-fille m'appelle Frank.

— C'est ton prénom.

— Elle dit que vous allez à la plage. Le jour de Noël ?

— On y va toujours à Noël, répliqua Beth. Je suis sûre que je dois te le dire chaque année.

— J'espère que tu prends les choses du bon côté, dit Frank.

— Je vais bien, papa. Je suis juste un peu fatiguée. Ils m'ont accordé la journée.

Frank devina qu'« ils » désignait l'hôpital et qu'elle était dispensée de sa radiothérapie pour aujourd'hui, mais il ne pressait jamais Beth de lui fournir des informations médicales sauf si elle-même lui en livrait. S'il avait besoin de savoir quoi que ce soit, il pouvait envoyer un e-mail à Laura.

— Et toi ? reprit Beth. Qu'as-tu prévu aujourd'hui ?

— Prévu ? Regarder la télévision. Manger de la dinde froide. M'endormir dans un fauteuil.

— Un Noël anglais traditionnel. Il neige là-bas ?

— Uniquement à la télé.

— Qu'est-ce qu'il y a de beau ?

— En ce moment, une réclame pour les canapés. Attends…

Il s'empara du *Radio Times* et lut à voix haute les programmes et les films qu'il avait cochés au stylo rouge sur le magazine, puis ils discutèrent des anciennes émissions de télé et des choses qui manquaient le plus à Beth en Angleterre. Frank eut envie de lui dire que ce qui lui manquait le plus à lui était en Amérique, mais il savait que ce genre de sentimentalisme la perturberait.

Ils discutèrent encore dix minutes, puis se dirent au revoir, en se souhaitant mutuellement un joyeux Noël et une bonne année, au cas où ils ne se reparleraient pas dans l'intervalle.

Après le coup de fil, Frank tripota deux ou trois ampoules sur les guirlandes électriques de son arbre de Noël jusqu'à ce que toutes soient de nouveau allumées, puis il tira les rideaux du salon même s'il ne faisait pas encore nuit. De nombreuses voitures inhabituelles étaient garées dans la rue à présent. Quelqu'un avait coiffé d'un bonnet de père Noël l'une des bornes blanches en pierre sur le bas-côté herbeux. Lorsqu'un véhicule passa devant, Frank crut entendre tinter le grelot à la pointe du bonnet.

Il s'assit dans son fauteuil, changea plusieurs fois de chaîne et regarda la fin de *La vie est belle*. Il pensait aller en Amérique début février et ne savait pas trop s'il pourrait vraiment attendre aussi longtemps. Quelquefois l'idée même de partir voir sa famille lui donnait envie de traverser la place du village en courant et en criant à tue-tête, comme Jimmy Stewart le faisait en ce moment même à l'écran : joyeux Noël la bibliothèque ! Joyeux Noël la boutique caritative ! Joyeux Noël à toi, le bon vieux Food & Wine de Fullwind !

Après un sandwich à la dinde, Frank regarda *The Two Ronnies*[1]. Le même épisode qu'il avait vu pour la première fois quarante Noëls plus tôt avec Sheila, quand ils étaient tous deux plus jeunes que Beth à présent, et celui-là même qu'il avait également visionné ici, plus tard avec Beth. Et quand Laura était née, ils avaient de nouveau regardé l'émission. Si elle ne passait pas à la télé, Frank mettait une cassette qu'il avait enregistrée. Après la dinde et la reine. Il y avait Frank et Sheila, Beth et Laura, laquelle ne comprenait pas pourquoi c'était drôle, mais riait quand même parce le reste de la famille riait, et la vue de son grand-père hilare l'amusait beaucoup.

Peu après que Frank eut rencontré Jimmy, ce dernier était venu à Fullwind pour Noël, en compagnie de Beth et Laura. Jimmy avait apporté une dinde trop grande pour le four et cuisina le meilleur repas de Noël que Frank ait jamais mangé. Frank avait fait sa propre sauce aux cranberries, de même qu'une purée de pommes de terre et des légumes rôtis.

Pour le dessert, il prépara un plum-pudding qu'il fit flamber, avant de l'apporter solennellement au salon. Après le dîner, ils avaient regardé *The Two Ronnies*.

L'année suivante, l'Alzheimer de Sheila était visiblement avancé et Beth craignait que Laura ne soit perturbée par la confusion mentale, l'imprévisibilité et les accès de colère de sa grand-mère, si bien qu'ils n'étaient pas venus à l'appartement et Frank avait de nouveau regardé *The Two Ronnies* tout seul avec Sheila. Il espérait alors que les blagues et les sketches familiers suffiraient à réveiller le sens de l'humour enfoui en elle, mais ils avaient tous deux visionné l'émission en silence, Frank ne riant pas non plus par solidarité avec son épouse.

1. Série TV humoristique à sketchs diffusée par la BBC de 1971 à 1987.

Vingt millions d'autres téléspectateurs avaient regardé *The Two Ronnies* avec Frank et Sheila, lors de la première diffusion du programme dans les années 1970, mais il doutait qu'une telle audience soit atteinte aujourd'hui. Peut-être que les familles qu'il avaient vues arriver tout à l'heure dans Sea Lane étaient installées devant le téléviseur et regardaient l'émission en ce moment. Ou peut-être qu'il n'y avait que lui et son chat au visage énigmatique, lequel n'avait même pas remarqué que ce programme était diffusé, jusqu'à ce que le rire tonitruant de Frank le réveille, après quoi il avait lorgné la télé, puis le vieil homme coiffé d'une couronne verte en papier, qui riait aux éclats dans le fauteuil voisin :

Oui, Frank, j'ai pigé, c'est très drôle, four candles[1].

1. Célèbre sketch qui se déroule dans une quincaillerie, avec le jeu de mots *four candles* (quatre bougies) et *fork handles* (poignées de fourche à bêcher).

6

Dans les jours nébuleux entre Noël et Nouvel an, une période que Beth appelait *l'entre-deux-fêtes*, Frank commença à faire ses bagages. D'abord il acheta une nouvelle valise à la boutique caritative. Il s'agissait de la plus grosse d'un ensemble de trois : une grande, une moyenne et un petit sac de voyage – le tout dans un tissu dont le motif évoquait la moquette d'escalier d'un hôtel de campagne. Frank voulait seulement la grande, mais il déclara à la femme qui le servit au magasin qu'il n'aimait pas séparer les familles.

— Vous disiez, monsieur ? fit-elle.

Elle avait un œil paresseux, voire deux – Frank ne savait pas trop, vu qu'il trouvait aussi difficile de la regarder qu'elle de le regarder. Lorsqu'elle s'adressa à Frank, elle parut lorgner vers le bas et sur la gauche, comme l'une des poupées cassées du panier à « Tout à 20 pence » au fond de la boutique.

— Je vais prendre les trois valises, merci.

Puis, en faisant allusion à l'étiquette vierge attachée au bagage, il ajouta :

— Une valise qui n'est jamais allée en vacances. C'est comme les jouets dans *Toy Story*.

— Des jouets ? fit la femme.

— Les jouets ont vraiment envie qu'on joue avec. Peut-être que c'est pareil pour les valises.

La femme ne répliqua pas. Frank désigna l'étagère à DVD, d'où provenaient ses deux exemplaires de *Toy Story*. La femme regarda dans la direction indiquée.

— On l'apprend sur l'un des bonus du DVD, reprit-il. Peut-être bien dans les commentaires du réalisateur. Les valises ont envie d'aller en vacances. C'était pas dit en ces termes. Il était question de jouets, mais peut-être que c'est un peu la même chose pour les valises.

Il se rendit compte que la femme ignorait de quoi il parlait. Sans doute qu'elle ne savait même pas ce qu'était un bonus sur un DVD. Ou bien elle savait que ça se trouvait là quelque part, mais n'arrivait pas à naviguer sur le menu du DVD.

Frank présumait qu'il allait un jour coller à ce stéréotype. Il avait quatre-vingt-deux ans. Et sans doute dix ans de plus que la femme derrière le comptoir. Bientôt il se mettrait forcément à oublier des choses ou du moins à cesser d'apprendre quoi que ce soit de nouveau. Mais jusqu'ici la technologie n'était pas son ennemie. Il savait manier toutes les télécommandes présentes dans son appartement ; les boutons avaient une taille normale et, quand les piles étaient HS, il savait les remplacer dans le bon sens. Il avait un compte e-mail à la bibliothèque, où il surfait fréquemment sur Internet.

Taper le code confidentiel dans une machine à carte bancaire ne le terrifiait pas au point de ne pas pouvoir se rappeler les chiffres. Il continuait de régler ses factures par chèque, mais surtout à cause de son inaptitude à gérer et à économiser, un don qu'il possédait depuis qu'il avait été en âge de recevoir de l'argent de poche. Toutefois, il se débrouillait aussi bien qu'un adolescent sur le menu d'un DVD ou sur le Web.

Parfois Frank avait l'impression d'être un acteur adepte de la méthode de Stanislavski se préparant à incarner un vieil homme de quatre-vingt-deux ans. Un individu beaucoup plus jeune en tenue de vieillard, avec prothèses et maquillage, pour se balader en ville et voir les différentes réactions des gens. Tel Dustin Hoffmann en robe et en perruque se documentant pour le rôle de *Tootsie*.

Il paya la femme aux yeux de poupée à 20 pence et elle rassembla les bagages, en glissant le sac dans la valise moyenne et celle-ci dans la grande, comme des matriochkas.

— Vous allez dans un endroit agréable ? lui demanda-t-elle.

Frank ne savait pas trop si elle s'adressait à lui ou à l'ensemble des bagages.

Puisque la grande valise était vide, il s'était dit qu'il l'agiterait à la manière de Rita Tushingham[1] avec son sac à main, en faisant des moulinets dans Sea Lane, comme si c'était un accessoire de clown ou un ruban de gymnastique rythmique.

Mais avec les deux autres à l'intérieur, la valise était incroyablement lourde et il n'avait pas encore atteint la bibliothèque, située à moins de cinquante mètres de la boutique, qu'il l'avait déjà changée trois fois de main. Dans sa tête, il répétait peut-être pour le rôle d'un octogénaire, mais son corps pouvait se dispenser d'entraînement. Frank avait la sensation de trimballer deux cadavres : le sien et celui que contenait la grande valise.

Devant la bibliothèque, la Nativité était reconstituée dans une vitrine posée sur un socle en bois. L'an dernier, quelqu'un avait volé le petit Jésus et cette année la crèche accueillait un nouveau Messie et un nouveau cadenas sur la porte en verre de la vitrine. D'aussi loin que Frank

1. Actrice britannique qui fut l'une des figures les plus marquantes du Swinging London et de la nouvelle vague anglaise, dans les années 1960.

s'en souvienne, Marie, Joseph et les Rois mages étaient les mêmes figurines en bois utilisées pour la crèche de Fullwind. Ils accusaient un âge et un état semblables à celui de l'ange qui trônait chaque année tout en haut de son arbre de Noël. L'ange de Frank avait perdu une jambe et ses ailes étaient remplacées par deux triangles découpés dans une boîte de céréales. Il faisait autant partie des traditions de Noël que la gourmandise, la paresse et le discours du trône.

Descendre des combles le sapin en plastique et la boîte de décorations constituait l'une des tâches annuelles que Frank appréciait le moins. En hiver, le grenier était l'endroit le plus glacial au monde et en été le plus étouffant ; ça ressemblait à une bouteille thermos.

Le carton renfermant les décorations était recouvert d'une épaisse couche de poussière et, même si son contenu ne changeait pas, la boîte semblait un peu plus lourde d'une année sur l'autre. L'an dernier, Frank se trouvait à mi-hauteur de l'échelle avec la boîte poussiéreuse au-dessus du crâne quand elle se retourna et renversa guirlandes et paillettes sur sa tête, ainsi qu'une boule de Noël en verre qui dégringola sur la moquette où elle se brisa en mille morceaux.

Frank dut aspirer pendant des lustres les éclats fins comme des brisures de gaufrette, de même qu'il garda plus d'une semaine des paillettes et des fragments de guirlande sur les joues. Derrière le comptoir du Fullwind Food & Wind, le patron sarcastique lui demanda s'il faisait partie d'un groupe de glam rock.

Après les fêtes, ranger les décorations au grenier se révélait une tâche tout aussi affligeante, si bien que le carton et le sapin démonté traînaient souvent dans le couloir pendant des semaines, parfois même après Pâques. Cette année, si Frank s'était donné la peine de descendre le sapin et les décorations du grenier, c'était parce que les guirlandes, dont il drapait l'arbre posé sur une table près de la fenêtre du salon, éviteraient aux voisins d'appeler la police, pour qu'elle vienne défoncer sa porte d'entrée à coups de pied, parce qu'ils le croyaient mort.

Frank cheminait dans Sea Lane avec sa valise. Il la portait à présent à deux mains contre la poitrine, tel un écureuil tenant un gland au recto d'une carte d'anniversaire. Sitôt qu'il tourna à l'angle, il aperçut son appartement dominant les pavillons de plain-pied qui s'alignaient jusqu'à la bâtisse et même au-delà.

Dans cette partie de Sea Lane, l'appartement au premier de Frank équivalait quasiment à un gratte-ciel. La plupart des autres immeubles de plusieurs niveaux étaient démolis depuis longtemps et remplacés par deux, trois ou davantage de pavillons. Dès lors qu'il le quitterait, l'appartement de Frank subirait le même sort.

Les décorations de Noël de Sea Lane étaient pour le moins subtiles : une couronne sur la porte d'entrée ou un brin de houx sur le portail. Pas de guirlandes clignotantes ou de bonhomme de neige gonflable, pas de père Noël new look attaché à la cheminée ou en train de danser, pas le moindre Rodolphe poussant la chansonnette dans aucun des jardins immaculés.

Frank se demanda à quoi ressemblaient les décorations de Noël en Amérique. Il imaginait des troupeaux de rennes tractant des traîneaux conduits par des pères Noël grandeur nature et très réalistes, dans des rues recouvertes de neige artificielle, et un sapin magnifiquement illuminé au centre-ville, d'un gigantisme à faire passer celui de Trafalgar Square pour un bonsaï. À Santa Monica, la Nativité devait sans doute consister en une crèche vivante avec des acteurs et un âne véritable.

Il tenta de se rappeler les noms des rennes du père Noël : Tornade, Danseur, Furie, Tonnerre et Éclair… et les autres ? Il y en avait combien au juste ? Il savait que Rodolphe ne comptait pas en réalité parmi les rennes d'origine. Il songea à faire demi-tour jusqu'à la bibliothèque, histoire de vérifier sur Internet. Il se dit aussi que le Web avait non seulement gâché le simple plaisir d'une photo de famille, mais également celui d'essayer de se remémorer les noms des rennes du père Noël.

Frank parvint à bon port, franchit son portail et se retrouva sain et sauf dans son appartement, sans avoir croisé le moindre voisin. Il était ravi d'annoncer au voyagiste, au nettoyeur du photomaton et à la postière qu'il partait, mais n'avait pas envie d'expliquer à ses voisins pourquoi il trimballait une valise. Revenait-il de vacances ? Pourquoi n'était-il pas bronzé ? Faisait-il froid là-bas ? N'était-il pas encore parti ? Où allait-il ? Pourquoi transportait-il un cadavre ?

Heureusement, la plupart des voisins de Frank restaient chez eux. Il faisait trop froid pour Lave-sa-voiture-trop-souvent et pour que sa voisine d'à-côté, Ramasse-les-détritus, se mette à jouer du pique-feuilles, et comme l'herbe ne poussait pas en hiver, Tond-sa-pelouse-au-coupe-ongles n'avait pas lieu de faire honneur à son sobriquet de Sioux.

Frank ouvrit la valise sur son lit. Il en sortit les deux bagages plus petits et se mit à regarder dans l'armoire, en quête de tenues estivales. Laura avait dit que le soleil brillait pour le jour de Noël. Frank avait donc besoin de vêtements plus adaptés. La dernière fois qu'il était parti en vacances, la pluie n'avait pas cessé pendant une semaine et Frank avait porté le même gros pull et un imperméable pendant tout le séjour. Il sortit ses tenues les moins chaudes en apparence et les déposa dans la valise. Il n'avait aucune idée de ce qu'il ferait une fois en Amérique. Il ignorait s'il irait au restaurant avec sa famille ou s'ils passeraient leur temps sur la plage. Il ajouta deux ou trois tee-shirts tout blancs et quelques cravates, puis sortit ses deux chemises hawaïennes de l'armoire.

Celles-ci étaient si criardes – un mélange de fleurs, de fruits et de formes, telles les œuvres associées d'un cours de dessin pour élèves de primaire – que sans elles l'armoire évoquait la tristesse d'une soirée après le départ des boute-en-train. Bref, c'était la garde-robe d'un homme avec lequel Frank n'avait pas envie de partir en vacances. Il ressortit tous les vêtements de la valise, sauf les deux chemises hawaïennes, la referma, puis nota dans sa tête d'ajouter *tenues* à sa liste pour les vacances. Il ajouterait aussi *oreiller de voyage*, *adaptateur secteur de voyage*, *Matchmakers* et *Bill ?*

La veille du jour de l'an, Frank resta éveillé jusqu'à minuit. Il regarda Big Ben sonner à la télévision, la foule compter à rebours à Trafalgar Square et à Édimbourg – *Cinq, quatre, trois, deux, un*... – et le feu d'artifice, puis il ôta à nouveau le scotch du goulot de la bouteille de vin, tandis que tout le monde chantait *Ce n'est qu'un au revoir* sur l'écran. Il alla ensuite se coucher, car même en faisant des efforts, c'était impossible de se tenir bras dessus bras dessous avec un chat.

Lorsque le premier avion de l'année vola au-dessus de sa maison, Frank sortit du lit. Une fois ses vertiges dissipés et sa certitude acquise de ne pas tomber de nouveau dans l'armoire, ses courbatures prirent le relais. Il se sentait parfois tellement bien dans le lit qu'il se demandait à quoi bon se lever. À tous les coups, il serait déçu. Il sentait une raideur dans les hanches et les genoux, ainsi que dans les épaules et à la base de sa colonne vertébrale. Ses premiers pas de la journée, c'était comme marcher avec les jambes de quelqu'un d'autre. Et pas celles d'un jeune. Des jambes de la boutique caritative, pêchées dans le panier à 20 pence, au fond du magasin.

Frank enviait Bill. Le chat se levait en même temps que lui, mais était déjà en route dans le couloir pour gagner la cuisine, comme s'il s'échauffait dans son sommeil. Encore que, bien sûr, Bill dissimulait peut-être sa douleur ou son inconfort derrière son visage énigmatique et insondable.

Frank alla aux toilettes, puis nourrit Bill et le fit sortir au jardin. Ses articulations s'échauffaient peu à peu et ses os craquaient moins en remontant l'escalier qu'en le descendant au réveil. À midi, il aurait rassemblé suffisamment d'énergie cinétique pour passer le reste de la journée. À 14 heures, il s'ennuierait. Ça lui pesait de ne pas savoir où aller.

Il appela Beth pour lui souhaiter une bonne année. Même si c'était encore l'an dernier en Amérique et que l'entre-deux-fêtes n'était pas complètement terminé.

— Allô ?

Ces dernières années, Frank s'était rendu compte que Beth était amusée et même flattée quand il la confondait avec Laura, davantage que Laura pouvait l'être quand on la prenait pour sa mère, si bien que lorsqu'il ne savait pas laquelle des deux avait décroché il posait toujours la même question.

— C'est Laura ?

— Salut Frank.

— Bonne année.

— Déjà ? Merci.

Il entendait la télévision. Des rires, des applaudissements, des chansons et des coups de feu, une discussion enflammée en espagnol et un moniteur de fitness qui comptait à voix haute entre deux inspirations. Frank supposa qu'elle zappait d'une chaîne à l'autre.

— Je pensais que tu serais dehors ce soir en train de faire la fête, dit-il.

— C'est la soirée de l'année que j'aime le moins, pour être franche, Frank.

En marquant une pause entre « franche » et « Frank », elle savait à l'évidence qu'elle faisait un jeu de mots, mais avec sa voix susceptible de confondre un détecteur de mensonges, difficile d'en être certain.

— J'aime pas qu'on m'impose les moments où je devrais m'amuser, dit-elle.

— Oh, moi non plus, approuva-t-il. Qu'est-ce que tu fais à la place ?

— Je regarde juste la télé.

— Qu'est-ce qu'il y a de beau ?

— Rien.

— J'ai regardé ça aussi hier soir.

— Décevant, hein ? Je ne la regarderai plus jamais.

— Moi non plus. Pas avant le réveillon de l'an prochain, du moins.

— Exact.

— Ta mère est là ?

— Elle dort. Tu veux que je la réveille ?

— Oh non. Tout va bien. Il n'est pas encore minuit chez vous, hein ?

— Pas encore.

Même quand elle était enfant, Beth insistait toujours pour veiller jusqu'à minuit le soir de la Saint-Sylvestre. Quand elle bâillait et piquait du nez, elle se forçait à rester éveillée jusqu'à ce que résonnent les douze coups de minuit, puis elle dormait à poings fermés dans les secondes qui suivaient et Frank la portait jusque dans son lit ; si bien qu'il était inquiet à présent.

— L'Enflure l'a épuisée, reprit Laura.

Elle éteignit la télévision, ou du moins coupa le son, et la fusillade, les chansons, les rires et les applaudissements cessèrent brusquement.

— Je viens de t'envoyer les dernières infos.

— La bibliothèque est fermée, dit Frank. Je vais devoir lire ton message d'ici un jour ou deux. Qu'est-ce qu'il y a dedans ?

— Un bref synopsis, on va dire… T'as vu *Vacances romaines* ?

— Le film ? Oui.

— Tu sais à quel point Audrey Hepburn est amoureuse de Gregory Peck, même si elle est princesse et lui journaliste, et à la fin elle sourit à cette conférence de presse, mais elle a l'air si triste, tu vois ?

— Je ne suis pas très sûr. Oui. Je crois.

— Maman est un peu comme ça, en ce moment. Il y a comme la mélancolie d'Audrey en elle.

— Je vois. Enfin, je pense. Tu veux dire qu'elle est malheureuse ?

— Et heureuse à la fois. Bref, t'as pas besoin de lire l'e-mail maintenant.

— Et toi, comment vas-tu ? s'enquit Frank.

Il se dit qu'il le lui avait peut-être déjà demandé, mais craignait que Laura se mette à en vouloir à sa mère de monopoliser la compassion de tout le monde. Toutefois, il y avait peu de chance que ça se produise, car Laura éluda la question avec sa nonchalance habituelle.

— Moi, je suis à deux doigts de rater ce film, voilà, dit-elle.

Frank lui demanda de souhaiter une bonne année à Beth, puis ils se dirent au revoir. Avant que Laura ne raccroche,

Frank entendit de nouveau le son de la télévision et une sorte de grésillement qui ressemblait à la musique d'ouverture d'un vieux film en noir et blanc.

Il se rendit à la cuisine et se prépara une tasse de thé. En attendant que l'eau se mette à bouillir, il regarda par la fenêtre. La pluie débordait de la gouttière qui courait le long du toit. Elle avait besoin d'être réparée, mais ce n'était plus son problème. Le fait d'être sans abri, ou du moins l'idée, se révélait incroyablement libérateur.

Durant les deux jours suivants, Frank fit et refit sa valise, en déposant ses vêtements à plat à l'intérieur, avant de les retirer pour les reposer en les roulant. Il essaya un assemblage de chemises et de pantalons à plat, au centre de la valise, avec des caleçons et chaussettes roulés et glissés tout autour contre les bords. Il souhaitait suffisamment remplir la valise pour devoir la fermer en s'asseyant dessus, mais n'avait pas assez de tenues à emporter. Frank n'avait pas réalisé qu'il possédait autant de lainages. Aurait-il besoin d'une veste ou d'un manteau ? Ferait-il trop chaud pour porter des chaussettes ?

Il inscrivit son adresse sur l'étiquette et se demanda ce qui se passerait si sa valise se perdait et qu'on finisse par la lui renvoyer ; serait-il toujours là pour la réceptionner ? L'adresse sur l'étiquette existerait-elle encore ? Il aurait sans doute dû faire ses cartons en vue de déménager plutôt que sa valise pour partir en vacances, mais il continua de la faire et de la refaire.

À la boutique caritative, il s'offrit un treillis camouflage couleur cookies aux pépites de chocolat, dont beaucoup de gens auraient dit que Frank était trop vieux pour le porter, mais c'était précisément la raison pour laquelle il l'acheta, ainsi que pour les six poches : sur le côté, derrière, et à mi-hauteur le long des jambes. Frank pensait qu'il aurait besoin de poches supplémentaires en Amérique, pour son passeport et son argent. Il acheta aussi des tongs avec des semelles évoquant des bonbons à la réglisse, quelques paires de chaussettes et des sous-vêtements au grand Sainsbury's et, juste au cas où six poches ne suffiraient pas, une pochette zippée de voyage pour les papiers. C'était difficile de choisir les tenues adéquates pour des vacances estivales en Californie au beau milieu d'un hiver anglais. Comme faire des courses alimentaires juste après un gueuleton, et Frank ne savait pas trop si ses achats conviendraient.

Pendant qu'il se trouvait au supermarché, il retourna à l'agence de voyage et prit davantage de brochures sur la Californie. De retour chez lui, il regarda les photos de Disneyland et des Studios Universal, du panneau Hollywood, de l'observatoire Griffith et des grandes affiches sur Sunset Strip. Sans oublier le Chinese Theatre, l'Egyptian Theatre, ainsi que les plages de Venice et de Santa Monica, où Beth et Laura s'étaient promenées à vélo. Existait-il un meilleur endroit qu'Hollywood pour échapper à la réalité ? Lorsqu'il eut tourné plusieurs fois le bouton du radiateur à gaz sans pouvoir l'allumer, au point qu'il sentit des ampoules se former sur son pouce et son index, il abandonna et préféra se rendre à la bibliothèque, parce qu'au moins c'était chauffé et il pourrait regarder une nouvelle fois sur Internet le plan de cabine de son vol. Il trouva l'emplacement des issues de secours et des toilettes, et imagina à côté de qui il serait assis, quel repas on lui servirait et quels films seraient diffusés.

Frank en avait vu beaucoup, mais jamais durant un vol. Au moins il n'y en aurait aucun sur des catastrophes aériennes. Depuis qu'il avait réservé ses billets, chaque film qu'il regardait semblait contenir un crash aérien ou un détournement. Ils avaient remplacé les histoires de cancer sur sa télé. Il y avait des bombes à bord ou des serpents, des réacteurs qui prenaient feu et des pannes, des appareils qui s'écrasaient dans la montagne et des passagers qui se mangeaient les uns les autres. Sans compter les documentaires sur les accidents, les avions qui atterrissaient sur des fleuves, des autoroutes embouteillées aux infos, les pilotes ivres et les anecdotes de bagages perdus. La veille au soir, Frank avait regardé un reportage aux infos sur la phlébite lors de vols long-courriers. Comme pour beaucoup d'autres choses – la grippe, le froid, la canicule – étant donné qu'il avait quatre-vingt-deux ans, Frank faisait partie des groupes à risque. Il tapa *phlébite* dans Google images sur l'ordinateur de la bibliothèque et faillit s'évanouir sur le clavier. Après avoir ajouté *chaussettes de contention pour l'avion* à sa liste d'achats pour les vacances, il lut le dernier e-mail de Laura.

Sujet : L'Enflure
Quoi de neuf, Frank ?
L'Enflure a connu deux ou trois mauvais jours. Maman dit qu'elle est fatiguée, mais elle est trop fatiguée pour dormir et elle traîne son ennui dans la maison comme une ado privée de sortie.
Sommeil 6,5/10 (intermittent).
Appétit 7/10.
Énergie 6/10.
Humeur - Audrey Hepburn avec une touche de princesse Diana.
Bonne année, quelle que soit la date là où tu es.

L.

Frank ignorait si l'allusion à la princesse Diana était positive ou non. Il envoya une courte réponse pour le lui demander, quitta la bibliothèque, puis traversa la rue et se rendit à la pharmacie, puis au Fullwind Food & Wine, mais ni l'officine ni la supérette ne vendaient des chaussettes de contention pour l'avion. À la boutique caritative, la femme aux yeux de travers – à laquelle Frank avait attribué le nom de Sioux *Yeux-au-sud-ouest* – lui suggéra d'essayer une paire de mi-bas à la place. Elle s'approcha d'une des étagères et en rapporta un paquet.

— Ils sont neufs, précisa-t-elle en les posant sur le comptoir. Jamais portés.

Sur l'emballage était inscrit *5 paires de mi-bas – 15 deniers – couleur chair*, au-dessus de la photo de jambes féminines croisées.

— Voudriez-vous les prendre ?

Frank hocha la tête et Yeux-au-Sud-ouest s'empara d'une pile de sacs en kraft.

— Ils sont faits pour les femmes, dit-elle (Elle parlait fort, bien que Frank ne l'ait jamais remarqué), mais je suis sûre que ça n'a pas d'importance.

Elle frotta les sacs en papier pour en détacher un du lot.

— Mon mari travaillait sur les plates-formes pétrolières et il avait l'habitude de porter mes collants pour se tenir chaud.

Frank souhaitait simplement qu'elle cesse de jacasser ou baisse au moins le volume et glisse les collants de femme dans le sachet, afin qu'il puisse s'en aller. Il avait l'impression d'acheter des magazines cochons. Après avoir payé et quitté la boutique, juste au moment où la porte se fermait, il crut bel et bien entendre des rires haut perchés comme dans le bus qui menait au grand Sainsbury's.

Dans la deuxième semaine de janvier, un homme arriva en camionnette et planta un écriteau À VENDRE sur le bout de gazon qui bordait l'appartement de Frank. Le panneau atteignait deux fois la taille de la plupart des autres pancartes À VENDRE plantées devant les pavillons de Sea Lane, même si celui-ci concernait une propriété qui faisait au moins la moitié du prix. Frank avait supposé que le propriétaire vendrait l'appartement pour le démolir et faire de la place à d'autres pavillons ou s'occuper lui-même du futur aménagement, si bien qu'il fut surpris de découvrir l'écriteau. Ça signifiait aussi qu'il devrait désormais répondre à tout un tas de questions agaçantes, chaque fois qu'il croiserait un voisin.

— Vous déménagez ?

— Vous allez vous installer où ?

— Il en demande combien ?

Et ainsi de suite.

Les premiers visiteurs furent un jeune couple. Les voisins de Frank sortirent et firent mine de laver leur voiture, tailler leur pelouse ou ramasser leurs détritus, afin de voir qui seraient éventuellement les nouveaux. Hilary, la chef du comité de surveillance du quartier, allait créer un tableur et un panneau d'information.

L'agent immobilier fit faire le tour de l'appartement au jeune couple, pendant que Frank regardait la télévision au salon. Lorsqu'ils sortirent de sa chambre, Frank entendit l'homme déclarer à l'agent immobilier que ce serait un logement agréable, une fois tout le bazar déblayé, et Frank savait qu'il ne parlait pas du sapin de Noël démonté et du carton de décorations dans le couloir. Il ne faisait pas allusion aux DVD et à tous les objets décoratifs provenant de la boutique caritative posés sur toutes les surfaces disponibles du salon. Il ne parlait pas des girafes, éléphants et autres figurines d'animaux dans l'arche surbookée du manteau de cheminée. Il ne faisait même pas référence à la pagaille dans le jardin, à la litière du chat dans la cuisine ou aux pubs accumulées au pied de l'escalier. L'homme parlait de lui, Frank. C'était lui le bazar à déblayer.

Après cette première visite, chaque fois que des gens venaient voir l'appartement, Frank s'arrangeait pour sortir. À ses yeux, la plupart des visiteurs étaient juste des curieux et pas réellement intéressés par l'achat de ce logement.

Il pensa même reconnaître certaines personnes du village, lesquelles étaient uniquement venues fouiner et tester sa sonnette bizarre. Si bien que chaque fois qu'une visite était prévue, il allait faire des courses ou à la bibliothèque pour regarder America online et lire le dernier e-mail de Laura.

Salut Frank,
Aujourd'hui l'humeur de maman, c'était Sandra Bullock. Je pense que c'est parce que tu viens bientôt nous voir. Et il reste juste encore une semaine de zigouille-Enflure à coups de rayons X.
P-S : Le Projet Retrouvailles avance bien.

L

Frank se réjouit d'apprendre que Beth avait meilleur moral. Certain que c'était ce que représentait « Sandra Bullock ». Il répondit qu'il avait vraiment hâte de venir, même s'il appréhendait un peu le vol. Il plaisanta sur le dernier avion qu'il avait pris, en disant que le pilote portait des lunettes de protection et qu'il fallait lancer l'hélice à la main.

Lorsque le passeport de Frank arriva, la photo était atroce. Pire que le souvenir qu'il en gardait sur l'écran quand il avait choisi de l'accepter. L'homme sur la photo ne lui ressemblait même pas. Sa peau était gris-vert comme les bajoues d'un chien qui bave. Il avait même l'air plus ou moins mal à l'aise. Frank s'était tant escrimé à cacher la moindre émotion en prenant la pose qu'on aurait dit qu'il souffrait d'hémorroïdes… et il était vraiment si vieux que ça ? Il tendit le passeport ouvert à Bill.

— Je ressemble à ça, Bill ?

Le chat parut réfléchir à sa réponse, en regardant le passeport puis Frank, et son visage toujours aussi inanimé sembla poser la question :

Pourquoi as-tu fait un passeport ? Tu crois aller où, bon sang ?

Frank attrapa un plateau de service argenté et compara son reflet avec la photo sur le passeport.

— C'est comme le passeport de Dorian Gray, dit-il.

Sa blague le rendait un peu trop fier de lui et, tout en rangeant le passeport dans le tiroir du bureau, il nota dans un coin de sa tête de la répéter à Beth ou Laura. Sur le calendrier de la cuisine, il inscrivit : *Passeport dans le tiroir du bureau.*

Tandis que janvier s'approchait de février et des vacances de Frank, il devint de plus en plus paranoïaque ; il était convaincu que quelque chose l'empêcherait de partir. Il redoublait de prudence en descendant l'escalier, au cas où il tomberait, et évitait de manger tout ce qui risquerait de l'étouffer. Le matin, le bruit du premier avion survolant son appartement avait pris une nouvelle signification. Ce n'était plus simplement une façon de lui donner l'heure, mais aussi le signe qu'il n'y avait pas d'éruption volcanique en Islande ni une grève de bagagistes ce jour-là, et que ses vacances restaient à l'ordre du jour. Chaque fois que le téléphone sonnait, il avait peur de répondre au cas où ce serait Beth avec d'autres mauvaises nouvelles ou le propriétaire voulant récupérer son argent parce que personne n'avait visité le logement depuis près d'une semaine. Mais c'étaient encore d'autres robots téléphoniques silencieux, des télévendeurs et des téléopérateurs faisant une étude de marché nécessitant à peine quelques minutes de son temps.

Il y eut un tout dernier e-mail de Laura, rappelant à Frank de ne pas parler du Projet Retrouvailles à Beth. Elle lui demanda aussi de mettre toutes sortes de vieilles photos de famille dans ses bagages et « d'apporter des souvenirs ». Elle conclut le message en lui disant qu'elle se faisait une joie de le voir et qu'il était son « arme secrète ».

La veille au soir de partir pour l'Amérique, Frank ne put fermer l'œil. Il n'arrivait toujours pas à croire qu'il s'en allait. S'il parvenait vraiment à s'endormir, il s'attendait plus ou moins à se réveiller en découvrant qu'il avait fait un rêve plus compliqué que Judy Garland dans *Le Magicien d'Oz*. Et il serait toujours coincé dans ce vieux Fullwind-on-Sea barbant et monochrome ; il regarderait le plafond de la chambre qui avait besoin d'être repeint, allongé dans son lit et entouré de Beth, Laura, Jimmy, la femme à la coquetterie dans l'œil de la boutique caritative et son propriétaire, et tous les regarderaient avec les mêmes traits figés de son chat.

Il ferma les yeux et tenta de s'imaginer Beth et Laura à l'aéroport de Los Angeles, le visage dégoulinant de larmes de joie et de bonheur. Elles tenaient un écriteau avec son nom. Il pensa aux hamburgers et au pop-corn, aux cinémas drive-in, et se vit faire du vélo le long de la plage avec la mer bleue et le ciel tout aussi bleu au-dessus. Il pouvait presque sentir le soleil sur son visage en y pensant, même si son appartement était glacial et la fenêtre de la chambre humide de givre. Il ouvrit les yeux et regarda le réveil sur la table de chevet ; c'était la seule et unique fois qu'il avait programmé la sonnerie et il l'avait testée à une bonne dizaine de reprises, terrifié à l'idée qu'elle ne se déclenche pas. Il songea à vérifier une fois de plus pour être sûr. Il se tourna dans le lit et ferma à nouveau les yeux et, même si celui-ci n'était pas attendu avant plusieurs heures, il guetta le premier avion de la journée en se disant que demain il pourrait lui-même survoler sa maison.

7

Chaque année, 480 000 vols de 84 compagnies desservant 184 destinations décollent et atterrissent à Heathrow. Soixante-dix millions de passagers transitent par cet aéroport, soit une moyenne de 191 200 par jour, tous observés sous des centaines d'angles différents par plus de dix mille caméras de surveillance, reliées à un vaste mur d'écrans dans une salle de contrôle où, enfin, quelque chose valait la peine d'être observé.

Un homme de quatre-vingt-deux ans, en treillis camouflage *Desert Storm* et des cheveux longs lui arrivant au milieu du dos, portait une chemise qui, même dans un aéroport où l'on croise chaque jour des passagers de retour d'Hawaï ou d'Acapulco, semblait incroyablement criarde.

Tandis qu'il traversait l'aérogare, en esquivant les valises à roulettes quand il ne trébuchait pas dessus, un SMS circula parmi les autres employés de la sécurité en disant de rappliquer à la salle de contrôle pour se rincer l'œil. Quelqu'un suggéra même de commander une pizza ou du pop-corn. C'était le moment idéal pour détourner un avion ou passer en fraude quelques centaines de cigarettes à la douane.

Lorsque Frank eut presque atteint sain et sauf le comptoir d'enregistrement, un gamin sur une valise en peau de tigre, avec une tête et des oreilles de fauve en guise de poignée, lui roula sur le pied et d'autres passagers dans la file d'attente réprimèrent leur envie de rire dans différents dialectes. Une Albanaise rit tout de même aux éclats. Désormais, Frank serait sans doute un humoriste aussi populaire en Albanie que Norman Wisdom[1].

La femme au comptoir enregistra Frank et sa valise. Elle attacha une étiquette autour de la poignée et le bagage entama son voyage en franchissant le rideau de bandes de caoutchouc. Frank envisageait sérieusement de ne pas la récupérer à son arrivée à L.A. et de la laisser tourner indéfiniment sur le tapis roulant.

Il s'avança vers la sécurité. Sans l'encombrante valise, il pouvait à présent s'autoriser une démarche plus décontractée et mieux adaptée à sa chemise bigarrée, en balançant son petit sac de voyage comme John Travolta son pot de peinture sur le générique d'ouverture de *Saturday Night Fever*.

Dans la zone de contrôle, Frank retira ses chaussures et sa ceinture. Les mi-bas de femme à 15 deniers couleur chair, que Yeux-au-sud-ouest avait mis un temps fou à glisser dans le sachet marron, seraient maintenant vus par les voyageurs et le personnel du troisième aéroport le plus fréquenté au monde. Dix mille caméras de surveillance le filmèrent sous tous les angles tandis qu'il s'avançait vers le scanner à bagages à main dans ses collants pour femme, en essayant de ne pas glisser sur le sol brillant.

Il posa ses chaussures et sa ceinture dans un plateau en plastique gris, avec son sac cabine, et plaça le plateau à l'entrée de la machine à rayons X. Cela lui rappela ce qu'avait dit Laura pour décrire la radiothérapie de Beth : « C'est comme passer dans un scanner à bagages cinq fois

1. Sir Norman Joseph Wisdom (1915-2010), célèbre humoriste, chanteur, compositeur et acteur anglais.

par semaine. » Il tenta de chasser l'image de son esprit, au cas où il éclaterait de rire ou en sanglots, dans cette zone de transit hautement sécurisée entre la terre et les nuages, où le rire et les larmes suffiraient à le bannir de tout voyage en avion.

Le plateau gris disparut dans le scanner et, pendant que Frank attendait de passer sous le portique détecteur de métaux pour récupérer son sac, il vérifia que les six poches de son pantalon ne contenaient pas de pièces de monnaie. Il se demanda si les petits clous dorés sur les passants de la ceinture du pantalon déclencheraient l'alarme. Un employé de la sécurité lui fit signe de passer sous le portique et Frank fut soulagé de ne produire aucun bruit. Son pantalon était deux ou trois tailles trop grand et il craignait le pire, au cas où il aurait dû lâcher la ceinture, en cas de fouille.

De l'autre côté du portique, le tapis roulant faisait passer sa ceinture, ses chaussures et son bagage à main dans le scanner à rayons X. L'espace d'un instant, le tapis s'arrêta et le personnel examina l'écran. Puis le tapis redémarra, tandis qu'une femme en uniforme suivait le plateau en plastique. Elle attrapa celui-ci et demanda à Frank de la suivre jusqu'à une table, où elle lui ouvrit son sac.

— C'est votre bagage, monsieur ? s'enquit-elle en enfilant une paire de gants en latex blanc.

— Oui, répondit-il.

— Pouvez-vous me décrire son contenu, monsieur ?

— Hmm… un nécessaire de toilette… un peigne… ah, oui, un sandwich. Je n'étais pas sûr de ce que j'allais manger. Dans l'avion, je veux dire. Pas en Amérique. Euh… hésita-t-il en se grattant la tête, c'est un peu comme *The Generation Game*[1].

— Je vous demande pardon, monsieur ?

1. Jeu télévisé de la BBC animé par Bruce Forsyth, où quatre équipes de deux personnes de la même famille s'affrontent pour gagner toutes sortes de prix.

Frank souhaitait se livrer à son imitation de Bruce Forsyth s'écriant : « Bien joué, bien joué. Une peluche ! » Mais il savait qu'on ne plaisantait pas avec la sécurité des aéroports. Tout le monde savait que le personnel n'appréciait guère les blagues sur les bombes et, même s'il n'y avait aucune photo de Bruce Forsyth cerclée de rouge sur le panneau des objets interdits en cabine derrière la femme (un pétard, une bouteille de gaz, un cutter, de l'essence pour briquet, des allumettes et un flacon d'acide, mais pas ce brave Brucie), il valait mieux éviter la moindre plaisanterie, aussi légère soit-elle.

— Rien, désolé… dit-il.

— Quelle est votre destination, monsieur ? demanda la femme.

Elle sortit sa veste pliée du sac et la posa sur la table.

— L'Amérique.

La femme de la sécurité s'empara à présent d'un petit réveil du sac de Frank.

— Un réveil, dit Frank en se rappelant soudain qu'il l'avait emporté.

— Affaires ou agrément ? Votre voyage d'aujourd'hui.

— Vacances, dit-il. Je vais rendre visite à ma fille et à ma petite-fille.

La femme sortit un autre réveil du sac.

— Ah oui… *les réveils*…

— Pouvez-vous m'expliquer pourquoi vous en avez autant, monsieur ? questionna la femme tandis qu'elle en sortait un troisième du sac.

C'était le réveil de sa table de chevet. Le clapet du compartiment à piles s'était détaché et celles-ci étaient tombées au fond du sac de Frank. La femme les plaça près des trois réveils. Frank expliqua que sa fille lui avait envoyé une brochure un jour, laquelle suggérait différentes manières d'éviter la démence.

— Il est important de garder la notion du temps, dit-il.

La femme de la sécurité prit le petit calendrier format A5 d'une œuvre caritative dédiée aux enfants.

— Et de savoir quel jour on est, ajouta-t-il.

Il expliqua à la femme que sa fille lui demandait toujours s'il prenait bien soin de lui et s'il mangeait correctement. Il ne lui dit pas qu'ils avaient récemment inversé les rôles et qu'il s'inquiétait à présent constamment au sujet de la santé de sa fille. Il dit qu'il avait mis les réveils et le calendrier pour que Beth puisse voir qu'il prenait autant qu'elle sa santé au sérieux.

— C'est une sorte de blague, ajouta-t-il.

— Une sorte de blague ? répéta la femme.

— Elle m'envoie des e-mails intitulés : *Les secrets d'une bonne alimentation* ou *Dix trucs infaillibles pour garder la mémoire*. Parfois je les mets directe à la corbeille, en pensant que c'est du spam.

— Du spam ? répéta la femme.

Frank avait la nette impression qu'elle faisait partie des rares personnes au monde à ne pas avoir encore d'ordinateur et qu'il aurait pu aussi bien lui parler chinois. Il chercha une éventuelle photo de spam sur le panneau des objets interdits à bord.

— Pouvez-vous me dire pourquoi la date d'aujourd'hui est entourée, monsieur ? s'enquit-elle en regardant le calendrier ouvert.

Aux yeux de Frank, la question paraissait si ridicule et la réponse si évidente qu'il dut faire de gros efforts pour ne pas noyer son interlocutrice sous les sarcasmes. Il se demanda si la sécurité de l'aéroport était toujours aussi pointilleuse. Certes l'employée en faisait trop, mais en réalité cet excès de zèle rassurait Frank qui ainsi appréhendait moins de monter à bord d'un énorme avion avec quatre cents parfaits étrangers.

Tandis qu'il expliquait que la date était entourée parce que c'était le jour où il s'envolait vers l'Amérique pour voir sa fille, l'employée de la sécurité sortit un quatrième réveil du sac de Frank. Lui-même reconnut qu'en transporter quatre dans un bagage à main se révélait pour le moins inhabituel.

— Celui-ci est réglé sur l'heure de Los Angeles, dit-il.

La femme considéra Frank et décida qu'il n'était pas un terroriste mais juste un peu fou. Elle lui souhaita bon voyage puis, d'un air perplexe et d'une main gantée de latex, lui fit signe de circuler.

Frank remit ses affaires dans son sac et dut lâcher la ceinture de son pantalon, si bien que celui-ci lui glissa sur les hanches en dévoilant son caleçon comme s'il était un rappeur. Il mit le ceinturon dans le sac et renfila ses chaussures. Les lacets de la droite étaient toujours noués et il ne pouvait y glisser le talon, si bien qu'il dut traîner le pied en serrant les orteils. Avec son passeport entre les dents, son sac ouvert, sa veste au creux du bras et l'autre main agrippant son pantalon pour éviter qu'il ne glisse complètement, il entra dans la salle d'embarquement. Les plus vieux employés de la salle de contrôle vidéo de l'aéroport soupirèrent en se remémorant les comédies érotiques des années 1970, avec le héros s'échappant par la fenêtre de la chambre de sa maîtresse après que le mari fut rentré plus tôt que prévu du travail. La même femme qui avait ri tout à l'heure à l'enregistrement sourit à Frank en le croisant : le Robin Askwith[1] d'Albanie.

Frank s'assit et renfila son ceinturon. Il ôta sa chaussure droite et défit le nœud à son lacet. Il descendit les mi-bas quasiment jusqu'aux chevilles et se gratta les jambes. Il enfila sa veste, en prenant son temps pour éviter de se faire

1. Acteur emblématique de l'âge d'or des comédies érotiques britanniques des années 1970.

un torticolis. Puis il se détendit du mieux qu'il put. Il avait pas mal de temps à tuer avant son vol, mais craignait tellement d'arriver en retard et de le rater qu'il s'était pointé bien trop en avance. Il lorgna le panneau des départs en plissant les yeux, mais les caractères étaient trop petits. Il allait devoir s'approcher.

La salle d'embarquement abritait plus de magasins que Frank n'en ait jamais vus au même endroit, surtout dans une aérogare. La dernière fois qu'il avait pris l'avion, c'était pour le Portugal dans les années 1980.

Impossible de se rappeler son aéroport de départ, mais il était certain que celui-ci n'avait pas autant de boutiques et de restaurants : juste un magasin duty-free qui vendait de l'alcool et des clopes, ainsi qu'un snack pour s'acheter à boire et un sandwich. Heathrow accueillait à présent des pharmacies et des bijouteries, des librairies et des magasins de jouets.

Il y avait même un mini Harrods et un Tiffany's modèle réduit, une maison du caviar, une Sunglasses Hut, une galerie des parfums et un World of Whiskies. Juchés sur des tabourets, les gens dégustaient sushis et huîtres, et faisaient descendre leurs œufs de béluga avec du champagne rosé. Frank découvrit même une maroquinerie de luxe pour quiconque n'aurait pas eu le temps de faire correctement ses valises et arriverait à l'aéroport avec ses affaires dans des sacs plastique.

Frank se dit qu'il devrait acheter quelque chose à Beth et à Laura. Il se rendit donc dans le principal magasin détaxé. Il regarda les différents alcools en vente, mais n'avait aucune idée de ce qu'elles aimaient et certes pas envie d'acheter des cigarettes. Un parfum, c'était hors de question. Comment pouvait-il espérer trouver le bon ? Et même détaxé, il semblait bien trop cher pour se risquer à le choisir au hasard.

Frank regarda les chocolats. Il n'existait rien de pire que d'avoir trop de choix. Il avait déjà glissé deux boîtes de Matchmakers dans sa valise, à l'orange et à la menthe. Il s'arrêta près d'une étagère d'oranges en chocolat et se souvint du jour où il avait tenté de montrer comment en « déballer une » en tapotant dessus. Il avait prévu de frapper doucement la boule de chocolat sur la table, de sorte que Beth puisse voir les quartiers se séparer comme par magie, mais son tour échoua et la boule resta en un seul morceau. Frank dut y aller au marteau, ce qui, en définitive, impressionna davantage Beth.

Il laissa tomber le magasin détaxé, puis passa devant une bagagerie et envisagea d'acheter un chariot pliant pour sa valise, mais la taille risquait de ne pas correspondre et il se retrouverait avec un truc supplémentaire à trimballer. Il entra dans une boutique de souvenirs appelée Glorious Britain. Il doutait que Beth ou Laura soit intéressée par Manchester United, la famille royale ou des drapeaux. Il y avait beaucoup de babioles à l'effigie des Beatles. Tout le monde les aimait en Amérique, non ? Sauf pour quelqu'un qui les détestait, bien sûr. Frank pensait trouver des produits à base de Marmite[1]. De la *Marmite.* Voilà ce qu'il aurait dû acheter à Beth.

Il fit une halte devant les cartes postales. Il s'agissait surtout de monuments londoniens. Il en chercha une avec une photo de son ami Smelly John, prise au temps de sa période punk rock. John était mort depuis plus d'un an et demi à présent et il manquait à Frank. S'il avait été encore de ce monde, peut-être que Frank n'aurait pas accepté aussi facilement l'offre du propriétaire, en craignant qu'une fois sans abri il risquait d'être relogé trop loin de John pour le revoir un jour. Sauf s'il avait acheté pour John et

1. Pâte à tartiner à base de levures utilisées pour la fermentation de la bière, très riches en vitamine B1.

lui deux billets pour l'Amérique. Après avoir vu Beth à L.A., ils auraient pu traverser le désert jusqu'à Las Vegas dans une décapotable de location, coiffés des chapeaux de cow-boy qu'ils auraient achetés dans un relais routier. Ils seraient restés des jours entiers devant les machines à sous, avec une carafe pleine de Margarita givrée et un seau de petite monnaie jusqu'à ce qu'ils aient tout perdu ou gagné assez pour s'acheter des flingues et tirer sur les serpents à sonnette en rentrant à L.A. et pour le vol du retour.

Frank se sentit soudain très seul. Aussi romanesque que soit l'idée du voyageur solitaire, comme Beth l'avait dit, même Michael Palin disposait d'une énorme équipe de tournage à ses côtés. Au pire, comme John aurait été en fauteuil roulant, ils auraient pu passer devant tout le monde dans les files d'attente à l'aéroport et se voir octroyer de meilleurs sièges dans l'avion. Frank laissa tomber les cartes postales. Il n'y en avait aucune avec Smelly John, justes des palais, la famille royale et des clochers.

Comme John était décédé, l'idée traversa l'esprit de Frank qu'il n'aurait personne à qui poster une carte pendant ses vacances. Il pouvait toujours en envoyer une à la bibliothèque ou au Fullwind Food & Wine ou à Yeux-au-sud-ouest à la boutique caritative. Mais ils ne sauraient pas qui c'était… sauf, peut-être, s'il signait *L'homme aux girafes*.

Les cartes postales faisaient encore partie des traditions en voie d'extinction, éliminées par la technologie et la paresse, tout comme se rappeler les noms des rennes du père Noël et des nains de Blanche Neige, ou de faire des grimaces dans un photomaton. La plupart des cartes postales achetées chez Glorious Britain tenaient sans doute lieu de souvenirs ; personne ne devait écrire dessus ou les envoyer à quiconque. Un peu comme les jouets dans

Toy Story ou la valise de Frank. Une carte postale vierge, jamais postée était à coup sûr une carte malheureuse.

Frank suivit un chemin sinueux dans la salle d'embarquement, en faisant le tour des magasins sans rien acheter et en évitant tout bagage à main qui semblait monté sur roulettes. Il passa devant une boutique de cravates et songea à y entrer pour leur demander s'ils pouvaient lui conseiller quelque chose susceptible d'aller avec la chemise qu'il portait. Juste histoire de leur lancer un défi.

Finalement, il s'assit près de l'écran des départs et mangea le sandwich qu'il avait apporté, tout en attendant que son numéro de porte apparaisse.

8

Pendant le « quart d'heure de marche » pour rejoindre la porte d'embarquement qu'il avait entamé vingt minutes plus tôt, Frank vit l'avion à bord duquel il voyagerait. À travers la baie vitrée du terminal, l'appareil paraissait évidemment énorme, mais il évoquait une maquette Airfix ou un de ces jouets vendus dans la boutique détaxée. Frank s'assit dans la zone d'attente et essaya de deviner qui occuperait le siège à ses côtés au cours du vol. Il leur attribua des noms de Sioux : Voix-qui-gueule-dans-son-portable, Gamin-qui-braille, Carlos le Chacal, et ainsi de suite.

Lorsqu'il regardait un film de guerre ou un film catastrophe, Frank s'amusait souvent à la « roulette russe du figurant » : il en choisissait un au milieu d'une scène de bataille, d'inondation ou de tremblement de terre et s'imaginait dans la peau du personnage. Il regardait le film et attendait de voir si celui-ci survivait ou non. Frank était mort dans *Zulu* et dans *Le dernier des Mohicans* ; il s'était fait abattre sur un mur qui s'effondrait dans *Alamo*, tuer au cours d'une explosion dans *Pear Harbor* et dévorer par des dinosaures au centre de la Terre. Il avait succombé sous l'épée à la Bataille de Falkirk dans *Braveheart* et n'avait pas pu atteindre Omaha Beach dans *Il faut sauver le soldat*

Ryan. Il avait survécu deux fois à *Apocalypse Now* et, même s'il ne l'avait pas vu jusqu'à la fin, au moment où Frank avait arrêté de regarder *Independence Day*, il était encore en vie.

Dans la zone d'attente de la porte d'embarquement, il se livra à un jeu similaire avec les autres passagers. En s'obligeant quasiment à devenir le voisin d'une personne insupportable ou sentant mauvais pendant douze heures. Il dressait le profil psychologique des autres passagers. En essayant de trouver qui parmi eux transportait de l'héroïne en fraude ou une bombe dans sa chaussure. Il se demanda aussi ce qu'ils pensaient de lui. Veuf ? Grand-père égaré ? Gagnant d'un concours ?

On annonça que l'avion serait bientôt prêt pour l'embarquement et des passagers s'empressèrent de faire la queue à la porte, comme si l'appareil allait décoller sans eux. D'autres restèrent assis et continuèrent à lire leur journal, sans même lever le nez, en affichant ainsi leur expérience et leur habitude des voyages en avion.

Frank rejoignit la queue. Une hôtesse (qu'on appelait désormais « agent de vol » lui avait dit Beth) l'invita à venir à l'avant de la file d'attente avec les adultes accompagnés d'enfants en bas âge, les personnes handicapées et les femmes enceintes voyageant pour deux. Frank n'aimait pas être catalogué comme « personne âgée », mais ne crachait pas sur les rares avantages que cela lui offrait, si bien qu'il passa devant des voyageurs visiblement déconcertés, plus jeunes, sans enfant et en meilleure forme physique.

Son billet fut contrôlé et il suivit les autres passagers sur la passerelle couverte menant à l'avion, les parois et le plafond de celle-ci l'empêchant de se faire une idée de la taille réelle de l'appareil. S'il n'y avait aucune marche descendant sur le tarmac à l'autre bout, Frank raterait aussi l'occasion de se prendre pour les Beatles – en agitant la main en haut de la passerelle – alors qu'il attendait ça avec impatience.

À l'entrée de l'avion, il présenta à nouveau son billet et se vit indiquer la direction des sièges passagers (plutôt que celle du cockpit, à l'opposé). Il traversa la classe First, plus spacieuse et mieux meublée que son appartement, et fleurant bon le cuir et les gros revenus, puis la Premium, où les passagers pouvaient jouir de 5 centimètres de plus que lui pour les jambes et de vaisselle en vraie porcelaine, jusqu'à ce qu'il trouve son siège dans la section « phlébite et couverts en plastique » de la cabine.

Il rangea son sac dans le coffre à bagages, puis regarda son billet et le numéro au-dessus du siège. Il s'assit et revérifia encore son billet jusqu'à ce qu'il soit certain d'occuper le bon fauteuil, puis il boucla sa ceinture. Il faisait plus chaud dans l'avion que dans une maternité. Son pantalon l'encombrait et semblait trop compliqué avec toutes ces poches. Il défit sa ceinture, se leva et retira sa veste. Il prit son sac, fourra sa veste dedans, puis remit celui-ci dans le casier et se rassit. Il boucla sa ceinture et observa les autres voyageurs qui montaient à bord, en reprenant son jeu de la « roulette du voisin de siège ».

On entendait de la musique. Un air pop que Frank ne connaissait pas, sans doute une chanson dont la compagnie aérienne avait l'exclusivité. Dès l'instant où il était monté dans le taxi ce matin, une musique de fond avait jalonné son parcours. Dans la voiture, c'était de la pop et de la dance music entrecoupées de pubs braillardes et de la voix d'animateurs matinaux hystériques qui riaient de leurs propres blagues. L'aérogare diffusa ensuite un flot musical méconnaissable et plus doux, trop calme ou trop lointain pour qu'on puisse l'écouter correctement dans ce vaste espace. Juste une sorte de bruit paisible. Il était interrompu de temps à autre par une annonce, tout comme la musique dans le taxi, et c'était à présent le cas à bord de l'avion.

Plus le siège voisin demeurait inoccupé, plus Frank espérait qu'il en soit ainsi tout le long du vol. Il souhaitait des embouteillages et des pannes de train à celui ou celle qui devrait s'asseoir à côté de lui. Un VTC qui faisait faux bond et un réveil avec les piles à plat. À mesure que l'avion se remplissait et que le fauteuil d'à-côté restait vide, Frank espérait vraiment le pire contretemps à la personne détenant le billet correspondant. Juste au moment où il larguait dans sa tête une bombe sur la maison du passager manquant, un homme s'avança dans sa direction. Frank désira ardemment le voir rejoindre l'un des rares sièges encore libres, avant que le gars ne parvienne finalement à celui d'à-côté. C'était un des voyageurs blasés habitués à voler, qui n'avait pas bougé quand on avait annoncé l'embarquement, et avait attendu l'air de rien le tout dernier moment pour monter à bord. Il s'arrêta dans l'allée près de Frank et glissa son sac dans le coffre à bagages. Il retira la veste de son costume et la mit également dans le casier, puis s'assit à côté de Frank, qui fit de son mieux pour ne pas soupirer ouvertement.

Ils échangèrent un signe de tête et, pour éviter que les hochements se transforment en paroles, Frank regarda par le hublot. Il observa les employés au sol avec leurs gilets de sécurité et leurs énormes casques antibruit, agitant des bâtons lumineux et lançant les bagages ici et là.

— Le personnel au sol, veuillez quitter l'appareil, le personnel au sol, veuillez quitter l'appareil, je vous prie. Mesdames et messieurs, tandis que nous procédons à la fermeture des portes avant le décollage pour notre vol à destination de Los Angeles, nous vous rappelons que vos téléphones mobiles et vos appareils électroniques portables doivent être activés en mode « avion », déconnectés du réseau wi-fi et les écouteurs retirés.

L'avion commença à rouler et une vidéo avec les consignes de sécurité apparut sur tous les écrans TV de l'appareil. Frank écouta attentivement, tandis que les passagers autour de lui continuaient à bavarder et à rire. Son voisin changeait l'heure de sa montre-bracelet. Frank eut l'impression d'être la seule personne à bord souhaitant savoir comment survivre à un crash aérien, même s'il doutait de pouvoir garder la position de sécurité sans se coincer irrémédiablement le cou.

— Vous êtes nerveux en avion ? s'enquit l'homme assis à côté de lui.

— Je ne le sais pas encore, répondit Frank en se tournant à peine vers lui.

— C'est très sûr de nos jours. Et ça le devient de plus en plus.

Frank hocha la tête et regarda de nouveau par le hublot. Son langage corporel disait : *Dégage, boucle-la, arrête de me parler.*

Lorsque l'avion rejoignit la piste, il prit de la vitesse et parut soudain s'éloigner du sol de plusieurs dizaines de mètres. Frank se cramponna à l'accoudoir et prit une profonde inspiration. Après quelques secousses et soubresauts, l'ouverture et la fermeture des volets des ailes – desquels il dut détourner les yeux, parce l'appareil semblait tomber en morceaux – ils étaient dans le ciel. Le sol au-dessous ressemblait à la carte qui apparaissait à présent sur l'écran, encastré dans le dossier du siège placé devant lui, avec son minuscule avion, en fait plus grand que Londres, et avançant le long d'une ligne en pointillés de Heathrow à LAX, à 30 centimètres de là.

Frank se demanda s'ils survoleraient son appartement et si un lève-tard de Fullwind-on-Sea se dirait qu'il était temps de quitter son lit, en entendant le bruit de l'avion. Il se demanda si son logement était vendu, avec les serrures déjà changées et ses meubles déposés dans le jardin. Il imaginait le nouveau propriétaire passant la main sur le manteau de cheminée pour déblayer toutes les figurines d'animaux et les faire tomber dans un sac-poubelle, comme autant de nuisibles en céramique. Frank se dit aussi que des squatters s'étaient peut-être déjà installés chez lui, sitôt qu'il avait disparu dans le taxi. Mais ça n'avait plus d'importance à présent. Il ne pouvait plus y faire grand-chose… à part feindre une crise cardiaque ou écrire *Il y a une bombe dans l'avion* avec un tube de rouge à lèvres sur le miroir des toilettes.

Le pilote souhaita la bienvenue à bord aux passagers et lut les prévisions météorologiques pour Los Angeles en donnant une heure d'arrivée approximative. Il s'excusa pour le léger retard au décollage et souhaita un vol agréable à tout le monde. Il avait la voix de Roger Moore, lequel comptait parmi les imitations de Frank, si bien qu'il se demanda si le pilote haussait lui aussi un seul sourcil. Frank n'avait jamais vraiment réussi à le faire. Peut-être que le pilote y parvenait.

— Vous semblez plus détendu à présent que vous êtes en l'air, remarqua le voisin de Frank.

— Oui, c'est juste au tout début, je suppose.

— C'est un moyen de transport incroyablement sûr. Il y a toujours le risque de débris sur la piste, naturellement. En heurtant quelque chose qui est tombé d'un autre appareil… et puis la météo, bien sûr. Le verglas et la neige peuvent faire déraper les avions en bout de piste, et la glace sur les ailes peut affecter le décollage.

Frank espéra que cela n'allait pas continuer pendant les 11 heures trente-deux minutes que Roger Moore venaient de mentionner.

— Les pannes de moteur, bien sûr, enchaîna l'homme. Celui-ci en a quatre, alors il peut toujours voler – ou du moins atterrir en urgence – si l'un des moteurs lâche, en cas de collision avec des oiseaux, par exemple. Mais la plupart de ces gros jets peuvent survivre avec quelques oiseaux dans le moteur. Et puis ils ont des gens au sol avec des carabines et des faucons pour s'occuper des oiseaux avant qu'ils ne posent problème. Une fois qu'on est dans les airs, ça n'en est plus un, de toute manière.

— Exact, dit Frank, avant de regarder par le hublot, dans l'espoir que l'homme finisse par comprendre et cesse de lui parler.

Le panneau « attachez vos ceintures » s'éteignit dans un tintement et la femme placée devant lui inclina son dossier, en réduisant encore de 2,5 centimètres la place pour les jambes de Frank. Il se pencha et releva ses mi-bas.

— Il y a les gens aussi. C'est ça qu'on ne peut pas vraiment réglementer, continua l'homme qui n'en avait pas encore tout à fait terminé. Un alcoolique qui réclame davantage d'alcool ou un fanatique religieux… Désolé… vous n'êtes pas l'un ou l'autre, si ?

Frank secoua la tête, à présent inquiet de passer les douze prochaines heures avec un homme ayant le nom de Sioux : Chauffeur-de-taxi-raciste.

— Quoi qu'il en soit, tant que vous ne tombez pas sur un pilote suicidaire, c'est un moyen de transport incroyablement sûr.

L'homme enchaîna ensuite sur les niveaux de sécurité de différentes compagnies aériennes. Frank décida alors de lui attribuer le sobriquet de Dustin-Hoffman-dans-*Rainman*.

9

Dustin-Hoffman-dans-*Rainman* avait fini par s'endormir en se saoulant lui-même avec les statistiques de sécurité des compagnies aériennes, et Frank, détendu, regardait son premier film en vol. À un moment donné, il allait devoir demander à Dustin de se lever afin de pouvoir aller aux toilettes. Frank craignait aussi de faire une phlébite s'il ne quittait pas son siège d'ici peu. Mais pour l'heure Dustin-Hoffman-dans-*Rainman* dormait et ne parlait pas, et Frank n'avait pas envie que ça change.

Avant que Frank ne commence à regarder le film, Dustin avait proposé de lui montrer comment utiliser la télé intégrée dans le dossier du siège de devant, mais Frank avait poliment refusé. La technologie n'était pas encore son ennemie. Il tapota l'écran et testa les boutons, en apprenant par tâtonnement comment ça fonctionnait, telle une souris de laboratoire découvrant comment atteindre le fromage au centre d'un labyrinthe, au cours d'une expérience scientifique.

Pendant tout ce temps, Dustin l'observa… du coin de l'œil, à travers le léger reflet de Frank sur l'écran, en le fixant parfois ouvertement comme un gamin curieux dans un bus. Dustin mourrait d'envie de partager ou plutôt de faire étalage de son expérience et de ses connaissances auprès du vieil homme, en lui apprenant comment faire marcher cette machine futuriste.

Sans l'aide de Dustin, Frank navigua parmi les choix proposés : Films, TV, Audio et jeux, Drame, Comédie, Documentaire, Jeunesse et Radio. Il parcourut la sélection « Thrillers scandinaves ». Il avait tout vu.

Frank avait espéré apprendre éventuellement de manière subconsciente une nouvelle langue à force de voir tant de séries TV suédoises et danoises. Jusqu'ici tout ce qu'il avait retenu se limitait à quelques mots identiques ou analogues en anglais, comme *okej* signifiant *OK*, et *komma in*, dont il pensait que cela voulait dire : *come in*, ainsi qu'une expression qu'il avait peu de chance d'utiliser en anglais et encore moins en suédois. À moins qu'un membre d'Abba ne vienne frapper à sa porte. Frank aimait bien ce groupe. C'était l'une des nombreuses facettes surprenantes de sa personnalité. Un homme de quatre-vingt-deux ans qui aimait Abba laisserait sans doute bouche bée Dustin-Hoffman-dans-*Rainman*.

Un agent de vol se pencha par-dessus Dustin l'endormi pour récupérer la tasse de thé vide devant Frank et Dustin se réveilla. Il bâilla et secoua la tête comme un chien mouillé qui s'ébroue.

— Où sommes-nous ? demanda-t-il à Frank ou à lui-même.

Il essaya de voir par-delà Frank à travers le hublot, comme s'il avait tellement l'habitude de voyager en avion qu'il pouvait dire à quel endroit ils se trouvaient au jugé de la formation nuageuse ou de la couleur du ciel. On entendit un tintement et une lumière s'alluma. Un agent de vol passa dans l'allée et Dustin demanda une boisson.

— Vous voulez quelque chose ? dit-il à Frank comme s'il était chez lui et que l'agent faisait partie de son personnel.

Frank retira ses écouteurs.

— J'allais prendre un verre, dit Dustin. Vous en voulez un ?

— Oh… Non, merci, dit Frank avant de remettre ses écouteurs.

— En vacances ? demanda Justin – et Frank retira à nouveau ses écouteurs.

— Oui.

Dustin hocha la tête. Il attendait que Frank lui retourne la question, mais Frank sentait que cela entraînerait une longue conversation et qu'il raterait la fin du film. Dustin-Hoffman-dans-*Rainman* aurait à coup sûr une raison tout à fait inhabituelle de se trouver sur ce vol. C'était sans doute un chasseur de primes ou un détective privé. En pleine affaire. En train de filer un criminel par-delà l'océan, Voix-qui-gueule-dans-son-portable ou Carlos le Chacal, peut-être. Frank allait devoir ensuite lui dire ce qu'il faisait. Et il n'avait franchement aucune anecdote géniale sur sa vie de retraité.

— Vous prenez souvent l'avion ? demanda Dustin.

— Pas vraiment, dit Frank. C'est la première fois depuis des années.

— J'adore l'avion.

Frank n'en revenait pas qu'on puisse réellement *adorer* l'avion. Il avait envie de lui demander ce qu'il adorait le plus : faire la queue ou attendre ?

L'agent de vol arriva avec la boisson de Dustin. Elle la posa sur une petite serviette en papier, sur le plateau devant lui.

— Vous allez voir quelqu'un ? Aux États-Unis ? demanda Dustin en tournant les glaçons dans son verre à l'aide d'une courte paille en plastique. De la famille ?

— Ma fille, répondit Frank. Et ma petite-fille.

Dustin attendit que Frank lui demande ce qui l'obligeait à voyager seul, afin de pouvoir lui raconter sa vie d'espion ou d'assassin. Frank répliquerait alors par quelques remarques sur son arthrite ou le fait qu'il était frileux. Il regarda l'agent de vol s'éloigner dans l'allée et se rappela quelque chose.

— Elle voulait devenir hôtesse de l'air, enfin… stewardesse, euh… agent de vol, dit Frank. Ma fille, je veux dire. Elle enfilait son blazer d'écolière et arrangeait sa cravate comme ça… ajouta-t-il en mimant un geste évoquant Oliver Hardy en train de jouer avec sa cravate. Comme ces foulards en soie qu'elles portent. Ensuite, elle nous servait ma femme et moi avec un plateau à roulettes et nous montrait où étaient les issues de secours et comment enfiler un gilet de sauvetage.

Frank avait oublié que Beth souhaitait devenir hôtesse. Après le lycée, elle allait étudier les langues modernes et la géographie à la fac, puis postuler pour travailler chez British Airways ou Pan Am.

— Et qu'a-t-elle fait ? Après ses études ? Votre fille ? s'enquit Dustin. British Airways ou Pan Am ?

Frank réfléchit un instant.

— Elle a travaillé dans un bureau pour le Métro de Londres, répondit-il en réalisant à présent toute l'ironie de l'histoire.

— Ils grandissent vite, pas vrai ? reprit Dustin. J'en ai quatre. Une fille de vingt-deux ans, un garçon de dix-neuf, deux jumelles de seize, dit-il comme s'il annonçait la mort des six femmes d'Henri VIII.

— En effet, admit Frank.

Puisqu'ils avaient à présent des points communs en leur qualité de père de famille voyageant seuls sur une longue distance, il raconta à Dustin la première fois où Beth avait mis son uniforme d'écolière, à quel point il était à la fois fier et amusé, parce que sa fille encore toute petite avait l'air tellement drôle, mais aussi combien il avait éprouvé une profonde tristesse.

— Je ne savais pas si je devais littéralement rire ou pleurer, avoua-t-il.

En voyant sa fille dans la cuisine avec sa tenue d'écolière flambant neuve, Frank savait que ce serait bientôt la fin de leurs escapades père-fille au zoo et au cinéma. Bientôt elle serait trop branchée ou trop lourde pour se mettre debout sur ses jambes à lui et lui tenir la main en marchant. Il ne pourrait plus la suivre dans l'escalier en faisant mine de la pourchasser, tandis qu'elle tenterait de lui échapper en riant et en hurlant à tue-tête. Parce que tout ça leur semblerait bizarre à tous les deux.

Frank regarda l'écran TV pour voir le générique défiler. Il avait raté la fin. Quelqu'un derrière lui donnait des coups de pied dans son siège. Il revint sur la carte à l'écran pour voir les progrès du mini-avion. Celui-ci avait avancé d'environ 2,5 centimètres sur les pointillés et volait quelque part au-dessus de l'Atlantique en direction du Groenland. Même si le fait de pouvoir rester plusieurs heures sans être obligé d'aller aux toilettes, d'apprécier Abba, de porter les cheveux longs et de maîtriser les nouvelles technologies faisait de lui l'énigmatique bonhomme de quatre-vingt-deux ans qu'il était, Frank avait vraiment besoin d'aller aux WC.

10

Tandis que l'avion entamait sa descente finale sur Los Angeles, l'échelle de la carte sur l'écran était trop grande pour indiquer le moindre mouvement en détail. Frank regarda les phares des voitures sur les autoroutes tout en bas. Il apercevait des bâtiments sans âme, rien qu'il puisse reconnaître d'un film quelconque ou d'une brochure de voyage, et ce qu'il supposa être la périphérie de Los Angeles : la version LAX de Hounslow et Hillington, Uxbridge et Staines.

Il semblait détendu. Il ne se cramponna pas à l'accoudoir lorsque l'appareil commença à trembler, pas plus qu'il ne fixa le dos du siège placé devant pour tenter de se calmer en s'hypnotisant quand l'avion entra en contact avec le tarmac et que le pilote freina si fort que Frank sentit ses fausses dents remuer.

Et lorsque l'appareil continua de se déplacer au sol en direction des portes d'arrivée et que les mêmes passagers qui avaient hâte de monter à bord à Heathrow ignorèrent les instructions de l'agent de vol et détachèrent leur ceinture et rallumèrent leur portable, Frank suivit l'exemple de Dustin. Rien ne pressait. Ne pas confondre vitesse et précipitation. Relax. Pendant que les autres voyageurs se hâtaient de récupérer leurs bagages à main dans les casiers du dessus, Frank avait l'air indéniablement zen.

Intérieurement, il frisait la crise de nerf.

Et s'il ne parvenait pas à franchir la douane ?

Et si sa valise était perdue ?

Et si Beth ne l'attendait pas ?

Et si elle avait oublié qu'il venait ?

Et si Beth était là mais ne le reconnaissait pas ?

Et si lui ne la reconnaissait pas ?

Et s'il y avait eu un coup d'État pendant le vol à Fulwind-on-Sea et qu'il n'avait pas l'autorisation de quitter l'aéroport, comme Tom Hanks dans *Le Terminal* ?

À l'avant de l'appareil la porte s'ouvrit et tout le monde commença à avancer en traînant les pieds dans l'allée. Dustin se leva et Frank rassembla ses affaires. Il sortit de la poche du siège le sac de produits gratuits offerts par l'hôtesse au début du vol : le masque pour les yeux, les bouchons d'oreille, les chaussettes, le dentifrice et la brosse à dents, et l'enveloppe d'une œuvre caritative (même à 10 000 mètres d'altitude, ils s'étaient débrouillés pour le retrouver). Il offrit la brosse à dents à Dustin.

— Je lave les miennes dans un verre d'eau, dit Frank.

Dustin glissa la brosse dans la poche poitrine de sa veste de costume.

— Passez de bonnes vacances, dit-il. J'espère qu'il ne fait pas trop chaud pour vous.

Frank le remercia, même s'il détestait qu'on lui demande toujours s'il n'avait pas trop chaud, trop froid, s'il n'était pas fatigué ou perturbé. Il souhaita à Dustin beaucoup de chance pour sa réunion commerciale sur les nouveaux médias, car c'était son travail ; il n'était ni tueur à gages ni détective privé. Frank se leva. Il avait l'impression d'avoir été plié en deux pendant un mois dans un placard. Les mains sur la taille, il enfonça les pouces au creux de son dos et se redressa. Il sortit son sac du coffre à bagages. Il vérifia si son passeport était bien dans la poche poitrine de sa chemise, puis remonta l'allée vers l'avant de l'appareil, en laissant deux ou trois passagers se glisser entre lui et Dustin pour éviter de devoir maladroitement se saluer à nouveau alors qu'il venait à peine de se dire au revoir.

Il traversa la classe Premium, puis la First, qui évoquait le lendemain d'une soirée pyjama entre businessmen. Journaux, oreillers, masques pour les yeux jetables jonchaient les sièges et la moquette entre les fauteuils. La classe, ça ne s'achète pas, songea Frank.

Il dit au revoir aux agents de vol, qui lui souhaitèrent un agréable séjour. Il quitta l'avion et emprunta la passerelle couverte entre l'appareil et le terminal – si bien qu'il ne put une fois encore se prendre pour les Beatles en haut des marches – puis il passa le contrôle de l'immigration et entra aux États-Unis d'Amérique, où il récupéra sa valise et la porta en franchissant la douane.

Il chercha Beth dans l'aéroport grouillant de monde et l'abattement le saisit soudain. Contrairement à Heathrow, il se sentait perdu et seul. Son regard se posa ici et là sur les gens qui arrivaient et s'en allaient, retrouvaient des amis, s'étreignaient et se répartissaient les bagages à porter. Il espérait apercevoir Dustin-Hoffman-dans-*Rainman*, qui pourrait au moins lui expliquer comment utiliser un téléphone public s'il ne pouvait trouver Beth. Il avait le numéro de sa fille et ses coordonnées dans son carnet d'adresses, qui se trouvait dans la poche avant de son petit sac de voyage. Il pouvait toujours prendre un taxi. Ou un bus ? Pouvait-il éventuellement s'y rendre à pied ? Il ignorait la distance entre la maison de Beth et l'aéroport ou même la superficie de Los Angeles. Elle pouvait vivre à 150 km de là comme à deux pas. S'il criait son prénom, elle pourrait peut-être l'entendre depuis sa cuisine ou son jardin.

Il crut un instant apercevoir Beth. Mais elle était bien trop jeune. Elle lui fit signe. Elle ressemblait tellement à Beth. C'était Laura. C'était forcément Laura. Bien sûr. Elle ressemblait tant à sa mère.

Même si Laura était évidemment plus jeune, sa coiffure et ses vêtements sans conteste différents de ceux de sa mère, il y avait une similitude et un sentiment de familiarité quasi palpable pour Frank. Elle portait un jean et un tee-shirt noirs, avec des baskets Converse noires et des cheveux bruns si foncés qu'ils en devenaient plus noirs que le noir véritable. Toute la couleur résidait dans ses yeux, dont l'un était bleu et l'autre vert avec un tourbillon de marron et de jaune, comme dans une bille d'agate ou un nuage de lait dans un café.

Les yeux vairons de Laura provenaient d'un récent accident de vélo ; Frank n'en savait guère plus et, même si Beth les avait décrits à Frank auparavant, il n'était pas préparé pour autant. C'était comme regarder la production hollywoodienne d'une pièce radiophonique, filmée dans un fabuleux Technicolor. Frank essaya de ne pas la fixer ou d'articuler *Waouh !* en silence.

Ils s'étreignirent. La chemise multicolore de Frank était un vrai feu d'artifice sur le ciel nocturne du tee-shirt de Laura. Son pantalon, en revanche, évoquait littéralement une tempête dans le désert.

— Maman est désolée, dit Laura en le serrant fort. Elle ne pensait pas pouvoir se libérer à temps de son travail. Alors c'est moi qui suis là.

Ils s'écartèrent l'un de l'autre et Laura suggéra :

— On va à la voiture ?

— D'accord, répondit Frank en gardant pour lui l'idée qu'elle avait encore dix ans et était trop jeune pour conduire.

— Je vais te chercher un caddie pour ta valise ? demanda-t-elle.

— D'accord, dit Frank, sans trop savoir si c'était une question.

Laura s'exprimait avec cette même voix monocorde qu'il connaissait au téléphone, sauf qu'il n'y avait plus la distance ou le grésillement de sa vieille ligne British Telecom.

Frank avait tellement l'habitude des parasites qu'ils étaient devenus partie intégrante de sa voix, à tel point que l'entendre maintenant parler devant lui, c'était comme écouter le CD d'une chanson uniquement entendue sur un vinyle rayé. Il était surpris d'être aussi nerveux en présence de Laura, après tous ces échanges d'e-mails. À croire qu'il rencontrait pour la première fois une correspondante de longue date.

Laura revint avec un caddie et ils y hissèrent ensemble la valise de Frank. Il posa le petit sac de voyage par-dessus.

— Faut que j'aille au hangar du fret aérien, dit-il.

— OK, dit Laura.

— Je dois récupérer quelque chose.

— Oui-oui.

— C'est une surprise pour ta mère.

— Ça va rentrer dans la voiture ? s'enquit Laura, apparemment peu troublée ou intéressée par ce que ça pouvait bien être.

— Oh oui, dit Frank. Tu sais où aller ? ajouta-t-il en lui montrant un bout de papier avec l'adresse inscrite dessus.

— Je pense qu'il faut la voiture.

Tandis que Laura poussait le chariot, ils avancèrent en direction du parking.

— Je n'ai pas réalisé que Beth avait repris le travail, dit Frank.

— Ben ouais.

Au parking, Laura pressa une clé électronique et les phares d'une voiture noire (naturellement) clignotèrent. Le véhicule était si petit et près du sol que Frank se demanda s'ils pourraient même y faire entrer son sac de voyage.

— Je vais ouvrir la malle, annonça Laura.

Elle déposa la valise dans le minuscule espace, puis tous deux s'installèrent à l'avant. Quand Frank tourna la tête, ses cheveux effleurèrent le toit. C'était une voiture de sport ou un coupé. Derrière eux il y avait certes un autre siège, plus proche de la plage arrière que de la banquette, sur laquelle Frank ne pouvait imaginer rien de plus imposant qu'une boîte de Kleenex.

— Ça ressemble moins à un TARDIS[1] que je ne l'aurais cru, dit-il.

— Quoi ?

— Ta voiture. Elle est petite à l'intérieur aussi.

— C'est celle de Jimmy. Il l'a laissée.

Elle pianota l'adresse du hangar de fret aérien sur le GPS et ils quittèrent le parking pour s'engager dans la circulation dense de l'aéroport. Les routes s'élargissaient à chaque tournant ou bifurcation, puis la circulation devint plus fluide. Laura alluma la radio.

— C'est trop fort ? demanda-t-elle.

Frank répondit que ça allait, même s'il dut pratiquement brailler.

— T'aimes bien cette chanson ? demanda-t-il.

— Celle-ci ? Oh, ça peut aller.

— Quel genre de musique tu aimes ?

— La bonne musique.

À ces mots, elle cita quelques groupes et chanteurs dont Frank n'avait jamais entendu parler.

— Je crois que j'en connais aucun, avoua-t-il. Mais j'aime aussi la bonne musique, alors peut-être que je les aimerai également.

1. Machine à explorer le temps et l'espace dans la série TV *Doctor Who*.

— Ils jouent assez fort, dit Laura.

— Je deviens un peu sourd. Mes oreilles les trouveraient sans doute moins bruyants.

L'animateur donna les titres des deux précédents morceaux et annonça le prochain. Frank ne reconnut aucun de ces groupes non plus.

— Je suppose que tout peut être un peu fort si on pousse le volume, dit-il.

— Là, ça peut devenir *vraiment* fort.

Sa manière d'accentuer l'adverbe détonnait dans son habituelle voix monocorde. Elle semblait vouloir à tout prix défendre le haut volume sonore de sa musique préférée.

Il y avait environ trois kilomètres jusqu'au bâtiment de fret et, tout le long du trajet, Frank dut se retenir de hurler *Affiches de pub ! Voiture de flic ! Bus scolaire jaune ! Chevrolet ! Cadillac ! Bannière étoilée ! Camion U-Haul !* Ils roulaient sur les routes les plus larges qu'il ait jamais vues : il dénombra huit voies de circulation sur l'une d'entre elles. Certaines étaient même bordées d'immenses palmiers. Et puis il y avait les noms sur les panneaux routiers et les échangeurs, les boulevards, les hôtels, l'énorme panneau métallique LAX, la musique à la radio, les animateurs, le fait qu'ils roulent à droite, et sa petite-fille… tout était tellement américain.

— Je crois que c'est là, annonça Laura.

Le GPS le confirma et elle quitta la route pour aller se garer devant l'immeuble de fret. Les camions étaient grands et longs, et devaient rouler en convoi. Les chauffeurs devaient cracher leur tabac à chiquer par la vitre et prévenir avec leur CB les autres routiers des radars et des flics patrouillant sur l'autoroute.

Ils entrèrent dans le bâtiment et trouvèrent le bureau idoine. Frank présenta ses documents à une femme maquillée comme Joan ou Jackie Collins. Elle se tenait debout derrière un comptoir quasi aussi haut que sa coiffure. Elle appela Frank *honey*, puis se rendit à l'arrière du bureau et, au bout d'une ou deux minutes, revint avec une boîte en plastique. Elle la posa sur le comptoir et demanda à Frank son passeport. Pendant qu'elle remplissait un formulaire, il regarda à travers la grille de la petite porte placée à l'avant de la boîte et vit le même visage insondable, impénétrable, mais reconnaissable entre mille qui le regardait à son tour :

Non mais franchement, où t'étais passé, bon sang ?

11

Laura parut rester de marbre en découvrant que Frank avait fait tout ce voyage en avion avec un chat. Tandis que la femme continuait de remplir de la paperasse, Laura regarda à travers la grille de boîte à chat.

— C'est Bill ? demanda-t-elle. Tu as amené Bill ! Tu veux une friandise ?

Elle s'approcha d'un distributeur à l'autre bout de la pièce et fit sa sélection. Son portable sonna. Frank reconnut la musique d'un dessin animé de Walt Disney. Il se serait plutôt attendu à un gros riff de guitare.

— Salut maman. Oui. On est juste en train de récupérer un truc. Non, on est toujours à l'aéroport. Non, l'avion était à l'heure. Tu veux lui parler ? OK. On ne devrait plus trop tarder maintenant. Bye.

Laura raccrocha et glissa un autre billet d'un dollar dans le distributeur.

— Qu'est-ce que je te prends, Frank ? cria-t-elle.

Il regarda du côté de la machine et choisit un Milky Way, car c'était la seule chose qu'il pensait reconnaître. Joan ou Jackie Collins lui rendit son passeport et celui de Bill. Laura le rejoignit et donna à Frank sa barre chocolatée.

— C'était maman. Elle a hâte de te voir. Elle n'a pas voulu te parler au téléphone, parce que ça « gâcherait le plaisir », dit Laura en levant les yeux au ciel pour montrer combien elle trouvait sa mère fleur bleue.

— Comment elle est aujourd'hui ? s'enquit Frank.

Laura prit le temps de réfléchir, puis :

— Sandra Bullock, répondit-elle.

— C'est plutôt bon, non ?

Laura hocha la tête. Elle regarda les deux passeports qu'il tenait : un pour l'humain et un pour l'animal domestique.

— Bill a une photo ? demanda-t-elle.

Frank lui montra l'espace vierge à l'emplacement de la photo sur le passeport pour animal. Laura parut déçue. La photo était facultative et Frank avait laissé l'espace vide. Obtenir de Bill qu'il se tienne tranquille et suffisamment haut sur le tabouret du photomaton du grand Sainsbury se serait sans doute révélé impossible. Obtenir de lui l'expression neutre adéquate se serait avéré bien plus facile. Bill avait le visage idéal pour les passeports.

Transporter un chat en avion jusqu'en Amérique n'était pas donné, mais Frank n'avait pas envie d'abandonner Bill et ne pouvait se permettre de le confier à une pension féline. Pas cette fois-ci. Il n'était pas sûr que Bill lui ait complètement pardonné pour la dernière fois.

Lorsque Frank avait découvert que Kelly Christmas – son rayon de soleil et sa motivation à porter son dentier – était allergique aux chats, il avait été terrifié à l'idée qu'elle éternue et ne vienne plus jamais le voir. Si bien que Frank avait placé Bill dans une pension pour chats pendant un mois. Un acte de trahison envers son ami que Frank ne souhaitait pas réitérer.

Pour que Bill puisse prendre l'avion, Frank avait dû lui faire poser une puce électronique, le faire vacciner contre la rage et certifier comme apte à voyager par un vétérinaire qui devait être à coup sûr l'un des hommes les plus riches de Fullwind-on-Sea. Le billet d'avion de Bill coûtait plus cher que celui de Frank, et le chat avait dû être placé dans une panière de voyage en plastique ventilée, verrouillable et suffisamment spacieuse pour que l'animal puisse se tenir debout, se tourner et s'allonger. Au final, Bill avait plus de place pour les pattes que Frank.

Frank remercia la femme derrière le comptoir, puis regagna la voiture avec Laura qui portait la caisse. Laura fit basculer le siège avant pour caser Bill sur le siège arrière.

— Il sera bien là, tu crois ? demanda Laura.

— Tant qu'on n'essaye pas de le balancer[1].

— Maman dit toujours ça à propos de notre maison. Pourquoi on voudrait faire tourner un chat ?

— Je pense que c'est une expression de la marine.

— T'étais dans la marine ?

— Non.

Frank s'attendait à ce que Laura l'interroge sur la guerre et le rôle qu'il y avait joué, mais aucune question ne vint. Enfin, une génération qui n'était pas intéressée…

Ils montèrent dans la voiture. Laura sélectionna le préréglage « domicile » sur le GPS et ils quittèrent le parking. Ils discutèrent peu durant le trajet jusqu'à Santa Monica. Frank était soudain très fatigué. Il regarda par la vitre. D'autres boulevards, d'autres autoroutes, d'autres voies express, des débits de boissons, des armureries et des drive-in, et pas le moindre piéton hormis un SDF âgé qui poussait un caddie rempli de vieilles télés devant un KFC. Frank avait faim. Il défit l'emballage du Milky Way et mordit dedans.

---

1. L'expression vraisemblablement empruntée à l'argot naval du XVIIe siècle : *There is no room to swing a cat* (littéralement : *Il n'y pas de place pour agiter un chat*), correspond à : *Il n'y a pas de place pour se retourner/C'est grand comme un mouchoir de poche*. Il s'agirait d'une allusion au chat à neuf queues/martinet (*cat-o-nine-tails* en anglais).

— Oh… fit-il en portant la main à sa mâchoire. Ce Milky Way est une barre Mars.

Il retira la confiserie de sa bouche et lorgna la couche de caramel dur à mâcher qui avait failli lui arracher le dentier.

Tout était tellement américain.

12

Depuis Noël, Frank avait dû regarder une dizaine de fois ou plus la maison de sa famille à Los Angeles sur les ordinateurs de la bibliothèque. Il l'avait observée depuis un satellite en orbite terrestre et en vision panoramique à 360 degrés, en effectuant une promenade virtuelle dans la rue, en zoomant d'assez près pour voir le slogan sur le tee-shirt d'un joggeur et le numéro sur le toit d'un véhicule de police qui passait. Le joggeur et la voiture de flic se trouvaient toujours là chaque fois qu'il regardait. Quand Laura s'engagea dans Euclid Street au volant du coupé de Jimmy, Frank eut l'impression de connaître la rue aussi bien que celle où il vivait. Le joggeur et la voiture de flic n'étaient pas là et il n'avait pas remarqué auparavant qu'il y avait autant de maisons de plain-pied, et puis sur la version en ligne Beth ne l'attendait pas sur le perron de sa maison. Elle portait un ample sweat-shirt gris et le pantalon assorti. Elle était pieds nus.

Laura arrêta la voiture devant la maison et Beth s'approcha de la portière passager. Elle aida Frank à descendre et le serra dans ses bras. Au début, il se retint de l'étreindre à son tour, par crainte de la voir se briser en morceaux, tellement elle devait être mince après le cancer ou les rayons. Lorsque l'avion avait atterri, il avait eu peur de ne pas la reconnaître en la voyant pour la première fois à l'aéroport – ce qui l'effrayait le plus, c'était que la maladie l'ait changée au point de la rendre méconnaissable. Mais, heureusement, c'est à peine si elle avait changé depuis la dernière fois qu'il l'avait vue et elle ne s'était pas désintégrée dans ses bras.

— Comment s'est passé le vol ? demanda Beth en se cramponnant toujours à lui.

— Pas trop mal.

Frank ne pouvait s'empêcher d'examiner la tête de sa fille, en quête du moindre signe de perte de cheveux.

Laura dit *Salut !* à sa mère et fit le tour du véhicule jusqu'à l'arrière.

— Je prends tes bagages, Frank, dit-elle.

— Merci Laura, dit-il avant de s'adresser de nouveau à Beth. Je ne sais pas si je m'habituerais un jour à ce qu'elle m'appelle Frank.

— Je sais, dit sa fille en le lâchant enfin pour ne garder qu'une main sur son bras. Elle m'a appelée Beth pendant un temps. Je suis redevenue maman à présent. Tu as faim ? Tu dois être épuisé.

Il la dévisagea enfin en détail. Elle n'avait pas l'air particulièrement pâle ou exténuée.

Laura passa devant eux avec le petit sac de Frank à l'épaule et sa valise qu'elle portait à deux mains.

— N'oublie pas, dit-elle à son grand-père en désignant la voiture d'un hochement de tête.

— Quoi donc ? répliqua Beth.

— Juste une minute, dit Frank.

Il se pencha et trouva le levier qui basculait le siège en avant. Il se glissa à l'intérieur, puis ressortit avec la caisse à chat.

— Papa ? fit Beth. Dis-moi que ce n'est pas Bill.

Un miaulement retentit, comme si le chat répondait à

Beth. Un miaulement bref. Il n'avait jamais été un chat très loquace mais, comme son visage inexpressif, ses miaous pouvaient parfois en dire des tonnes :

Oui, c'est moi. Tu t'attendais à qui ? Pourquoi tout le monde n'arrête pas de demander si c'est moi ? Vous pensiez que ce serait qui ? Au fait, si Frank n'a pas faim, eh bien moi si. Je crève de faim. Et s'il est fatigué ? Pourquoi ne pas me demander à moi si je suis fatigué. J'ai passé la majeure partie de la journée dans une boîte en plastique. On m'a enfermé dans le noir avec les valises de tout le monde et une meute de chiens braillards. Alors oui, entrons tous dans la maison, OK, pour que je puisse sortir de cette boîte à la con.

Beth n'était pas aussi emballée par l'apparition surprise de Bill que Frank l'aurait espéré.

— À quoi tu pensais, papa ? dit-elle. Il y a une clause dans notre bail qui nous interdit d'avoir des animaux domestiques. On pourrait perdre notre logement.

Frank s'excusa. Il dit qu'il croyait lui faire une surprise. Elle répliqua qu'elle avait eu sa dose de surprises et qu'elle avait besoin de choses bêtement prévisibles. Il dit qu'il n'avait pas vraiment su quoi faire d'autre de Bill.

— Les chatteries, rétorqua Beth. Les pensions pour chats. Une personne qui vient s'en occuper ? Tu aurais pu payer quelqu'un pour le nourrir chaque jour, avec ce que ça a dû te coûter de le faire venir ici en avion. Combien ça t'a coûté, d'ailleurs ?

Frank baissa de 200 £ le prix du billet de Bill et l'arrondit encore de 20 £ en moins, dans l'espoir qu'un prix plus modéré plaide en sa faveur.

— J'aurais aimé que tu réfléchisses à tout ça, dit Beth.

— Je sais, admit Frank. Tu as raison. Je ne le fais jamais.

Ce qui était vrai. Pendant deux mois il s'était imaginé

Bill en train de courir dans le jardin de Beth, pourchassant une pelote de laine et asticotant toutes les souris américaines : Mickey, Minnie Jerry. En revanche, il n'avait pas pensé que ledit jardin risquait de ne pas être clôturé ou que Bill n'aurait pas la permission d'y aller, en raison des clauses du bail locatif de Beth. Elle prit une profonde inspiration, retint son souffle quelques secondes et, lorsqu'elle expira, la colère parut l'avoir quittée. Ça ressemblait à une méthode enseignée par quelqu'un facturant ses honoraires à l'heure.

— Bon, à l'évidence on ne peut rien y faire maintenant, reprit Beth. Bill est là. On doit juste le garder à l'intérieur et espérer qu'il ne pisse pas partout.

Ils se mirent d'accord pour recommencer les vacances à zéro. Beth fit sortir Frank, ferma la porte, puis la rouvrit et l'accueillit chez elle comme s'il venait d'arriver. Elle l'étreignit et, même si Bill se trouvait déjà dans la maison, Beth fit mine d'être surprise de le voir.

— Et tu as amené Bill avec toi ! s'exclama-t-elle.

Beth conduisit Frank au canapé et tous deux s'assirent.

— Je fais du café ? proposa Laura, un peu lassée par cette mise en scène minable de deux générations de vieux. Ou du thé ? Maman a acheté du « mélange anglais ».

— Je pourrais avoir une tasse de café, s'il te plaît ? demanda Frank.

Beth parut étonnée par sa requête, elle ne se rappelait pas qu'il aimait le café, et elle avait raison, mais Frank n'avait pas envie d'être perçu comme un Anglais à l'étranger dépourvu d'audace, avec la valise remplie de PG Tips[1], de pork pies[2] et de vêtements façon Union Jack[3]. Laura prépara le café et Frank fit comme s'il l'appréciait. Bill

1. Marque britannique de thé en sachet.

2. Pâtés en croûte/tourtes au porc typiquement britanniques.

3. Drapeau britannique.

fit preuve de moins de tact et fixa impoliment la soucoupe de lait de soja que Laura déposa devant lui sur le sol de la cuisine.

Du lait de soja ! Mais c'est quoi, ce truc, bon sang ?

Laura dénicha un bac à peinture en plastique et y déposa plusieurs couches de petits morceaux de papier journal. À l'instar de Frank, Bill avait dû se retenir dans l'avion, car il remplit aussitôt la litière de fortune. Puis il but le lait de soja.

Beth montra à Frank la salle de bains et la chambre de Laura, où il dormirait. Il était surpris par la taille modeste de la maison. Elle comprenait deux chambres à coucher, une salle de bains, un salon et une minuscule cuisine. De l'extérieur, on entrait directement au salon. Avec la porte ouverte, on pouvait regarder la télé depuis la rue. Un petit arbre se dressait sur la pelouse bordant le côté de la maison. Celle-ci n'était pas mitoyenne et, de l'extérieur, on aurait dit un dessin d'enfant : une porte d'entrée avec une fenêtre de chaque côté et un arbre. Elle rappelait à Frank le préfabriqué dans lequel il avait vécu avec ses parents après la guerre.

Ils s'assirent tous au salon. Ils regardèrent la télé, puis Frank leur parla de son vol, de la nourriture à bord, des films, de Dustin- Hoffman-dans-*Rainman*, de la femme toute maquillée à la coiffure choucroutée au bâtiment de fret, et du fait qu'ici un Milky Way était une barre Mars. Il demanda quelle heure il était en Angleterre et Beth répondit qu'il devait être autour de 4 heures du matin et, quand elle vit qu'il luttait pour garder les paupières ouvertes, elle lui suggéra d'aller au lit. Laura emporta la valise et le petit sac de Frank dans sa chambre. Il dit qu'il aurait pu très bien dormir sur le canapé ou par terre. Mais tout avait déjà été décidé. Laura dormirait au salon sur le matelas gonflable. De toute manière, elle restait souvent tard devant la télé.

Frank dit qu'il était d'accord mais uniquement si Laura en était vraiment sûre ; il affirma qu'il serait ravi de dormir dans une tente au jardin, et Beth cria depuis le salon : « Une seule infraction au bail à la fois, papa ! »

Frank souhaita une bonne nuit à Laura, ferma la porte de la chambre, puis sortit quelques affaires de son petit sac de voyage et son pyjama de la valise. Il l'enfila puis se mit au lit. Même s'il était incroyablement épuisé, il ne pouvait pas s'endormir. Chez lui, c'était presque l'heure du premier avion de la journée et de se lever. Il écouta Laura gonfler le matelas d'appoint au salon jusqu'à ce qu'elle souffle aussi fort et au même rythme que la pompe à pied. Bientôt, Frank ne put faire la différence entre les deux bruits qui finirent par l'apaiser en le plongeant dans un profond sommeil.

Euclid

Frank se réveilla le lendemain sans savoir l'heure ou même si c'était le matin. Il avait une faim de loup. Son estomac grondait. Ses quatre réveils étaient sur la coiffeuse, de l'autre côté de la pièce. Comme les horloges New York, Londres, Paris et Berlin sur le mur d'une grande banque ou d'une agence de publicité. Il se trouvait dans la chambre de Laura.

Bette Davis le regardait depuis le mur d'en face, au-dessus de la rangée de réveils. C'était un poster encadré pour une réclame de whisky. Bette souriait avec une cigarette à la main.

Il tendit l'oreille pour écouter le bruit des avions. Rien. Il perçut une voiture qui passait lentement au-dehors. Une radio était allumée quelque part dans la maison et une voix de femme fredonnait sur la musique. Il n'aurait su dire si c'était Beth ou Laura.

Il avait rêvé qu'il roulait en taxi et rentrait chez lui depuis l'aéroport. Il avait neigé et plu, et Fullwind était recouvert d'une couche inégale de gadoue grisâtre. Tandis que le taxi traversait le village, Frank remarqua certains changements. Hormis le fait que tout ressemblait à l'intérieur d'une boule à neige brisée, la boutique de charité s'appelait désormais PoundaMental[1] ! et la crèche avait été victime d'un incendie. Son appartement avait disparu. Remplacé par un énorme supermarché Tesco.

Il tendit la main vers la table de chevet pour attraper ses lunettes, mais il n'y avait pas de table de chevet. Il avait besoin d'aller aux toilettes et de manger quelque chose d'ici peu, sinon il se dit qu'il risquait de vomir. Il resta allongé sur le dos pour soulager le poids de son estomac vide et contempla les dalles carrées du faux plafond. Il imagina un braqueur de banque déplaçant l'une d'elles pour cacher un sac de billets ou de la drogue dans le grenier, comme dans un film.

Frank s'assoupit par intermittence pendant un petit moment, puis sortit du lit. Ses jambes lui faisaient mal et semblaient toutes raides. Il s'assit au bord du matelas, remonta le bas de son pantalon de pyjama et chercha d'éventuelles tumescences et rougeurs.

Aucun caillot. Juste ses habituelles cuisses pâles de poulet. Il se leva, lentement, n'ayant pas envie de perdre l'équilibre et de dégringoler dans une chambre qui ne lui était pas familière. Il s'approcha de la coiffeuse. Il était 8 h 15 à New York, Londres et Berlin. À Paris, il était déjà 5 heures de l'après-midi.

Il souleva quelques lames du store vénitien et le soleil l'éblouit, un rayon de *Schadenfreude*[2] bien chaud à l'idée du temps qu'il devait faire chez lui, en Angleterre.

Il ouvrit lentement la porte. Même s'il se trouvait au domicile de sa fille, il avait l'impression d'être un intrus ou un invité importun. Personne dans le salon. Le matelas d'appoint était dégonflé et plié en une forme qui ne rentrerait jamais dans le sac à cordon coulissant d'où on

1. Jeu de mots avec *Pound* (Livre Sterling) et Fund*amental* (fondamental).

2. Terme allemand signifiant : joie provoquée par le malheur d'autrui.

l'avait sorti. Il y avait un dessus-de-lit plié et un oreiller sur le matelas dégonflé et, au-dessus de tout ça, Bill dormait comme un bienheureux et ronronnait. Frank entendait Beth ou Laura dans la cuisine, en train de faire un duo avec Jon Bon Jovi. Aucun autre signe de vie dans la maison. Le soleil brillait à travers la fenêtre du salon. Frank n'avait plus envie de rentrer chez lui.

Il s'avança vers la cuisine.

— Bonjour, dit Beth en chantant presque ses paroles pour les incorporer dans le morceau que diffusait la radio. Du thé ? À moins que tu ne préfères du café ?

— Pourrais-je avoir du café, s'il te plaît ?

Si Beth lui proposait le petit-déjeuner, il demanderait aussi des œufs sur le plat et une pile de pancakes.

— Je viens juste de me rappeler, dit-il. J'ai un cadeau pour toi. C'est dans ma valise.

— Tant que ce n'est pas un autre chat, répliqua Beth en souriant. (Puis, plus sérieuse :) Ce n'est *pas* un autre chat, si ?

— Une minute, dit Frank avant de retourner dans la chambre de Laura.

Il revint ensuite à la cuisine avec deux boîtes de Matchmakers. Il les offrit à Beth. Elle était quasi submergée par l'émotion.

— Merci, papa. Je suis si heureuse que tu sois là.

Elle le serra de nouveau dans ses bras, assez longtemps, et Frank ne se donna pas la peine de se détacher. Il tenta de se rappeler si elle avait toujours été aussi tactile. Ça l'agaçait d'être quand même un tout petit peu mal à l'aise.

— Et tu trouveras quelque chose pour *toi* sur la table du salon, dit Beth. De la part de Laura.

Frank alla dans la pièce et s'assit devant la petite table basse.

— Il y a une sortie imprévue au supermarché à cause de Bill ! lui cria Beth.

Il s'empara de la liasse de feuilles A4 agrafées entre elles et regarda la première. Elle portait le titre *Frankie vient à Hollywood* en plein milieu.

Beth le rejoignit avec le café et s'assit à ses côtés. Il feuilleta les pages de l'itinéraire préparé par Laura. Il y avait une page pour chaque jour et chacune d'elle portait le titre d'un film, avec un paragraphe d'infos et d'anecdotes diverses plus ou moins en rapport. Frank lut à voix haute le début de la page d'aujourd'hui.

L'Arnaque. Rouler jusqu'à la jetée de Santa Monica et la plage. Visiter la maison de l'escroc Paul Newman et découvrir ce que ça fait d'être dans la peau de Tom Hanks. Les films tournés dans le coin englobent : *L'Arnaque*, *Forrest Gump*, *Hancock*, *Bean*, *Elmer Gantry le charlatan*, *Rocky III*, *Hanna Montana*. Dîner à la Cheesecake Factory.

— Tout ça devra se faire sans moi, j'en ai peur, reprit Beth. Le guide officiel s'occupera de toi demain.

Frank la regarda. Il avait peur que Beth ait pu réellement engager un guide professionnel.

— Laura, dit-elle pour le rassurer. Ils ont été super au boulot, mais il y a un salaire de moins qui rentre maintenant, et j'ai pas envie de tenter le diable. Je me sens horriblement coupable, papa, je suis vraiment désolée, mais Laura a encore quelques journées de congé à prendre. Elle va te montrer les sites pendant quelques jours, quand je serai au travail et à mon suivi.

— C'est quoi ça ? demanda Frank.

— Les soins de suivi. Je dois aller voir le médecin et vérifier que tout va bien et ainsi de suite.

— Tout va *vraiment* bien, non ?

— Oh oui. Même si les effets secondaires sont pires à

présent que la radiothérapie est finie. On m'avait prévenue que ça risquait d'arriver, mais je me suis quand même fait piéger. La fatigue, surtout, mais ça ne va pas durer. J'espère. Quoi qu'il en soit, oublie tout ça ; je suis à toi le soir et le week-end. On peut faire les trucs moins palpitants ensemble, encore que je suis sûre que Laura nous a prévu quelque chose, dit-elle en désignant l'itinéraire.

— J'ai vraiment pas envie d'être un fardeau, dit Frank. Tu devrais mener ta vie comme d'habitude et faire juste comme si j'étais pas là. Je serai très bien tout seul. Je doute que Laura veuille passer ses jours de congé avec un vieux cinglé comme moi.

— C'est pour ça qu'elle a posé ses congés, papa. Pour les passer avec un vieux cinglé. Et puis tu n'es pas un fardeau. Sauf quand tu le dis. C'est le seul moment où tu l'es.

Après le petit-déjeuner, ils se rendirent dans un supermarché voisin. Le véhicule de Beth, certes plus spacieux que la voiture de sport noire de Jimmy, était encore petit, et les attentes de Frank en matière d'énormes maisons américaines avec des hectares de terrain et de voitures aussi longues que des trains ne s'étaient pas encore concrétisées.

Au supermarché, Beth acheta de la nourriture pour chat, une litière et une brique de lait complet pour Bill. La litière était pourvue d'un couvercle avec filtre et d'un battant à l'avant du bac. À la caisse, il y avait un homme d'un âge proche de celui de Frank qui emballa leurs achats dans des sacs. Frank était à la fois heureux de ne plus avoir à travailler et envieux de ce congénère qui avait toujours un travail. Lorsque Frank avait pris sa retraite, ce n'était pas tout à fait volontaire.

Il n'était pas prêt à l'époque et se sentait toujours en forme et assez bien pour accomplir sa tâche. Mais il avait atteint l'âge officiel, tout simplement. Il avait soixante-cinq ans et on le retirait de la circulation, comme un vieux billet d'une livre. Il échangea un signe de tête avec l'homme, tels deux conducteurs de Coccinelle VW qui se croisent. Beth donna un pourboire à l'employé, puis ils s'en allèrent.

Une fois de retour à la maison, Frank dut faire le guet pendant que Beth entrait en douce avec le bac à litière, comme un petit copain dans une cité-U de filles. Ils nourrirent Bill, puis Beth recouvrit le canapé avec un drap et ferma toutes les portes pour confiner le chat à la cuisine et au salon, au cas où il déciderait de marquer son nouveau territoire. Dix minutes plus tard, Bill avait baptisé ses nouveaux WC et dormait au salon sur la pile d'affaires de couchage.

Après un bref déjeuner, ils ressortirent. Ils roulèrent dans Santa Monica Boulevard, en comptant les rues au fur et à mesure qu'ils les croisaient : 12e, 11e, 10e et 9e. Frank demanda pourquoi Euclid Street n'était pas appelée la 13e Rue.

— Par superstition, j'imagine, répondit Beth. Mais je ne sais pas pourquoi le nom *Euclid.*

Ils traversèrent Lincoln Boulevard, entre la 9e et la 7e Rues. Il n'y avait pas de 8e Rue.

— Le 8 porte malheur aussi ? s'enquit Frank.

Beth regarda dans son rétroviseur.

— Peut-être qu'ils ont oublié une rue. Ou qu'ils se sont trompés dans le décompte.

Frank crut deviner l'océan au bout de la rue. Il souleva ses clips solaires pour voir si c'était le même ton de bleu que sur les photos de Beth. Eh bien, c'était même encore plus bleu.

— Euclid Street demeure la 13e Rue, dit-il en rabaissant ses clips solaires sur ses lunettes. Elle n'apparaît pas sur les panneaux, mais ça reste la 13e Rue. Les gens commettent la même erreur avec les immeubles quand il n'y a pas de 13e étage, parce que ça porte malheur. Ils croient descendre au 14e, mais ils descendent toujours au 13e.

— Ça explique peut-être l'année que j'ai connue, dit Beth.

Ils passèrent la 2e Rue et obliquèrent dans Ocean Avenue, chaque nouvelle artère évoquant à Frank le titre d'un film.

— Il n'y a pas de 1re Rue non plus, déclara Beth en le remarquant pour la première fois depuis dix ans qu'elle vivait ici.

Elle se gara dans un vaste parking et ils allèrent à pied sur la jetée de Santa Monica. Celle-ci était aussi familière à Frank à cause des films et des séries TV qu'Euclid l'était à force de regarder les plans de rue sur les ordinateurs de la bibliothèque. Ils se rendirent dans l'Hippodrome Looff qui abritait un carrousel. Un orgue à vapeur jouait la musique du manège et Frank ne put s'empêcher de battre la mesure en tapotant sa jambe de la main.

— Je crois que c'est là où vivait Paul Newman dans *L'Arnaque*, dit-il.

Il sortit l'itinéraire de Laura, qu'il avait glissé dans sa poche, et consulta la page du jour.

— Oui, confirma-t-il. C'est bien ça.

Il chercha la porte à l'arrière du bâtiment, où il s'attendait presque à découvrir Robert Redford venant voir un Paul Newman en train de piler de la glace dans un lavabo, histoire d'y plonger la tête pour soigner sa gueule de bois.

Le manège s'arrêta et des touristes en descendirent.

— Tu veux faire un tour sur les chevaux de bois ? proposa Beth.

— Oh non, merci.

— Je crois qu'il y a une chèvre, si tu n'aimes pas les chevaux.

— Ces temps-ci, j'ai déjà le tournis quand je franchis une porte à tambours, tu sais.

Ils regardèrent un petit moment le manège tourner, puis se promenèrent sur la jetée. Devant le restaurant de la Bubba Gump Shrimp Company[1], Frank s'assit sur le banc et mit les pieds dans les énormes baskets de *Forrest Gump* collées au sol. Beth tenta de le prendre en photo avec sa caméra numérique, mais la batterie était à plat, alors elle se servit de son portable.

Frank éprouva une envie forte de faire son imitation de Forrest Gump, mais il se débrouilla pour y résister, au cas où se serait interprété à tort comme raciste… ou pire encore. Dans la salle de jeux, il y avait une machine Zoltar, diseuse de bonne aventure, comme celle du film *Big* avec Tom Hanks. Dans une cabine de verre, Zoltar portait un turban doré avec une plume, des boucles d'oreille de pirate et un collier en plastique autour du cou. Beth glissa un dollar dans la fente.

— Fais un vœu, dit-elle.

Elle s'écarta et Frank souhaita dans sa tête que sa fille ne soit plus jamais malade.

Dans sa cage en verre, Zoltar passa la main sur une boule de cristal. Ses yeux s'éveillèrent et sa bouche s'anima entre sa moustache à la Salvador Dali et sa barbe pointue. Il dit à Frank que la destinée n'avait rien à voir avec le hasard, mais l'accomplissement, et d'autres trucs que Frank ne se rappelait pas avoir entendus dans le film. On avait dû actualiser le texte de Zoltar avec des tas de clauses restrictives et des avertissements, et des conditions générales, juste au cas où quelqu'un s'amuserait à poursuivre la salle de jeux en réclamant un million de dollars pour ne pas

1. Chaîne de restaurants de fruits de mer, inspirée par le film *Forrest Gump*.

avoir réalisé son vœu. On entendit une succession de notes de musique et la machine cracha un bout de papier avec la réponse destinée à Frank.

Il la lut à voix haute.

— Votre vœu est exaucé.

— J'espère que ça en valait la peine.

— J'ai souhaité redevenir jeune, mentit-il.

— Ne me le dis pas, sinon ça ne se réalisera pas, répliqua Beth.

Ils s'éloignèrent de Zoltar et de la salle de jeux.

— C'est pas comme ça que le film se termine ? demanda-t-elle.

— Merci, dit Frank d'un air déçu. Moi qui me faisais une joie de le revoir...

— Oh, mince. Je suis désolée, papa.

Frank sourit... du sourire espiègle de celui qui a vu *Big* une vingtaine de fois. Beth lui flanqua un coup de poing en douceur sur le bras, auquel elle s'accrocha ensuite et ils marchèrent jusqu'au bout de la jetée.

Elle acheta des glaces et ils restèrent là à regarder l'océan. Celui-ci paraissait si bleu aux yeux de Frank qu'il s'interrogea sur la couleur du sable au-dessous. Les mouettes voletaient tout près de la jetée et Frank tint sa glace d'une main ferme.

— Au cas où elles auraient l'idée de me la chiper.

L'une des mouettes descendit en piqué jusqu'à la surface de l'eau, puis remonta dans les airs avec un poisson dans le bec. Assis sur le côté de la jetée, les pêcheurs à la ligne contemplèrent l'oiseau avec envie, tandis qu'il s'éloignait à tire-d'aile vers le large. Frank regarda les gens sur la plage. Il observa un homme qui courait dans le sable vers la mer. Sitôt dans l'eau, il plongea et disparut sous une vague sans s'arrêter.

— Je pense que ta mère aurait aimé ce coin, dit Frank. Tu étais trop jeune à l'époque pour t'en souvenir, mais elle avait l'habitude de nager au loin sur des kilomètres. Il n'y avait pas de jetée depuis laquelle je pouvais l'observer et je la perdais vite de vue. Juste au moment où je pensais prévenir les garde-côtes, elle réapparaissait sur la plage, même pas essoufflée, après avoir été quasiment emportée jusqu'à l'île de Wight par les courants latéraux. J'étais toujours terrifié à l'idée qu'un jour elle ne puisse pas revenir.

— Je me souviens, figure-toi, dit Beth. J'avais tout aussi peur que toi.

Une brise marine souffla les longs cheveux de Frank sur ses lunettes ; il les ramena derrière l'oreille. Puis il termina sa glace et s'appuya sur la rambarde en écartant les bras.

— Ne crache pas par-dessus bord, Leonardo, dit Beth.

Un homme se tenait non loin d'eux, au bout de la jetée. Il prit une cigarette et la mit entre ses lèvres. Il chercha ensuite un briquet ou des allumettes. Frank avait envie de lui montrer le panneau INTERDIT DE FUMER à proximité et de lui lire les avertissements sanitaires sur le paquet. Il avait envie de lui dire de ne pas gâcher une agréable journée ensoleillée. Il avait envie de lui montrer sa fille qui se tenait à ses côtés. Lui raconter tout ce qu'elle avait traversé.

Il voulait forcer l'homme à fumer chacune des cigarettes du paquet jusqu'à ce qu'il verdisse, vomisse et jure de ne plus jamais refumer, comme Frank l'avait vu dans un certain nombre de films. L'homme trouva ses allumettes et tenta d'allumer sa cigarette, mais la brise marine l'en empêcha. S'il recommençait, Frank soufflerait lui-même sur la flamme. Une lumière bleue, sur le micro-casque Bluetooh fixé à l'oreille de l'individu, se mit à clignoter.

Frank eut envie de tendre la main pour revisser l'ampoule comme celles des guirlandes sur son sapin de Noël.

— On descend sur la plage ? suggéra Beth.

Elle montra l'équipe audiovisuelle qui avait délimité une zone voisine avec un cordon, pour une scène de film ou une émission.

— J'ai pas envie de finir dans ce programme à la noix, ajouta-t-elle.

Tandis qu'ils s'éloignaient, Frank songea à pousser le fumeur par-dessus la rambarde pour qu'il tombe à l'eau. Il imagina le plouf et les mouettes fondre sur lui en lui donnant des coups de bec, comme Tippi Hedren, dans *Les Oiseaux*, avec la lumière bleue clignotant toujours à son oreille.

Ils rebroussèrent chemin et descendirent le long de la rampe d'accès à la plage. Au bout d'une cinquantaine de mètres, ils s'assirent. Deux joggeurs couraient dans le sable au bord de l'eau. Frank consulta l'itinéraire.

— Apparemment, c'est ici qu'ont été tournées les séquences d'entraînement de *Rocky III*. Peut-être qu'ils filment en ce moment.

Beth et lui observèrent les joggeurs jusqu'à ce qu'ils disparaissent de leur champ de vision.

Elle glissa une main sous son aisselle. Frank l'avait vue effectuer le même geste sur la jetée. Il se demanda si elle cherchait de nouvelles grosseurs ou s'assurait que la sienne avait définitivement disparu. Il voulait lui demander si ça avait été douloureux ou si ça l'était encore, mais il se rappela aussi le jour où il avait tenté de lui apprendre à faire des bruits de pets avec la main glissée sous l'aisselle, alors qu'elle était très jeune. Beth avait eu beau essayer à maintes et maintes reprises, impossible pour elle de produire le moindre prout. Plus elle tentait le coup et échouait, plus ça l'énervait, ce qui ne faisait qu'augmenter le rire incontrôlable de Frank, jusqu'à ce que Beth file de la pièce en boudant, après quoi il finit par aller s'excuser. Beth ne pouvait pas non plus frétiller des oreilles ou frémir des narines, ou encore faire de la musique en ouvrant la bouche et en se tapotant les joues. Bref, elle comprit bientôt que le seul moyen de suivre les traces de son père consistait à se mettre debout sur les pieds de Frank et de lui tenir les mains, tandis qu'il la promenait dans la pièce.

— Tu penses que tu vas divorcer ? demanda-t-il.

La question était inattendue, arrivait quasiment sans crier gare, et c'était fort possible que personne ne la lui ait encore posée. Ce qui la détourna au moins de l'Enflure, tandis qu'elle prenait le temps de réfléchir.

— Je n'en sais vraiment rien, dit-elle. J'aurais peut-être les raisons de le faire, mais pas la volonté en ce moment. Jimmy est américain, j'ai la double nationalité ; on est mariés au Royaume-Uni, mais tous les deux résidents américains, et puis il y a une enfant – de presque vingt et un ans – mais bon, c'est compliqué, papa. On n'a pas de *prénup* et j'ai suffisamment de quoi m'occuper au boulot niveau paperasse en ce moment.

Beth voyait bien que Frank ignorait à quoi elle faisait allusion, si bien qu'elle lui expliqua ce qu'était un *contrat prénuptial* en lui citant quelques exemples récents concernant des célébrités multimillionnaires.

— Ta mère et moi, on n'avait pas ce truc-là, déclara Frank.

— Je pense que maman et toi étiez *pré-prénup*.

— Même si on n'avait pas matière à se disputer, de toute manière. Je plains sincèrement les gens riches qui ont réussi. Tu veux que je lui parle ?

— À Jimmy ? Bon sang, papa, non. Bien sûr que non.

L'idée semblait l'horrifier.

— Dieu soit loué, répliqua Frank. Je n'aurais pas su quoi dire.

Un hors-bord dépassa les joggeurs et rebondit sur l'eau, derrière la jetée.

— C'est comme si on regardait un épisode d'*Alerte à Malibu*, observa Frank. C'était filmé ici ?

Il fit mine de consulter l'itinéraire.

— En effet, dit Beth. Un peu plus loin sur la plage. Tu veux y aller ? Tu pourrais peut-être rencontrer Pamela Anderson. Il lui arrive de sortir de son cabanon au ralenti pour sauver un gamin qui se noie.

Elle sourit comme lui lorsqu'il avait prétendu ne jamais avoir vu *Big*.

— Je pourrais l'abattre, si tu veux ? suggéra Frank. J'ai cru comprendre qu'on pouvait acheter un flingue chez Woolworth par ici.

— Oui, abats donc Jimmy pour moi, dit-elle. Merci papa. Ce serait d'un grand secours.

Comme il ne répondait pas au bout de dix secondes, elle reprit, histoire de clarifier ses propos :

— Je plaisante, au fait. Ne l'abats pas.

— Peut-être que vous allez plutôt vous remettre ensemble, dit-il.

— Waouh, papa. Tu devrais devenir conseiller conjugal.

— C'est lucratif ?

Beth éclata de rire et posa une main sur la jambe de Frank.

— Ça fait du bien de te voir, dit-elle.

Ils restèrent là à regarder d'autres joggeurs, les gymnastes de la plage et le hors-bord effectuer son trajet de retour. Lorsque Frank commença à avoir des crampes et mal au dos, Beth l'aida à se relever et tous deux repartirent lentement vers la voiture, puis ils roulèrent le long de la côte pour retrouver Laura et dîner de bonne heure.

Au restaurant, Beth paya un homme habillé comme un joueur de billard pour qu'il gare la voiture, puis ils entrèrent dans l'établissement où un serveur leur indiqua une table sur la terrasse qui surplombait la marina, les yachts et les hors-bord. Un autre serveur se présenta sous le nom de Curtis et prit leurs commandes de boisson. Frank demanda une bière et justifia son choix auprès de Beth – qui n'avait rien dit – en précisant : « Je suis en vacances. »

Beth voulut savoir si le soleil n'était pas trop fort pour lui et s'il voulait changer sa place avec la sienne ou préférait dîner à l'intérieur.

— Je suis très bien ici, merci, dit-il. (Il détestait se faire dorloter, hormis par Beth). J'espérais rentrer chez moi avec au moins un coup de soleil en souvenir.

Laura arriva. Vêtue de noir, depuis ses chaussures jusqu'aux lunettes de soleil juchées sur sa tête. Elle lança *Salut !* et s'assit. Curtis revint et Laura paracheva son look avec un verre de thé glacé tout noir, puis chacun commanda son plat. Frank prit une omelette californienne, laquelle fut accompagnée d'avocat, de champignons, de tomates, d'ail et d'échalote, de cheddar et d'emmental. Il y avait une tranche d'orange sur le côté de l'assiette.

Comme c'était la première fois que Frank voyait une omelette présentée avec un fruit, il se dit que celui-ci avait pu tomber du dessert d'un autre client, au passage du serveur. Il ne savait pas trop s'il devait manger l'orange, presser le jus sur l'omelette ou laisser la tranche de côté, car elle servait juste de garniture. Peut-être même que c'était une orange factice.

Beth lui demanda s'il ressentait les effets du jet lag et il répondit qu'il ne pensait pas. Lorsqu'il se documentait sur la phlébite à la bibliothèque, il avait également lu les symptômes du décalage horaire : indigestion, constipation et diarrhée, nausée, perte d'appétit, difficulté à se concentrer, sensation d'être désorienté, anxieux et irritable, troubles de la mémoire, maladresse, léthargie, vertiges, confusion et maux de tête, courbatures, et indisposition générale... Bref, il en avait conclu qu'il risquait de ne même pas se rendre compte s'il souffrait ou non de ce syndrome. Ce serait aussi différent que le jour de Noël pouvait l'être des autres jours de l'année.

— Tu ferais quoi en ce moment ? Si t'étais chez toi ? demanda Laura.

— On est quel jour ? demanda Frank.

— Mardi. Il se peut que ce soit déjà mercredi en Angleterre.

— Tu aurais tort de penser qu'à mon âge ça n'a pas d'importance, dit Frank. Mais si c'est mardi, eh bien le mardi c'est soirée cocktail pour les plus de soixante-dix ans à la salle des fêtes du village. À cette heure, j'aurais déjà bu quelques martini. En général, les gens dansent un peu, salsa, tango, deux ou trois martini, puis une bagarre sur le parking avant que ne démarre le Cinéclub porno de minuit à la bibliothèque ; rien de très hard vu ce qui se fait de nos jours, plus de la nostalgie que du X, même si ça attire une poignée de pervers. Mais si on est mercredi, c'est ma soirée de liberté. Il se passe que dalle le mercredi.

Laura éclata de rire et Beth soupira.

Après le plat principal, Frank parcourut de haut en bas la longue liste des variétés de cheesecake. Il en existait plus de trente différentes et Frank ne parvenait pas à décider lequel choisir. Le temps d'arriver à celui du bas sur la carte, il avait déjà oublié les autres et devait recommencer la liste par le début.

— À quelle heure est ton vol de retour ? dit Laura.

Frank essaya de s'en souvenir jusqu'à ce qu'il réalise qu'elle blaguait.

Il dit qu'il n'avait mangé du cheesecake qu'une seule fois. Celui-ci était congelé et il l'avait acheté au Fullwind Food & Wine, où on ne proposait qu'un seul parfum : cheesecake. Frank avait traversé une période où il se nourrissait quasi exclusivement de puddings et de desserts. Les aliments étaient devenus barbants pour lui. Il ne cuisinait pas vraiment.

Il ouvrait des boîtes de conserve et en réchauffait le contenu. Il mangeait des pâtes en formes d'arceaux, de lettres, de chiffres et de dinosaures. Autant d'aliments manufacturés pour les enfants chipotant dans leur assiette. Toutefois, il appréciait toujours les desserts. Si bien qu'il passait directement aux mousses, crèmes glacées, sorbets et flancs au caramel, meringues au citron et autres charlottes.

— Tu veux que j'en choisisse un à ta place ? dit Laura.

Elle opta alors pour un cheesecake à la banane. Il arriva nappé de crème fouettée et, une fois de plus, Frank ne savait pas trop où le plat s'arrêtait et ou commençait la garniture. Il était si rassasié qu'il ne mangea même pas la moitié du dessert et Laura se pencha au-dessus et lui nettoya son assiette, une cuillerée après l'autre.

Après le repas, Curtis revint les voir avec un Hot Fudge Sundae et un verre à liqueur, planté d'une bougie. Le serveur plaça le verre sur la table, alluma la bougie, puis lui-même et les autres serveurs et serveuses entonnèrent *Joyeux Anniversaire*.

Celui de Laura ne tomberait pas avant cinq jours, mais Frank marmonna les paroles avec les autres comme s'il était dans une église anglaise. Il regarda sa petite-fille qui semblait chanter *Joyeux Anniversaire* à elle-même, mais lorsque vint le moment de dire son prénom, et que Frank finit par retrouver sa voix pour se joindre au chœur et brailler *Laura*, Beth et les employés de la Cheesecake Factory chantèrent *Fraaank* à la place, accompagnés de quelques clients.

Afin que tout le monde cesse de braquer son regard sur lui, Frank souffla la bougie et accueillit les applaudissements de bonne grâce. Les autres dîneurs revinrent à leur repas et le personnel reprit son service.

— Joyeux anniversaire ! s'exclama Laura.

— Oui, joyeux anniversaire considérablement en retard ou en avance, papa, renchérit Beth en levant son verre d'eau du robinet.

— J'ai supposé que c'était pour toi, dit Frank à Laura.

— Oh non, pas question, rétorqua-t-elle. J'aime pas les surprises.

Frank contempla le verre minuscule avec la bougie solitaire, qui fumait encore.

— Tu vas devoir imaginer les autres bougies, dit Beth.

— Il leur faudrait sans doute un verre plus grand, remarqua-t-il.

— Et une brigade de pompiers prête à intervenir, ajouta Laura.

Elle dut manger la glace surprise de Frank et, comme il ne s'était jamais senti aussi repu, il regrettait de ne pas avoir mis son treillis camouflage dans lequel il flottait. Beth régla la note et refusa l'argent de Frank quand il le lui proposa. Lorsqu'ils eurent quitté le restaurant, deux joueurs de billard ramenèrent leurs voitures respectives devant l'entrée. Beth demanda à son père dans laquelle il souhaitait regagner la maison.

— Je n'en sais rien, répondit-il. Ça m'est égal. Vraiment.

— Allez Frank, dit Laura en claquant des mains pour le presser. C'est pas *Le Choix de Sophie.*

Beth secoua la tête.

— Blague de mauvais goût ? dit Laura.

— Comme toujours, répliqua Beth.

Laura dut décider de nouveau à la place de Frank et ils repartirent en convoi à la maison, Beth et Frank en tête, suivis par Laura. Ils roulèrent le plus près possible de la plage, de sorte que Frank puisse admirer la jetée de nuit avec les lumières, et il se dit une fois encore que tout ce qu'il voyait depuis le début ressemblait à un film.

Aujourd'hui, il y avait eu les vieux qui jouaient aux échecs sur la plage, les gymnastes, les gens qui faisaient du jogging et du vélo sur la promenade, le couple d'âge mûr en Segway[1], la femme en patins à roulettes avec un chihuahua en laisse sur son skateboard, l'homme qui faisait du taï-chi, le cours de yoga, les haltérophiles et les joueurs de volley sur la plage. Autant de figurants d'un long-métrage.

Même la jetée n'avait pas l'air vraie. Les couleurs vives façon Playschool de la grande roue, les montagnes russes, les manèges du parc de loisirs… tout ce qui ressemblait en plein jour à un jeu d'Attrap'Souris surdimensionné était à présent illuminé comme un flipper géant. Frank se dit que dans quelques jours, quand serait achevé le tournage sur la jetée pour « l'émission à la noix » où Beth tenait à ne pas figurer, les chauffeurs poids lourds de chez Hollywood Teamsters débarqueraient pour démonter le parc de loisirs et la jetée, puis chargeraient le tout dans des camions pour le stocker dans des hangars à accessoires. Ils dégonfleraient aussi les collines à l'arrière-plan, comme le lit de Laura, et tous les gymnastes et les volleyeurs, et les

1. Marque de gyropode (véhicule électrique monoplace) constitué d'une plate-forme munie de deux roues, sur laquelle on se tient debout.

conducteurs de Segway, les artistes de rue, les trapézistes et les vieux pêcheurs de flétan sur la jetée, et même le gars au Bluetooth à l'oreille et à la cigarette… eh bien ils reprendraient tous leur job de jour dans un bar d'hôtel ou une usine de cheesecakes.

14

Pilote : Rouler jusqu'à Hollywood Boulevard et le Chinese Theatre pour voir les empreintes de pas et de mains des stars. Découvrir ce que ça fait d'être à nouveau dans les chaussures de Tom Hanks et dans ses gants. Suivi par une visite en minibus de luxe des Maisons des stars d'Hollywood.

Les films tournés sur place comprennent : Gangster Squad, Forrest Gump, Jumeaux, Braquage à l'italienne (mauvais remake), Aviator, Iron Man 3.

Infos du jour : Le Chinese Theatre a changé trois fois de nom : d'abord Grauman's Chinese Theatre, puis Mann's Chinese, et enfin TCL Chinese Theatre, qui a l'air peut-être le moins hollywoodien des trois, mais contrairement à tous les autres propriétaires, c'étaient au moins de vrais Chinois.

Laura portait encore du noir, des vêtements différents, mais la même couleur. En roulant vers Hollywood, Frank lui demanda si elle était gothique. La question la surprit. Ça faisait tellement bizarre dans la bouche d'un grand-père de quatre-vingt-deux ans qu'elle ne remarqua pas un feu rouge et faillit percuter la voiture de devant.

— Si je suis une *gothique* ? Waouh… Non, j'en suis pas une.

Frank desserra son emprise sur le siège passager qu'il avait agrippé très fort quand Laura avait freiné d'un coup sec.

— Une emo, alors ? s'enquit-il.

Laura se tourna vers Frank. En découvrant l'étendue des connaissances de son grand-père en matière de sous-cultures juvéniles, elle en avait momentanément oublié comment conduire. Le feu était passé au vert. Derrière eux, un automobiliste klaxonna.

— Je ne suis pas non plus une emo, dit-elle en se rappelant où se trouvait la pédale de l'accélérateur. J'aime pas vraiment les étiquettes.

— Attends d'avoir mon âge, répliqua Frank. Tu vas carrément détester ça. Retraité, bénéficiaire d'un régime de pension vieillesse, personne âgée… (Quelques instants s'écoulèrent, durant lesquels Frank réfléchit, avant d'enchaîner :) vieille ganache, vioque.

— Vétéran, ajouta Laura.

— Qui a fait son temps.

— Personne du troisième âge.

— Croulant.

— Vieux débris.

Ils se turent tous deux. En quête de synonymes.

— Vieux schnoque, reprit Laura.

Frank fit mine de s'offusquer.

— Franchement, c'est très grossier.

Laura gara la voiture sur un petit parking et ils marchèrent en direction d'Hollywood Boulevard. Devant le Chinese Theatre, Frank regarda les empreintes de mains et de chaussures des stars de cinéma dans le ciment et n'en revint pas de toutes ces célébrités qui s'étaient tenues là debout ou à genoux sur cette petite partie du monde. Et voilà que lui-même s'y trouvait. Il posa les pieds dans les empreintes laissées par ses acteurs fétiches. Il refusa presque de croire qu'elles puissent toutes être authentiques, et qu'au moins quelques-unes avaient peut-être été laissées par des sosies dans des chaussures empruntées, comme les gens vêtus en super-héros de cinéma qui posaient pour les touristes et distribuaient des prospectus devant le Chinese Theatre.

Laura laissa Frank s'émerveiller tout seul des empreintes dans le ciment, pendant qu'elle allait chercher dans un kiosque les billets pour le « Homes of the Hollywood Stars Luxury Minibus tour ».

Lorsqu'elle revint, Frank lui fit remarquer :

— Les gens avaient les pieds plus petits à l'époque.

Puis il se rappela que lui-même venait de cette époque.

Le chauffeur et guide du circuit en minibus, Robert Machin-Chose (un nom imprononçable dans doute inventé) était un acteur en activité. Il le répéta plusieurs fois pendant son baratin du « Homes of the Hollywood Stars Minibus tour ». Un jour, affirma-t-il, il poserait ses mains dans le ciment frais, devant le Chinese Theatre et aurait son nom gravé dans le cuivre au centre d'une étoile en granit sur le Walk of Fame[1] d'Hollywood Boulevard et de Vine Street.

Jack Nicholson. J'ai bossé sur un film avec un ami à lui. Un gars super. Quelqu'un parmi vous va aller aux studios Universal ? Regardez là-bas, juste au cœur de la vallée de San Fernando. Il y a seize villes à l'intérieur de la cité de Los Angeles...

Robert-Machin-Chose-au-nom-imprononçable-sans-doute-inventé leur montra les demeures des gens riches et célèbres. Certaines étaient si vastes et si extravagantes que

1. Le *Walk of Fame* (Littéralement *Promenade de la Célébrité*) est un trottoir très célèbre situé sur Hollywood Boulevard entre Gower Street et la Brea Avenue, ainsi que sur Vine Street entre Yucca Street et Sunset Boulevard, dans le quartier d'Hollywood à Los Angeles.

Frank pensa qu'elles ne pouvaient pas être réelles. Il se dit que, de près, les maisons se révéleraient de la moitié ou du quart de leur taille réelle et si quelqu'un habitait vraiment là-dedans, il aurait besoin de se courber pour franchir la porte d'entrée. Ou peut-être que les bâtisses étaient juste des coquilles creuses en balsa ou alors des photos, comme les énormes panneaux publicitaires qu'il avait vus sur le bas-côté de l'autoroute. Pendant la visite, Frank n'aperçut personne entrer ou sortir de ces maisons pour lui donner une idée de l'échelle et désavouer son scepticisme.

Robert savait des tas de choses sur les maisons des stars et, pendant le circuit, il poussa aussi la chansonnette, raconta des blagues et passa des extraits de génériques de films et de séries en rapport sur la stéréo du véhicule. Devant la maison construite sur le site de la demeure où James Stewart avait vécu près de cinquante ans, Robert leur offrit une de ses imitations.

— C'est pas aussi bon que la mienne, murmura Frank à Laura.

— Lance-toi alors, répliqua-t-elle.

Frank secoua la tête.

— Non…

— Allez. Montre-nous ton Jimmy Stewart.

— J'ai pas eu le temps de m'échauffer la voix.

— Ouais, tu parles…

Robert fit circuler des photos floues des stars qu'il avait paparazzées en passant devant chez elle et il les nota sur 10, de la plus normale à la plus « cinglée », selon lui.

C'était une visite divertissante. Frank aimait bien la manière dont Robert prononçait certains mots et appréciait les blagues et les potins sur les people, ainsi que toutes données factuelles et les chiffres sur les maisons, qu'il oublierait à la minute où il descendrait du véhicule à la fin du circuit.

La première maison d'Elvis Presley... bla-bla-bla... Six mille mètres carrés de terrain... bla-bla-bla... d'une valeur de 51 millions de dollars sur le marché actuel. Vous venez d'où, les amis ? D'Angleterre ? J'ai des ancêtres écossais.

Robert arrêta le minibus devant les grilles de l'imposante Greystone Mansion pour leur livrer davantage de statistiques. Cinquante-cinq chambres, quatre mille deux cents mètres carrés, six hectares. Il cita quelques-uns des films ayant été tournés sur place. *Benjamin Gates et le Trésor des Templiers*, *X-Men*, *Les Muppets*, *Ghostbusters*, *Batman et Robin*, *There Will Be Blood*, *Les Sorcières d'Eastwick*, *La Mort frappe trois fois*.

— J'adore ce film, dit Laura.

— C'est celui avec deux Bette Davis ?

Laura acquiesça.

— On devrait absolument y aller demain.

Elle sortit alors son propre exemplaire de l'itinéraire, le déplia et nota *Visiter Greystone Mansion* au stylo noir (naturellement).

Robert reprit la visite.

Les Osbourne, vous avez vus, les amis, quand Sharon a lancé un jambon par-dessous le mur ? Tom Cruise, Frank Sinatra, devinez qui habite ici maintenant ? Trente millions de dollars, la plus vieille demeure de Beverly Hills, Shirley Temple a vécu ici de l'âge de cinq ans jusqu'à dix-huit, dix-neuf ans. Lana Turner, des gangsters, des meurtres, du sexe, des scandales, George Clooney, les biens immobiliers de Madonna ? Les riens immobiliers, plutôt ? Opulence. Extravagance. Décadence. Qui parmi vous est fan du Prince de Bel-Air *? Tout à fait, monsieur, la* véritable *maison. Des fans de Neil Diamond parmi vous ? Sweet caroline, ba ba da... Rodeo Drive, nous y voilà, mesdames, Coco Chanel, les bijoux, Prada, l'hôtel de* Pretty Woman *par là-bas, plus de dix mille la nuit, comment ça va, les Allemands, dans le fond ?*

Quand la visite s'acheva, tout le monde applaudit Robert. Laura lui donna un pourboire. Frank proposa de l'argent à sa petite-fille, mais elle refusa. Ils allèrent dans un snack-bar voisin et Frank prit un burger, déçu que les portions ne soient pas aussi énormes qu'il prévoyait de le raconter à tout le monde dans ses anecdotes post-vacances.

— Je pourrais lancer mon propre circuit à mon retour. Les demeures des stars de Fullwind, dit-il.

— Il y a des gens célèbres là-bas ?

— La femme de la boutique de charité avec les yeux paresseux.

Il essaya de lui montrer ce que ça donnait en fixant deux points différents à distance.

— Aïe… fit-il, avant de retirer ses lunettes pour se frotter les paupières. À force, ça doit faire mal à la fin de la journée.

— Qui d'autre est célèbre à Fullwind ? demanda Laura. À part la femme qui louche à l'envers ?

— Yeux-au-sud-ouest, corrigea Frank. C'est son nom de Sioux.

— Elle est amérindienne ?

— Je ne pense pas.

Frank lui parla ensuite de Lave-sa-voiture-trop-souvent, de Ramasse-les-détritus et de Tond-sa-pelouse-au-coupe-ongles, et de toutes les personnes qu'ils avaient rebaptisées après avoir vu *Danse avec les loups* à la télévision.

— C'est quoi mon nom amérindien ? demanda Laura.

Il médita un petit moment.

— Je ne sais pas encore. Je te le ferais savoir quand j'y réfléchirai. Faut pas se presser avec ces trucs-là. Tu ne veux pas finir avec un nom qui ne colle pas.

Il se trémoussa sur son siège et ajouta :

— Pour mon circuit, je pense rendre mon minibus de luxe plus luxueux. Mon dos me fait un mal de chien.

Frank trouvait très facile de discuter avec Laura. Leur amour commun du cinéma faisait disparaître la différence d'âge. Il l'interrogea sur son travail et elle sortit une carte de visite de sa poche pour la lui glisser sur la table. En lettres gothiques était inscrit au centre de la carte : *Venice Slice – Laura, coiffeuse junior*.

— Le trajet pour aller bosser doit être un vrai cauchemar, dit Frank. L'aller-retour jusqu'en Italie, tous les jours.

— Ha ! Ha ! ricana Laura. C'est près de Venice Beach. C'est la Californie. On coupe les cheveux et des tranches de pizza.

— Au même endroit ? s'étonna-t-il. C'est pas antihygiénique ?

— J'y mange tout le temps et j'en ai jamais souffert.

Elle pencha la tête et ses yeux vairons donnèrent l'impression de tomber de travers dans son crâne, ce qui évoquait Yeux-au-sud-ouest d'une manière plus ressemblante que la tentative d'imitation de Frank un peu plus tôt.

Il lui rendit sa carte de visite.

— Tu peux la garder, dit Laura. Au cas où tu aies besoin un jour d'une coupe de cheveux. Ou d'une pizza.

Il glissa la carte dans la poche poitrine de sa chemise.

— Comment avance ton projet ? s'enquit-il. Tu fais toujours subir un lavage de cerveau à ta mère ?

— J'aime bien voir ça comme un « lavage de cœur », rectifia Laura. Mais sinon, oui, le Projet Retrouvailles continue. Tu sais, le premier soir que t'étais là, on a regardé le tout dernier épisode de *Friends*. Je me souviens que Jimmy et maman l'ont vu quand il est passé à la télé en première diffusion. Maman pleurait et Jimmy la serrait dans ses bras. Je me suis moquée d'eux à l'époque. Le film qu'on a vu hier soir ? Un navet. Mais un de leurs préférés. Et tu sais… ces serveurs qui t'ont chanté joyeux anniversaire ?

— Oui.

— Maman a organisé ça pour Jimmy une fois. Pour son anniversaire. Il avait pris un cheesecake à la banane. (Elle secoua la tête, puis :) J'ai dû me taper un paquet de films ringards. Mais faut bien que quelqu'un aide maman à se rendre compte que Jimmy et elle sont faits l'un pour l'autre. Aucun des deux ne fera le premier pas, sinon. Maman est trop fière et Jimmy trop poli. Il ne bougera pas, même s'il en crève d'envie.

— Tu le vois toujours ? demanda Frank.

Laura hocha la tête.

— Il est passé à la maison deux ou trois fois. Quand maman n'était pas là.

— Et Beth n'est pas au courant ?

— Non. S'il te plaît, ne lui dis pas. Même si Jimmy a l'habitude agaçante de remettre de l'ordre quand il passe chez nous. Maman s'en est rendu compte, mais n'a pas encore compris que c'était lui. Il a toujours aimé que les choses soient à leur place, ce qui était super avant parce que maman et moi détestons le ménage. Je m'inquiète sérieusement au sujet du dépotoir dans lequel on vivra d'ici quelques mois. On va se retrouver sous trente centimètres de poussière, sans savoir où est passé l'aspirateur. Maman a vraiment remarqué que c'était mieux rangé après le dernier passage de Jimmy. Un tableau était redressé, des livres avaient rejoint leur place, les CD se trouvaient dans les bons boîtiers et les chaises, comme par miracle, parallèles à la table. Elle a cru qu'on avait un poltergeist à la maison. Plutôt que de penser que j'avais pu mettre de l'ordre, elle se mettrait aussitôt à croire aux fantômes. Comme si on avait été cambriolées par des femmes de chambre.

— Jimmy est au courant de ton projet ?

— Pas question, répliqua Laura. Il serait horrifié.

Frank ignorait quoi penser de tout ça. Il ne savait pas trop si c'était une bonne ou une mauvaise chose. Devait-il houspiller Laura ?

— Pourquoi Jimmy est parti ? demanda-t-il. Il a bien quitté le domicile, non ? Je ne sais pas au juste pourquoi ils se sont séparés. Je ne voulais pas trop m'immiscer dans leurs histoires. Ils se sont disputés ? L'un des deux est-il responsable ? Je suis désolé. Je ne devrais pas te poser toutes ces questions. Ça doit probablement te perturber.

Laura haussa les épaules. Elle ne semblait pas perturbée du tout.

— Honnêtement, j'aurais préféré qu'ils s'engueulent. Ils se sont un peu disputés, mais la plupart du temps sans rien dire vraiment. Les silences étaient pires. J'avais l'habitude d'aller dans ma chambre, parce que c'était trop calme. Si l'un des deux avait quitté la maison en furie ou s'ils s'étaient lancé des casseroles et des poêles à la figure, ça aurait été mieux. Ça aurait mis de l'ambiance, au moins. Je plaisante, mais… non je ne crois pas que l'un ou l'autre puisse être tenu pour responsable. Je retire ce que je viens de dire. *Les deux* sont responsables.

Une pensée traversa l'esprit de Frank.

— Jimmy sait au moins que Beth a été malade, non ?

Laura secoua la tête.

— Et tu ne lui as pas dit ?

Frank avait simplement présumé que Jimmy serait au courant.

— C'est à maman de décider, dit Laura. Je ne veux pas que ce soit la raison pour laquelle ils se remettent ensemble. J'ai pas envie que Jimmy revienne parce qu'il plaint maman. Elle n'a pas besoin d'une infirmière. C'est évident qu'il aurait été là à l'hôpital avec elle. Même si elle ne souhaitait pas sa présence. Jamais maman n'aurait admis qu'elle avait besoin de lui, elle n'aurait pas supporté qu'il lui tienne la main et lui passe ses Kleenex quand elle était en larmes. Garder l'Enflure pour elle, c'était même un peu égoïste. C'est pas un peu débile ?

Frank songea à l'époque qu'il avait passé au chevet de Sheila à l'hôpital en lui prenant la main, et à ce qu'il aurait éprouvé si elle ne lui avait pas parlé de sa maladie. Pendant longtemps, c'était pourtant ce que Sheila avait précisément fait. Par amour envers Frank. Peut-être que Beth faisait une faveur à Jimmy en ne le tenant pas au courant. Frank avait détesté se rendre à l'hôpital. Il avait certes fini par s'habituer – sans pour autant être à l'aise avec les odeurs et les bruits de la maladie et des remèdes, les miracles et la normalité. Il avait toujours l'impression d'être dans les jambes des infirmières, si bien qu'il passait son temps à s'excuser et à se lever quand elles s'approchaient du lit pour vérifier la tension de Sheila ou lui faire une nouvelle prise de sang. Pourtant, quand il quittait la chambre pour se rendre aux toilettes, prendre un gobelet de thé au distributeur ou une bouffée d'air frais à l'extérieur, avec tous les fumeurs accrochés à leur perfusion sur roulettes, il se sentait terriblement coupable.

Lorsqu'il quittait l'hôpital le soir, il était ravi que les stricts horaires de visite lui fournissent une excuse pour s'en aller. Il rentrait en bus et dormait seul, en sachant qu'il risquait de ne plus jamais être allongé auprès de sa femme. Même si elle lui avait toujours reproché de prendre toute la place dans le lit et lui flanquait parfois des coups de pied, parce qu'il l'empêchait de dormir avec son répertoire de ronflements divers et variés, dont le « cochon asthmatique » où le bruit évoquant une vieille cocotte-minute qu'on traînait dans une allée de jardin. Elle l'avait surnommé sa « ronflette-surprise ».

Frank se trouvait à l'hôpital avec Sheila quand les médecins et spécialistes avaient été à court de miracles, si bien qu'ensuite ce ne fut plus qu'un défilé de personnel infirmier surmené travaillant par roulement et veillant à son confort jusqu'à l'inévitable. Frank resta alors à ses côtés parce qu'il ne voulait pas manquer cet effroyable instant qu'il appréhendait, tout en le souhaitant parfois ardemment. Il aurait aimé pouvoir ramener Sheila à la maison tant qu'elle se souvenait encore de lui. Tant qu'elle penserait encore qu'il la sauvait plutôt que de croire qu'il la kidnappait. Lorsque ce fut terminé, ce n'était pas fini pour autant. Il lui fallait encore prévenir tout le monde, obtenir les certificats de décès afin de pouvoir retirer le nom de Sheila de leur compte bancaire joint. Il dut ensuite choisir les fleurs adéquates, même s'il n'y connaissait rien, puis un cercueil sur un catalogue, en sélectionnant la couleur et le type de bois, avant d'opter pour une musique convenable susceptible d'accompagner l'entrée et la sortie du cercueil dans la chapelle du crématorium. Il dénicha aussi un pasteur humaniste pour conduire l'office, parce que Sheila aurait détesté que la religion joue un rôle dans sa mort, après s'être débrouillée pour l'éviter la majeure partie de sa vie.

Frank repensa à tout cela et, même s'il avait vécu une période effroyable, il n'aurait pas supporté qu'on le prive du moindre de ces instants. Peut-être que si Laura parvenait en effet à rabibocher ses parents, ce ne serait pas trop tard pour Beth de parler à Jimmy de sa maladie sans que cela les sépare tout de suite une nouvelle fois.

Il demanda à Laura si elle s'inquiétait que son projet finisse par envenimer la situation. Elle dit qu'elle devait tenter le coup.

— Mais tu penses franchement que ça pourrait marcher ? insista-t-il.

— On est à Hollywood, dit Laura. Bien sûr que ça peut

marcher. Je vais concocter un *happy end* pour Jimmy et maman. T'es partant ?

— Si je suis partant ?

— Tu vas m'aider ?

— J'en sais trop rien. Comment ?

— Tu tâcheras de trouver un truc.

La serveuse vint nettoyer leur table et leur demanda s'ils désiraient autre chose. Laura répondit qu'elle souhaitait juste l'addition. Quand la serveuse revint, Frank voulut à tout prix payer. Laura dut l'aider à choisir les bons billets de banque.

— Pour moi, ils se ressemblent tous, dit-il.

Il sourit à la serveuse, qui avait l'air d'une véritable Amérindienne, et il s'angoissa à l'idée qu'elle puisse penser qu'il parlait d'elle en disant que tous les billets se ressemblaient. La serveuse prit l'argent et s'en alla. Frank se demanda comment elle s'appelait. Quand elle rapporta la monnaie, il lut le badge sur son uniforme : Debbie.

Dans la soirée, une fois Beth rentrée du travail, tous les trois s'assirent au salon et jouèrent au Scrabble. Tandis que Beth était plongée dans ses pensées, en quête d'un mot à former, Laura demanda à Frank :

— À quel âge tu as rencontré mamie ?

— À quel âge ? Je ne m'en souviens pas. Je suis pas doué pour les chiffres et les dates, dit Frank en comptant les années dans sa tête. J'imagine que je devais avoir aux alentours de ton âge. Même si c'était le début des années 1950, si bien qu'on était déjà pratiquement des gens d'âge mûr.

— C'est pas logique du tout, observa Laura. Si tu avais atteint la maturité à vingt ans, alors tu serais mort à quarante. À moins que tu ne sois un vampire. Tu n'es pas un vampire, si ?

— Je ne suis pas un vampire. Je t'ai dit que j'étais pas doué avec les chiffres. Mais on quittait l'école beaucoup plus jeune et on travaillait tout de suite à l'époque. En moyenne, l'espérance de vie était de soixante-dix ans ou dans ses eaux-là. Si tu vivais jusqu'à cent ans, tu recevais un télégramme de la reine et l'information passait à la télé. De nos jours, tout le monde espère vivre jusqu'à cent cinquante ans au moins. Désolé, je me suis un peu égaré. C'était quoi la question ?

— Mamie, c'était ton premier amour ? demanda Laura.

Frank rougit.

— Oui, je suppose.

— Et ton dernier ?

— Eh bien, je ne veux pas vendre la peau de l'ours avant de l'avoir tué, alors j'en suis pas tout à fait sûr encore. (Beth leva le nez de ses lettres et le regarda.) Oui, ajouta-t-il. Disons que oui.

— Alors mamie et toi vous étiez faits l'un pour l'autre ? Âmes sœurs et compagnons pour la vie ?

— Au bout de quarante ans, on devient très proche de quelqu'un, dit Frank. Je ne crois pas qu'on quittait la pièce sans dire à l'autre où on allait. Même si c'était juste pour se rendre à la cuisine ou aux toilettes.

Beth le regarda à nouveau. Soit elle était surprise par la candeur de son père, soit elle attendait qu'il se taise parce qu'elle ne pouvait pas se concentrer afin de trouver un bon mot pour le Scrabble.

— Maman m'a dit qu'elle avait des petits copains horribles quand elle était ado, reprit Laura.

— Oh oui, confirma Frank. Ça ne fait pas de doute.

Quasi bouche bée, Beth observa Frank parler à Laura des garçons égocentriques et rustres, voire grossiers, débraillés et indélicats avec lesquels elle était sortie.

— Mot compte triple. Soixante et onze, annonça-t-elle.

Maintenant, passe-moi le sac à lettres, Laura, et toi, mon cher papa, peux-tu cesser de critiquer ma vie amoureuse ?

Beth gagna la partie et Frank arriva dernier, même s'il protesta en disant qu'il aurait battu Laura s'il ne souffrait pas, tout compte fait, du décalage horaire, si elle avait orthographié *agonise* correctement avec un « s » au lieu d'un « z » et si on l'avait autorisé à écrire *flavour* au lieu de *flavor*.

— C'est l'Amérique, Frank, dit Laura. C'est leur orthographe et leurs règles.

Après la partie, ils regardèrent *The Truman Show* sur une chaîne cinéma et Frank se demanda en quoi le film avait un rapport avec la relation entre Beth et Jimmy. Pendant la coupure publicitaire vraiment longue, Beth tenta d'expliquer à Frank pour la quatrième ou cinquième fois en quoi consistait exactement son travail. Cependant, elle eut beau décrire les fonctions que celui-ci englobait – analyste de documents, apporteur d'affaires, activateur d'échanges, micro-gestion, coordination des compétences, agent d'ordonnancement, publication assistée par ordinateur –, ça n'avait toujours pas l'air d'un vrai métier aux yeux de Frank. Il l'accusa d'inventer des mots pour les utiliser lors de leur prochaine partie de Scrabble.

Lorsque Frank se retrouva dans la salle de bains et ôta son dentier pour la nuit, le fou rire le saisit sans qu'il sache exactement pourquoi. Ils avaient tous tellement ri ce soir qu'il semblait ne plus pouvoir s'arrêter. À croire que la clim insufflait du protoxyde d'azote pour rendre hilarante l'atmosphère de la maison. S'il était mort dans son sommeil cette nuit-là et qu'ensuite à l'église quelqu'un avait dit que c'était ce qu'il avait souhaité, eh bien cela n'aurait pas été totalement faux. C'était ce qu'on disait souvent des artistes ayant raconté leur meilleure blague de tous les temps ou chanté littéralement de toute leur âme, avant de tomber raide mort sur scène, en plein rappel, sous les rires et les applaudissements. Frank avait toujours trouvé que c'était un cliché un peu cucul du show-biz mais, après quelques jours à peine passés en famille, quitter triomphalement la scène entre quatre planches n'aurait pas été le pire moment de son existence. Il n'avait pas envie de retourner à Fullwind. Rien ne l'attendait là-bas hormis les problèmes d'argent et une météo peu clémente. Il n'était pas franchement attaché à ce qu'il y avait laissé. Tout ce qu'il aimait au monde se trouvait désormais ici avec lui.

15

En se levant le lendemain matin, Frank découvrit un nouvel itinéraire mis à jour, imprimé et laissé sur la table du salon à son intention.

- *Batman & Robin (revu et corrigé) : Retour à Hollywood à Greystone Mansion. S'ébahir devant la demeure de style Tudor et se balader dans le parc paysager.*
- *Les films tournés à Greystone Mansion englobent :* The Big Lebowski, Bodyguard, Batman & Robin, La Mort vous va si bien, Spider-Man (la série), X-Men.
- *Info du jour : Construit par Edward L. Doheny (qui a inspiré le personnage de Daniel Day-Lewis dans* There Will Be Blood*) en cadeau pour son fils (celui d'Ed L. Doheny, pas de Dan D-Lewis).*

Sur le trajet vers Greystone Mansion, Frank et Laura se partagèrent des anecdotes d'accident de circulation comme autant de blessures de guerre. Laura raconta à son grand-père comment elle avait heurté une branche d'arbre en roulant, ce qui faillit lui faire perdre la vue, mais elle avait fini par avoir deux couleurs d'yeux différentes. Frank savait pour l'arbre et le vélo, mais ignorait tout du garçon.

— Je sortais avec ce gars, qui s'est avéré être un abruti, mais dans le genre romantique. Il avait loué un tandem et, comme c'était lui le mec, il a fallu qu'il s'installe à l'avant, même si mes jambes étaient sans doute plus robustes. Bref, on a fini par rouler dans une petite rue sur ce vélo débile fait pour deux ; il nous a fait passer sous un arbre et, plutôt que de crier : « Baisse-toi ! » ou de faire preuve de galanterie et de me protéger de la branche d'arbre en se la prenant *lui* en pleine figure, c'est *lui* qui s'est baissé. Tu parles d'un héros ! Ça s'appelle l'hétérochromie, précisa-t-elle en faisant référence à l'état de son œil. Kiefer Sutherland et Robert Downey Junior ont ça aussi, tout comme David Bowie et Alexandre le Grand. Mais ça arrive surtout aux chiens. Et toi, raconte-moi ton accident. Un laitier, c'est ça ?

— Oui. Je marchais et lui conduisais sa camionnette. J'allais sans doute plus vite que lui. Il m'a percuté et j'ai fini sous le véhicule. Je me suis cassé le bras et un os dans le pied. Ça ne se prononce pas Bowie ? demanda Frank. Comme Joey.

— Bowie, répéta Laura avec un accent cockney transatlantique pas si éloigné de celui de David Bowie en personne. Ça existe encore les camionnettes de laitier à l'ancienne ?

— Maintenant elles sont électriques et roulent très lentement. Se faire renverser par ce genre d'engin, c'est probablement ce qu'il y a de plus gênant, du coup. Vous avez aussi des laitiers à Los Angeles, non ?

Laura hocha la tête.

— Je suppose que les vôtres sont très différents des nôtres. Ils doivent ressembler à des stars de ciné. Plus glamour que Benny Hill.

— C'est ce gars qui se fait tout le temps pourchasser par des femmes, hein ?

Frank était aussi surpris qu'une Américaine de vingt ans ait entendu parler de Benny Hill que Laura l'avait été en découvrant qu'un Anglais de quatre-vingt-deux ans puisse faire la différence entre une gothique et une emo, ou lui apprenne même comment prononcer correctement le nom de rock stars.

Ils franchirent les grilles de Greystone Mansion et gravirent la colline abrupte menant au parking. Ensuite ils marchèrent lentement dans le vaste parc, en traversant cours et jardins, en s'interrompant pour s'asseoir sur un banc près des fontaines et des bassins. Ils admirèrent aussi le sol en marbre noir et blanc par les fenêtres de la folie néoclassique en béton dans le style Tudor, dotée de sept cheminées.

Bette Davis était jadis descendue le long de la rampe en chêne sculptée. Batman vivait ici. Frank et Laura discutèrent des autres films tournés sur place en se disputant presque pour déterminer lequel des deux en avait vu le plus. Laura demanda à son grand-père s'il avait déjà regarder le téléfilm dans lequel jouaient Bette Davis et James Stewart. Il n'en avait jamais entendu parler et était sûr que Laura y avait juste fait allusion pour lui réclamer à nouveau son imitation de James Stewart. Frank refusa encore. Il affirma que sa voix ressemblerait sans doute davantage à celle de Sean Connery. Elle lui demanda donc d'imiter Sean Connery à la place, juste pour voir. Frank leva les yeux sur la grande demeure néo-Tudor devant laquelle ils étaient assis et une idée lui traversa l'esprit.

— Tu te souviens de mon ami John ?

— Je n'ai toujours pas oublié Jimmy Stewart, répliqua Laura.

— Mon ami Smelly[1] John…

1. Littéralement : *qui sent mauvais.*

— Smelly John ? répéta-t-elle en pensant avoir mal compris.

— Oui. Il vivait en foyer-logement. Vous en avez en Amérique ?

— Je ne pense pas.

Laura avait hâte de savoir pourquoi John sentait aussi mauvais.

— C'est une espèce de foyer avec gardien. Pour les personnes âgées surtout.

— Comme une résidence-service ?

— Une résidence-service pour retraités. Ça fait plus romantique. La résidence de John était un endroit appelé Greyflick House. Drôle de coïncidence… je viens juste de m'en rendre compte. Greyflick House et Greystone Mansion. C'était pas aussi distingué qu'ici, j'en ai peur, dit Frank.

Il songea alors à la salle de séjour commune et aux fauteuils, aux ampoules brisées, à la tuyauterie bruyante et aux couloirs dont le sol collait aux semelles, dans l'espèce de grosse boîte rectangulaire en brique qui abritait Greyflick House.

— C'était juste une baraque pour les vieux et je ne pense pas qu'on y a tourné beaucoup de films. Je ne l'inclurai pas dans mon circuit en minibus.

Frank attrapa la pochette zippée de voyage, fixée sous la ceinture de son pantalon pour que personne ne la lui vole. Il la dézippa et prit son portefeuille. Il sortit une vieille carte postale de Smelly John qu'il conservait sur lui, comme la photo d'une épouse de guerre ou d'un enfant naturel. En retirant la carte postale, le chèque du propriétaire vint avec. Il ne l'avait pas déchiré, ce qui marquait la limite du plan d'évasion de Frank. À savoir qu'il pourrait toujours éventuellement encaisser ce bout de papier sans valeur ou le rendre au propriétaire en échange de son appartement.

Frank remit le chèque dans le portefeuille et déplia la carte postale pour la donner à Laura. La photo de Smelly John avait été prise dans les années 1970, quand il était un jeune punk-rockeur. Il avait les cheveux verts hérissés en pointes et un anneau de cannette de Coca qui pendait au lobe de son oreille gauche. Sur la carte, Smelly John se tenait debout près d'une cabine téléphonique rouge et d'un agent de police londonien. C'était un cliché d'un film hollywoodien tourné dans la capitale britannique. Smelly John, le bobby et la cabine téléphonique étaient les équivalents des joggeurs, gymnastes et autres accessoires de L.A. sur la plage de Santa Monica.

— Il est punk ? demanda Laura.

— *Les étiquettes*... fit Frank en secouant la tête. Mais oui. C'est pourquoi il s'appelait Smelly John.

— Cool. Il a quel âge maintenant ?

— Il *avait* soixante-quatre ans. Il est mort il y a un an et demi.

— Je suis désolée, dit Laura, avant de rendre la carte postale à Frank.

— Il me l'a laissée dans son testament, dit-il. Pas seulement la carte postale. Il m'a légué d'autres trucs aussi. Quelques vieux disques, mais j'ai rien pour les écouter. Ses chapeaux. Il avait une petite tête, en fait. Et puis d'autres choses encore. Pas une grande fortune, malheureusement.

— Pas de carte au trésor ?

— Pas de carte au trésor, dit Frank en remettant la photo dans son portefeuille. Je pourrais t'envoyer les disques, si tu veux. J'ai vu que tu avais un vieux tourne-disque dans ta chambre. Tu apprécierais sans doute mieux la musique que moi. Tu aimes les Sex Pistols ?

Même après gothique, emo et David Bowie, Laura restait encore surprise par son grand-père. Elle attendait la suite avec curiosité et peut-être un peu de crainte.

Frank raconta à Laura que Smelly John s'était retrouvé au tout premier concert des Sex Pistols et qu'il avait toujours dit qu'il veillerait à ce qu'on joue leur musique pour ses obsèques. À sa mort, Frank n'avait pu se rendre à l'enterrement et ignorait si quelqu'un saurait le genre de musique que John souhaitait ou si son vœu avait été exaucé.

— Quelques semaines après les obsèques, je suis allé au cimetière. Même si John n'était pas enterré là, parce qu'on l'avait incinéré. Malgré tout, j'ai découvert la tombe la plus négligée qui soit. La pierre tombale était brisée, envahie par les mauvaises herbes et le nom illisible. J'ai fait comme si son corps se trouvait là-dessous. C'était la tombe la plus punk-rock du coin. Mais tout ça doit paraître idiot quand je le dis à haute voix.

Frank avait l'air de vouloir abandonner son histoire.

— Continue, dit Laura.

— J'ai pris un magnéto à cassettes avec moi. Au départ, je l'avais acheté pour apprendre l'espagnol. Je n'ai jamais réussi à m'y mettre, mais bon, il a fallu que j'enregistre la musique de John sur la cassette, à partir d'un CD.

Frank raconta à Laura comment il avait posé le magnétophone à cassettes par terre, près de la tombe, et attendu qu'il n'y ait personne d'autre dans les parages, avant de passer *Pretty Vacant* des Sex Pistols pour Smelly John. Sur l'enregistrement, la chanson était ponctuée par les aboiements lointains du chien d'un voisin, de même qu'une sonnette de porte faisait Dong-ding au milieu du morceau. Une fois la musique terminée, une voix d'homme disait : *¿ Puede darme algo contra el mareo una piscina ?* S'il s'était donné la peine d'écouter la bande auparavant, Frank aurait peut-être appris que ça signifiait : *Pouvez-vous me donner quelque chose contre le mal de mer ?*

— C'est une histoire sympa, triste et marrante à la fois,

dit Laura. Je pourrais te faire ce genre de coiffure, si tu veux ? Tout hérissé et teint en vert. Avec tes cheveux, on pourrait obtenir une crête iroquoise drôlement spectaculaire.

Frank promit d'y réfléchir. Il ajouta qu'il n'était pas allé chez un coiffeur depuis très, très longtemps et Laura répliqua qu'en tant que coiffeuse qualifiée elle l'avait déjà deviné. Elle dit aussi qu'il avait les cheveux les plus longs de toutes les personnes qu'elle connaissait, homme ou femme. Frank demanda s'ils rasaient à l'ancienne dans son salon. Il précisa que ça faisait partie des choses qu'il regrettait de n'avoir jamais tentées.

— Ça et le ski nautique, ajouta-t-il.

— On devrait rédiger une liste.

En repartant vers la voiture, Laura déclara :

— Tu te rappelles quand t'as dit que mamie était ton premier et ton dernier amour ?

Frank hocha la tête.

— Maman ne rencontrera jamais son homme idéal parce qu'elle l'a déjà… et il est à Pasadena, chez son frère. Tôt ou tard, elle va se remettre à sortir avec des mecs et j'ai pas envie qu'elle finisse encore avec un de ses petits amis nuls dont tu parlais. J'ai pas envie d'avoir un raciste ou un voleur de bagnole comme beau-père, Frank. La plupart des hommes sont débiles. Sans vouloir te vexer.

— Je ne le suis pas.

— Maman ne sera plus capable de faire son choix. Elle n'est plus toute jeune. Sans vouloir te vexer.

— Je ne le suis pas. Peut-être qu'on devrait décider d'emblée que rien de ce que tu diras ne me vexera, proposa Frank.

— Ça marche. Maintenant fais-moi ton imitation de Jimmy Stewart.

De retour à la maison, Frank était fatigué. Vu qu'il se trouvait dans une ville où personne ne se déplaçait jamais à pied, il avait sacrément marché. Beth n'était pas encore rentrée du travail et il alla s'allonger dans la chambre de Laura. Il ferma les yeux et dut s'assoupir, parce qu'en les rouvrant il entendait Beth parler à Laura, leur voix provenant de différentes pièces de la maison.

— Tu as nettoyé le placard de la cuisine ? disait Beth.

— Non. Pourquoi ?

— Je ne me souviens pas que toutes les boîtes étaient aussi bien alignées.

— Tu ferais bien de vérifier les serviettes dans la salle de bains, répliqua Laura.

Frank présuma que Jimmy avait rangé le placard lors de sa dernière visite ou était passé à la maison pendant qu'ils se trouvaient tous sortis. Frank tenta de se rappeler à quel film Laura faisait allusion. Il était certain que Julia Roberts jouait dedans. Encore un que Beth et Jimmy avaient dû voir en amoureux. Peut-être que Laura avait rangé le placard pour que sa mère se remémore ce film. Frank ferma les paupières et se rendormit. Lorsqu'il se réveilla, la maison était tranquille, cette fois ; il faisait sombre et tout le monde était allé se coucher.

16

La fureur de vivre : visite de l'observatoire Griffith pour assister au spectacle du planétarium. Prendre la pose comme des touristes devant le panneau HOLLYWOOD et près de la tête de James Dean. Blague d'astronome américain pour Frank : Comment tu sais que la lune est fauchée ? Quand il ne lui reste plus qu'un seul quarter[1]*. Les films tournés sur place englobent :* La Fureur de vivre, Terminator, Dragnet, Jurassic Park, Yes Man, Le Mystère de la chambre forte, Flesh Gordon.

Frank se réveilla, sans trop savoir une fois encore où il se trouvait ni quel jour c'était. D'instinct, il tâtonna l'extrémité du lit avec les pieds, à la recherche de sa bouillotte. Chez lui, outre le fait qu'il écoutait le premier avion survolant son appartement le matin, il avait aussi appris à deviner l'heure en hiver, selon la température de sa bouillotte : plus elle était fraîche, plus il était tard.

Il n'y avait pas de bouillotte au pied du lit. Frank n'était pas chez lui. Il regarda alentour. Bette Davis était là, toujours en train de fumer et de faire la réclame d'une marque de whisky. Sur un mur, il y avait aussi des photos

1. Jeu de mots sur *quarter* : quart de dollar (25 cents) et quartier (de lune).

de Laura et de ses amis, disposées en cercle. Sur un autre, des billets de concert et de cinéma épinglés à un tableau en liège, près d'une grande main en mousse avec un doigt pointé en l'air et l'inscription : *Numéro 1*. La pièce était bien rangée.

Peut-être un peu trop pour une jeune fille très active de vingt ans. Frank se dit qu'elle avait fait tout ça pour son grand-père. La seule pagaille venait de lui : il avait laissé tomber sa chemise sur sa valise ouverte ; un pantalon avait une jambe dans la valise, l'autre à l'extérieur, comme s'il essayait de s'échapper. Une chaussette traînait par terre, près d'une chaussure retournée ; il avait renversé du café sur le drap de lit et laissé une trace circulaire de tasse, la même que celle qu'il avait imaginée sur son enveloppe imaginaire de Premium Bonds.

Il songea alors au désordre bien plus grand qu'il avait laissé chez lui. Pas seulement les tiroirs qu'il avait retournés dans le salon, quand il avait oublié à la dernière minute où il avait mis son passeport, ou les vêtements jetés sur le lit quand il avait refait sa valise pour la dernière fois. Pas même les odeurs de la brique de lait laissée ouverte dans le frigo ou de la poubelle de la cuisine qu'il avait oublié de vider, mais le chaos de sa vie qu'il avait laissé derrière lui : ses factures impayées et le risque imminent de se retrouver à la rue.

Frank avait dit à beaucoup de gens qu'il partait en vacances. À Yeux-au-sud-ouest de la boutique caritative, à la bibliothèque, à la postière, au nettoyeur de photomaton et à la gamine qui avait soulevé le rideau, au voyagiste du grand Sainsbury's, aux douaniers et au personnel de la sécurité des deux côtés de l'Atlantique. Mais il n'en avait informé aucun de ses voisins, pas plus que le facteur, ou même son propriétaire. Il se demanda combien de temps s'écoulerait avant que quelqu'un – Hilary, la chef du comité de surveillance du quartier, peut-être – ne remarque sa disparition et appelle la police, mais les flics n'obtiendraient aucune réponse lorsqu'ils presseraient la sonnette inquisitrice de Frank et ils allaient devoir défoncer la porte à coups de pied.

Il essaya de chasser de son esprit toutes les pensées le ramenant chez lui. Il se demanda s'il était tard. Même s'il était encore incroyablement fatigué, il avait l'impression d'avoir dormi longtemps. Il craignait même d'avoir dormi toute une journée. La seule idée de perdre autant de temps ici lui donnait la nausée. Il se dit qu'il pouvait sentir la chaleur du soleil à travers la fenêtre, mais n'était pas encore assez coutumier du fait pour que cela puisse lui indiquer l'heure de manière fiable.

Frank se leva. Ses articulations grinçaient et protestaient comme chaque matin. Il se rendit au salon. Beth était parti à son rendez-vous de suivi et Laura, assise sur le canapé, regardait la télé. Bill sommeillait à ses côtés.

— 'jour, dit-elle en se levant.

Comme pour prouver qu'elle était inclassable – et peut-être parce que Frank avait pu l'imaginer gothique ou emo – elle arborait une jupe en daim couleur sable et un tee-shirt bleu vif. Sur la plage, Frank ne l'aurait peut-être même pas vue.

Elle lui demanda s'il voulait un petit-déjeuner et il répondit : est-ce qu'elle ne verrait pas d'inconvénient à ce qu'il prenne d'abord une douche et se rase ? Laura lui donna des serviettes propres et aligna les flacons de gel douche, shampooing et après-shampooing sur le rebord de la baignoire. Elle lui donna aussi un baume après-rasage qui semblait hors de prix et le laissa seul, pendant qu'elle s'en allait préparer le petit-déjeuner.

La douche et le rasage réveillèrent Frank mais, après le petit-déjeuner, il se sentit lourd et de nouveau fatigué. Il aurait adoré passer une journée à lézarder sur le canapé devant la télé et à prendre des nouvelles de Bill, mais Laura avait établi un itinéraire et posé des congés pour être avec lui. Il pourrait toujours bavarder avec Bill à n'importe quel autre moment. Et puis qu'est-ce que la télé avait fait pour lui depuis les années 1970, en définitive ?

Ils mirent plus d'une heure pour rejoindre le Parc Griffith. Ils parlèrent peu dans la voiture, tellement Frank était fatigué. Au moment d'arriver à l'observatoire, il se sentait certes mieux réveillé. Laura gara la voiture et ils remontèrent un peu la colline à pied, afin qu'elle puisse photographier Frank avec le panneau HOLLYWOOD à l'arrière-plan. Laura dut reculer pour que Frank et le panneau tiennent ensemble sur le cliché.

Quelque chose détourna l'attention de Frank et Laura s'écria : « Gaga ! Dis *Cheese* ! » Un couple qui passait dans le coin se retourna vers eux, en se disant peut-être que Lady Gaga pourrait visiter l'observatoire. Lorsqu'ils virent Laura parler à un vieil homme, à cause de ses longs cheveux blancs et de son style vestimentaire éclectique, ils n'étaient pas certains que ce ne soit pas Lady Gaga, alors ils le prirent en photo… au cas où.

Une fois dans le bâtiment de l'observatoire, Laura acheta des billets pour le spectacle du planétarium et, en attendant qu'il commence, son grand-père et elle se promenèrent parmi les pièces exposées. Ils regardèrent la vue à 360 degrés de Los Angeles à la *camera obscura*, en tentant mais sans succès de repérer Euclid Street et le joggeur ou la voiture de police que Frank avait vus sur les ordinateurs de la bibliothèque de Fullwind. Ils observèrent la bobine Tesla crépiter et cracher des étincelles, ainsi que la douce oscillation de la boule en cuivre du Pendule de Foucault, dont Frank était convaincu qu'il s'agissait du titre d'un film de Vincent Price. Lorsqu'ils se tinrent enfin devant une maquette en verre de deux mètres cinquante représentant la Voix lactée[1], il dit à Laura :

— Ça s'appelle une barre Mars en Angleterre.

Juste avant que ne débute le spectacle du planétarium, Frank s'assit sur un banc, près d'une statue en bronze d'Albert Einstein, et Laura les photographia. Frank dit que le cliché irait bien avec la photo façon Forrest Gump sur le banc, prise par Beth sur la jetée, et il demanda à Laura si elle connaissait d'autres bancs de célébrité dans Los Angeles ? Elle répondit qu'il y avait un banc au centre-ville qui apparaissait dans le film *(500) jours ensemble*, mais que le monticule herbeux où il se situait était entouré d'une clôture et fermé en raison de coupes budgétaires de l'État. C'était la première fois que Frank entendait quelqu'un utiliser l'expression « monticule herbeux » sans qu'il soit question de l'assassinat du Président Kennedy.

Dans le planétarium, Frank se cala dans le fauteuil qui, selon Laura, aurait pu être celui-là même que James Dean occupait dans *La Fureur de vivre*, et il leva les yeux sur l'écran au plafond du dôme. Il se dit qu'il risquait de s'endormir. Mais dès que le spectacle débuta, Frank fut totalement captivé. Pas seulement à cause des lasers, des couchers de soleil, des big bangs et des étoiles filantes. Le conférencier, qui rappelait à Frank Troy McClure des *Simpsons*, avait un don de conteur. C'était à la fois divertissant, drôle et éducatif… Même si, à l'instar du circuit en minibus ou des consignes de sécurité lors du vol aller,

1. *Milky Way* en anglais.

Frank oublierait tout ce qu'il avait appris sitôt que Troy aurait fini de parler.

Après le spectacle, ils se rendirent à la cafétéria de l'observatoire. Dans la file d'attente à la caisse, une femme surprit Frank en train de dire *tomato* à Laura et lui demanda s'il était australien. Il répondit qu'il venait d'Angleterre et une autre cliente dans la queue soupira, en pensant probablement que Frank était Hugh Grant ; comme le lui avait dit Dustin-Hoffman-dans-*Rainman*, ce genre de situation risquait de se produire lorsqu'il serait en Amérique.

Ils s'installèrent à une table pour déjeuner, et Laura tendit à Frank une barre chocolatée.

— Qu'est-ce que c'est que ça ? dit-il.

— Goûte.

— Il déballa le chocolat et mordit dedans.

— *C'est* un Milky Way ! s'extasia-t-il en surjouant la surprise, le visage figé et la bouche ouverte. C'est un Milky Way déguisé en… (il consulta l'emballage)… un… Three Musketeers ?

Il demanda si Beth lui avait transmis tout ce qu'il lui avait appris, à savoir comment déguster le mieux et le plus agréablement une barre chocolatée. Laura secoua la tête.

— Par exemple, avec un Milky Way, dit-il en regardant de nouveau l'emballage, ou un Three Musketeers, tu mords d'abord le chocolat à l'extrémité. Puis tu fais de même sur les côtés.

Il mordit la barre à chaque bout, puis sur les côtés, avant d'enchaîner :

— Ensuite, tu essayes d'attraper la couche supérieure de chocolat d'un seul coup.

Ce qu'il fit aussitôt.

— Puis tu roules le nougat en boule.

Il forma une boule de nougat entre ses doigts comme de la pâte à modeler, puis la glissa dans sa bouche.

— C'est dégueu, dit Laura.

— Je me suis un peu donné la nausée, avoua Frank.

Une fois son estomac rétabli, il confia à Laura les méthodes idoines pour déguster d'autres barres chocolatées, parmi lesquelles le Twix, le Kit Kat, l'Aero, le Crunchie et le Bounty. Il réalisa qu'à l'exception du Cadbury Creme Egg et du Walnut Whip, toutes ses méthodes étaient similaires en ce sens qu'elles nécessitaient de retirer avec soin la couche de chocolat pour révéler la garniture à l'intérieur. Son champ de compétences lui parut soudain tout à fait négligeable.

Quand Laura se rendit aux toilettes, qu'on appelait ici *restroom* (Frank commençait à saisir la terminologie locale), il l'observa s'éloigner, puis se tourna pour regarder par la vitre les collines et le ciel de la couleur du tee-shirt de sa petite-fille, le soleil californien, le panneau HOLLYWOOD, et il songea à cet endroit au sein de l'univers en tentant de se rappeler ce que Troy McClure avait dit à ce sujet. Et ce ne fut pas la première fois depuis son arrivée en Amérique qu'il se demanda comment il parviendrait à reprendre l'avion pour rentrer chez lui.

À son retour, Laura déposa trois confiseries au chocolat sur la table : une barre Butterfinger, une tablette Hershey et autre chose dans un emballage orange fluo avec le mot Reese's en lettres jaunes au centre. Frank se sentait encore un peu nauséeux et n'avait plus envie de chocolat, mais il déballa la tablette Hershey.

— Hmm… Je n'ai pas grand-chose à t'apprendre sur ce truc, dit-il. Tu pourrais la faire fondre devant un feu ou la congeler et la briser au marteau, je suppose. J'y reviendrai plus tard.

Il mit la tablette Hershey de côté, puis déchira l'emballage Reese's. Il sortit l'une des deux tartelettes au beurre de cacahuète et l'examina en la faisant tourner dans sa paume comme s'il estimait la valeur d'un diamant.

— Je pense que nous sommes ici en présence d'une tartelette, dit-il.

Puis il la fourra en entier dans sa bouche.

Le beurre de cacahuètes était incroyablement salé. Il grimaça en tordant les lèvres. Puis il enleva ses lunettes. Il n'avait pas l'air très bien.

— Tu n'es pas allergique aux cacahuètes, si ? demanda Laura.

Frank tendit la paume et secoua la tête en disant :

— Une minute…

Il avala la dernière bouchée, puis s'adossa à son siège.

— Quel vieux con je fais.

Ils se rendirent à la boutique de souvenirs, où Frank acheta un sweat-shirt avec des planètes pour lui, une poupée Albert Einstein pour Beth et un collier pour chat avec la bannière étoilée pour Bill. Il dit à Laura qu'elle pouvait choisir ce qu'elle voulait dans le magasin. Elle opta pour un crayon. C'était l'objet le moins cher.

Avant de regagner le parking, Frank posa pour une photo à côté de la statue de James Dean, puis ils reprirent la direction d'Hollywood en voiture. Laura demanda à Frank s'il était trop fatigué pour aller au cinéma, mais il savait qu'elle avait déjà acheté les billets et, même s'il était sûr de s'endormir profondément sitôt qu'il fermerait les paupières, il insista sur le fait qu'il était tout à fait réveillé et avait vraiment hâte de voir *Fenêtre sur cour* pour la première fois sur grand écran.

Le film fut présenté par un jeune homme enthousiaste, qui parla de la façon dont on l'avait tourné et de sa restauration récente devant un public tout aussi enthousiaste. Puis, après une salve d'applaudissements, ponctués de cris et de hourras, l'auditoire se tut et le film débuta.

Le nom de James Stewart apparut sur l'écran et tout le monde se mit à l'acclamer et à applaudir à nouveau. Laura donna un coup de coude à Frank.

— Fais ton imitation, murmura-t-elle.

Les spectateurs firent une nouvelle ovation lorsque le nom d'Alfred Hitchcock apparut au générique, puis un silence absolu envahit la salle.

Au bout de trente-cinq minutes Hitchcock fit sa brève apparition en remontant une pendule dans l'appartement situé en face de celui de James Stewart, et le public poussa des cris et battit des mains. À la fin du film, les gens applaudirent à nouveau. Certains se levèrent. Tout le monde resta jusqu'à la fin du générique et de celui de sa restauration, puis on ralluma la salle.

Sur le trajet du retour vers Santa Monica, Frank confia à Laura à quel point il avait adoré voir le film dans un cinéma. Il l'avait vu tellement de fois à la télévision. C'était l'un de ses préférés – ce qu'elle savait déjà, car c'était la raison qui l'avait incitée à acheter les billets. Il lui dit aussi que lorsqu'il était coincé chez lui, après avoir été renversé par la camionnette du laitier, il s'asseyait à la fenêtre de son salon et faisait semblant d'être Jimmy Stewart dans *Fenêtre sur cour*. Il était encore trop timide pour lui montrer comment il s'y prenait, lorsque Laura le lui demanda.

Il songea au cinéma qu'il avait toujours prévu de bâtir dans son jardin, là-bas chez lui. Il décida que s'il rentrait à Fullwind – *s'il* y rentrait – il se mettrait certainement à le construire. Il souhaitait que l'expérience du cinéma au jardin soit semblable à celle qu'il venait de vivre.

En Angleterre, si quelqu'un s'était levé pour faire un discours un peu racoleur avant un film et si les spectateurs se mettaient à applaudir chaque fois que le nom d'un acteur apparaissait sur l'écran, Frank aurait trouvé cet enthousiasme bidon et agaçant, des gens se seraient plaints à la direction de la salle, mais c'était différent ici. L'homme qui avait présenté *Fenêtre sur cour*, Troy McClure au planétarium, le guide du circuit en minibus, et même la voix sur le GPS. Frank adorait ce sens du show-biz chez tout un chacun.

Voilà seulement quelques jours qu'il était là, mais il aimait déjà l'Amérique et il aimait les gens. Il regrettait de ne pas y être venu plus tôt. Il prenait vraiment du bon temps. Il n'avait pas encore assez vu Beth, mais cela changerait demain et il s'était régalé avec Laura. Elle ne semblait pas gênée d'être vue avec lui, même quand il faisait son numéro avec le chocolat.

Frank regarda par la vitre de la voiture sa nouvelle ville préférée. Il aimait le fait que la voie express sur laquelle il roulait soit aussi large que la longueur de n'importe quelle route de Fullwind, et le fait que tout nouveau panneau routier lui évoque le cinéma, la télévision ou quelque célébrité : Long Beach et Sacramento, Cloverfield, Century City, Palm Beach et Sunset Boulevard, Rosa Parks, Kennedy, Franklin et Roosevelt, et son favori : Christopher Columbus Transcontinental Highway.

Il aimait le fait que chaque endroit où ils allaient donne l'impression à un moment ou un autre d'être sur un lieu de tournage. Il aimait les impressionnants gratte-ciel de bureaux et les immeubles résidentiels de Downtown LA devant lesquels ils étaient passés, même si Frank ne pouvait s'empêcher de penser à la silhouette des immeubles de Croydon que Beth avait fuis en effectuant ce si long chemin pour s'installer ici.

Tandis qu'il regardait tout cela défiler, il commença à avoir un peu le mal de mer. Il se sentait nauséeux après le chocolat et le beurre de cacahuète, sans parler du pop-corn et du gobelet de soda king size, qui eux au moins avaient été fidèles à ses attentes, sur le plan du gigantisme américain. Mais il était aussi étourdi par tout ce qui s'était passé ces derniers jours. Comme un enfant fatigué qui ne voudrait jamais aller se coucher, au cas où il raterait quelque chose. Son cerveau crépitait et lançait des étincelles comme une bobine de tesla. Il regarda la route droit devant lui jusqu'à ce que la nausée lui passe. Lorsqu'ils furent de retour dans Euclid Street, Laura gara la voiture et Frank la remercia pour cette si belle journée. Elle coupa le moteur et se tourna vers lui.

— Écoute, Frank. Il se peut que Jimmy soit là.

— Quoi ?

Laura prit une grande inspiration dans son inhalateur. Frank ne savait même pas qu'elle avait de l'asthme. Elle secoua l'appareil et prit une nouvelle bouffée.

— Il voulait m'apporter quelque chose pour mon anniversaire. Je lui ai dit de me trouver juste du vin et des fleurs et de les déposer à la maison. J'ai oublié de préciser que je serai sortie et que maman serait là. J'ai pensé qu'en le voyant sur le perron avec un bouquet et une bouteille de grand cru, elle croirait que ce serait pour elle et l'inviterait à entrer. Ce serait un début. Ils auraient forcément quelque chose à se dire. Même s'ils se disputaient ou si maman lui jetait les fleurs à la figure ou lui collait un coup de bouteille sur la tête, ce serait toujours un début. S'il est là, tu devrais lui parler.

— Moi ? répliqua Frank. Quoi ? (La voiture ne roulait plus, mais sa nausée l'avait repris.) Je ne pense pas que je devrais intervenir.

— Bien sûr que si.

Laura ouvrit la portière et sortit avant que Frank puisse continuer à protester. Elle avait parlé si vite qu'il n'avait pas pu placer la moindre excuse. Il envisagea de verrouiller toutes les portières et de rester dans le véhicule jusqu'au moment où il devrait reprendre l'avion pour rentrer chez lui. Il appréciait Jimmy et avait envie que Beth et lui se remettent ensemble et que le projet de Laura réussisse, mais tout ça n'était dans aucune brochure ni sur l'itinéraire. À cet instant précis, il avait l'impression de se retrouver pris dans une embuscade au beau milieu de ses vacances et l'apparition soudaine de Jimmy lui faisait l'effet d'une épidémie de légionellose dans la piscine de l'hôtel.

Frank suivit lentement Laura jusqu'à la maison. Elle y était déjà entrée avant qu'il ne pose le pied sur la pelouse. Il se demanda s'il devait lui dire qu'elle avait oublié de verrouiller les portières. Peut-être qu'il vaudrait mieux pour lui de rester là à surveiller la voiture. Lorsqu'il entra dans la maison, le salon était vide hormis la présence de Bill. Le chat n'avait pas tenté de s'échapper pendant que la porte était ouverte. Après quelques jours à peine de confinement, Bill s'était transformé en assisté. Frank perçut des voix en provenance de la chambre de Beth. Elle parlait à Laura. Il espérait ne pas l'avoir entendue pleurer.

Sur la table du salon était posé un bouquet sous cellophane. Frank n'avait aucune idée du type de fleurs dont il s'agissait. Tout près, une bouteille de vin. Sur l'étiquette était inscrit : *Le Rouge de Laura*. Il se demanda si Jimmy l'avait fait préparer tout spécialement ou si c'était une heureuse coïncidence. Il attrapa la carte restée ouverte, près de la bouteille.

Joyeux Anniversaire, Laura. Voici le Rouge de Laura.
Une découverte inattendue.
C'est un cru de 2010, un assemblage de Cabernet Sauvignon,
de Merlot, de Malbec et de Shiraz.
Son bouquet montre des arômes de poivre noir,
d'aromates et de fruits noirs.

Jimmy donnait l'impression de vendre le vin à Laura plutôt que de le lui offrir. Il avait signé la carte : *Avec toute ma tendresse, papa.* Frank ne comprenait pas la signification des arômes ou d'un cru, mais il se dit que Laura apprécierait parce que la bouteille était noire.

Il reposa la carte, puis s'assit sur le canapé en attendant qu'il se passe quelque chose. Il se rappela soudain à quel point il était fatigué. Il ne pouvait se caler assez profondément dans le sofa ou se détendre correctement. Son corps semblait à la fois lourd et ne rien peser. Beth sortit de sa chambre. Elle avait noué ses cheveux en arrière, retiré son maquillage et la moindre preuve qu'elle aurait pu pleurer. Si auparavant Frank n'avait pas saisi l'allusion de Laura à Audrey Hepburn, maintenant il comprenait.

— Je devrais préparer à dîner, dit Beth.

— En fait, je n'ai pas vraiment faim, dit Frank, qui tentait de l'aider en ne l'obligeant pas à faire la cuisine quand elle était bouleversée. J'ai mangé une demi-livre de beurre de cacahuète à l'observatoire.

— C'est bien, dit Beth.

Elle avait l'air aussi épuisé que lui. Elle s'assit sur le canapé à ses côtés et posa la tête sur son épaule. Frank écouta le bruit de sa respiration. Il crut même qu'elle s'était déjà endormie.

— Comment c'était aujourd'hui ? demanda-t-il. À l'hôpital.

— Tout est parfait, répondit Beth. Je vais bien. La grosseur a disparu. Ça t'ennuie si on n'en parle pas ce soir ?

Frank ne savait pas si elle faisait référence au suivi, à Jimmy, ou aux deux mais, d'une manière ou d'une autre, ça lui convenait autant qu'à elle.

— Je suis crevée, reprit-elle.

Beth s'escrimait tellement à recouvrer son ancienne

voix qu'elle parlait comme Dick Van Dyke dans *Mary Poppins*.

La maison était très calme. Frank se demanda ce que Laura fabriquait. Il écouta Beth respirer à ses côtés. Il tenta de détecter un changement audible dans sa respiration qui résulterait des rayons. Un souffle plus court ou plus long, ou alors un grincement, voire un sifflement. Il ne savait pas trop quoi chercher. Il avait envie de lui caresser les cheveux.

— À l'observatoire, une femme m'a demandé si j'étais australien.

— Au bout de quelques années, on ne te pose plus la question.

Laura sortit de la chambre de Beth. Elle s'empara du bouquet et l'emporta à la cuisine, puis mit les fleurs dans un vase qu'elle rapporta en le posant sur la table. Elle lut la carte et regarda le vin, puis Frank et Beth, qui s'était à présent complètement endormie sur l'épaule de son père. Laura devait être anéantie par l'échec de son projet, mais elle sourit à Frank et haussa les épaules comme pour dire : « Bon, ben, tant pis… »

Plus tard, ils mangèrent des pâtes et de la salade sur des assiettes posées sur les genoux, et regardèrent *L'Amour à tout prix* avec Sandra Bullock. Frank détourna son attention de l'histoire en regardant sans cesse Beth pour tenter de comparer l'humeur de l'actrice à celle de sa fille, dans l'espoir d'y voir une similitude.

Après le film, ils bâillaient tous les trois et conclurent d'un commun accord que la journée n'avait plus rien à leur offrir hormis le sommeil, alors ils s'apprêtèrent à se mettre au lit.

Beth gagna la salle de bains pour se brosser les dents, tandis que Frank déposait les siennes dans un verre et

Laura dépliait le lit gonflable et préparait un petit coin par terre pour Bill. Lorsque chacun fut dans sa pièce, ils se crièrent *Bonne nuit !* les uns les autres comme les Walton[1]. Frank ferma les yeux, apaisé par le gonflement du matelas de Laura qui finit par le plonger à nouveau dans un profond sommeil, tel le chant d'une baleine asthmatique.

1. *The Waltons* (*La Famille des collines*) : série TV américaine diffusée dans les années 1970 aux États-Unis, puis en 1991 en France.

17

Le lendemain matin, impossible pour Laura d'ouvrir les portières de la voiture de Jimmy.

— Tu vas devoir l'appeler, dit-elle – mais Beth rétorqua qu'elle n'en avait pas envie.

— Je vais être en retard.

Depuis le perron, Frank observait Laura qui tentait de persuader Beth de téléphoner à Jimmy afin qu'il contacte la société automobile et lui demande de déverrouiller le véhicule par ordinateur. Frank se disait que c'était plus simple quand les voitures avaient des clés, une pour les portières et l'autre pour le contact, mais il garda cette pensée pour lui parce qu'il ne voulait pas être cette personne âgée qui disait des trucs de personnes âgées.

Laura aurait plaisanté en parlant des manivelles et de l'homme qui marchait devant la voiture en agitant un drapeau rouge, ce qui réduirait à néant les efforts de Frank pour avoir cité David Bowie et les Sex Pistols. Il regarda Laura tenter d'ouvrir chaque portière mais sans succès et songea malgré lui qu'il était le témoin d'une nouvelle étape du Projet Retrouvailles, et qu'elle s'était débrouillée pour désactiver plus ou moins l'ordinateur de bord. Comme une bonne sœur dans un remake actuel de *La Mélodie du bonheur*.

Refusant toujours d'appeler Jimmy, Beth proposa de conduire Laura à son travail dans sa voiture à elle. Elle dit à Frank qu'elle n'en aurait pas pour longtemps et il regarda Beth et Laura s'en aller dans Euclid Street, qui était en réalité la 13e Rue, si bien qu'il songea qu'au vu de l'obsession de Jimmy pour l'ordre, cela avait dû être un cauchemar d'habiter ici. Lorsque la voiture disparut au loin, Frank écouta le bruit de moteur s'estomper, jusqu'à ce que la rue soit presque silencieuse. Un chien aboya à distance et Frank entendit soit un pivert soit quelqu'un en train de clouer une photo à un mur, ainsi que le bourdonnement constant de la circulation quelque par sur une autoroute. À moins que ce soit la clim dans la maison voisine. Frank revint à l'intérieur.

La nuit dernière, il avait rêvé qu'il jouait à se faire peur avec Jimmy. Tous deux roulaient vers l'extrémité d'une falaise, quand la chemise de Frank s'enroula bizarrement autour de la poignée de sa portière, si bien qu'il ne pouvait plus ouvrir celle-ci. Juste au moment où il allait passer par-dessus la falaise, Frank se réveilla. Il mit un moment à comprendre que le rêve ne lui était non pas familier parce qu'il était récurrent, mais parce que c'était une scène de *La Fureur de vivre*. À présent, il se demandait si la portière de voiture verrouillée n'était pas une prémonition ou une forme d'impression de déjà-vu.

Dans le monde réel, bien sûr, Frank n'aurait même pas su comment démarrer une voiture. Il n'avait jamais appris à conduire. C'était l'une des choses qu'il avait toujours eu l'intention de faire, comme être rasé par un professionnel. Que disaient les gens, déjà, à propos de l'apprentissage de la conduite ? Il faut une leçon par année d'existence avant d'être prêt à passer son permis ? Frank aurait donc besoin de quatre-vingt-deux leçons de conduite. Non seulement il ne savait pas tenir un volant, mais il était tout aussi incapable de changer une roue ou de mettre de l'essence dans le réservoir. Il ne savait pas allumer un barbecue ou préparer une table de billard. Il ignorait comment passer de l'enduit ou du vernis, se servir d'un fusil ou planter une tente sans se faire aider. Si quelque chose clochait vraiment dans la voiture de Jimmy, il n'aurait été d'aucune aide.

Il alla chercher une chaise de dessous la table et s'assit à la fenêtre du salon. Bill se trouvait près de lui, sur le rebord, et tous deux regardèrent par la vitre, en attendant le retour de Beth. Les automobilistes auraient pu croire Bill empaillé si son regard, par ailleurs fixe, ne les avait pas suivis quand ils passaient dans la rue.

Depuis son arrivée en Amérique, Bill n'avait pas vraiment fait du tourisme, mais Beth et Laura l'avaient caressé plus souvent que Frank. Bill et Frank vivaient comme un couple depuis si longtemps qu'il y avait désormais très peu de contact physique entre eux.

Laura lui chatouillait le ventre et agitait les mains devant lui, pour qu'il essaye d'y donner un coup de griffe. On ne s'était jamais autant occupé de lui. Bill n'avait sans doute pas envie de rentrer non plus.

Au bout d'un quart d'heure à la fenêtre, Frank commença à sentir venir une crampe et laissa Bill faire le guet, pendant qu'il allait se dégourdir un peu les jambes. Dans la cuisine, il remplit la bouilloire. Le café commençait à lui plaire et il se demanda s'il l'apprécierait encore une fois de retour chez lui, ou si ça ne se révélerait pas une de ces boissons de vacances comme l'ouzo ou la grappa qui deviennent imbuvables quand les vacances sont terminées. Il prit une tasse sur l'étagère, puis ouvrit le placard du dessus et observa les boîtes bien alignées. *Les Nuits avec mon ennemi*. C'était le titre du film dont il avait tenté de se souvenir. Il allait devoir attendre de retourner à Fullwind et à la bibliothèque, avant de pouvoir trouver le nom de l'acteur qui rangeait le placard de la cuisine et les serviettes de bain de Julia Roberts de manière si terrifiante.

Il y avait un calendrier sur le mur de la cuisine. Sur le dernier jour des vacances de Frank, Beth avait inscrit *Papa rentre chez lui* au stylo rouge. Il s'interrogea sur l'état d'esprit de sa fille lorsqu'elle avait noté ça et tenta de détecter des traces de soulagement ou de tristesse dans le coup de stylo, voire des commentaires entre parenthèses invisibles : (Dieu merci) ou (C'est pas trop tôt).

Pendant que l'eau chauffait, il alluma la télé pour couvrir son monologue intérieur qui semblait vouloir à tout prix discuter de son retour à la maison. Aux infos locales, une effroyable averse de grêle était tombée sur une zone restreinte, de l'autre côté de Los Angeles, en laissant une couche au sol qui ressemblait à de la neige.

Tandis qu'on interviewait des parents, on voyait à l'arrière-plan leurs enfants se livrer à des batailles de boules de neige sur un terrain de baseball. Cette météo était si insolite que les gamins devaient porter des gants de cuisine et des sacs plastique scotchés sur les mains pour faire leurs boules de neige, car ils ne possédaient pas de vrais gants. Frank regarda par la fenêtre. Pas un seul nuage dans le ciel.

Il regarda ensuite le reste des infos et quelques publicités avec leurs conditions générales de vente lues à toute vitesse, qui annulaient toutes les déclarations qui les précédaient. Il y avait une réclame pour une « résidence médicalisée » dans un luxueux logement en bord de mer qui montrait de nombreux retraités heureux se promenant dans un parc et assis près de fontaines et sous des palmiers.

Tout un calendrier d'événements et d'activités était prévu pour les résidents. Taï-chi, bridge, échecs et opéra. Films, cours de fitness et d'informatique, minigolf, concours canin, relooking et volley-ball en chaise roulante. L'endroit était doté d'une piscine et d'un sauna. Frank songea à Greyflick House avec ses fauteuils en cercle, l'odeur de cantine scolaire et tous les gens qui avaient l'air de s'ennuyer. Même si Greyflick House se situait à moins de quatre cents mètres de la plage, la vue sur la mer était occultée par un lotissement pavillonnaire et un incinérateur.

Frank pensa à son appartement. Il imagina des acheteurs potentiels en train d'en faire la visite et de critiquer ses meubles, de plisser le nez en grimaçant à cause de l'odeur qu'il avait laissée, et de rire devant le papier peint de la chambre à coucher choisi par Sheila, avant de mettre plus d'un an à convaincre Frank pour qu'il s'y habitue. Il se dit que peut-être personne n'était venu visiter l'appartement, parce qu'un ruban de scène de crime entourait la bâtisse et des équipes d'infos de la télé avaient envahi le jardin, tandis qu'une longue file de policiers et de membres de la communauté inquiets s'étendait tout le long de Sea Lane et passait le quartier au peigne fin, en quête d'indices permettant de localiser Frank. Des hommes-grenouilles enfilaient leur combinaison. Ils chaussaient leurs palmes et crachaient dans leurs lunettes de plongée, en se préparant à draguer l'étang du pré communal, derrière la bibliothèque.

Il se vit dans un avenir proche en train de pousser un caddie rempli de vieux postes de télé devant un KFC, ou de vendre un journal pour sans-abri à des clients du grand Sainsbury's qui passaient devant lui en l'ignorant. Il volerait des chaussures et un manteau d'hiver dans un carton laissé sur le trottoir à l'entrée de la boutique caritative et dénicherait des aliments ayant dépassé la date de péremption dans les poubelles, derrière Fullwind Food & Wine.

Frank éteignit la télé, se prépara une tasse de café et fit le tour de la maison. Il reconnut des petits meubles, des livres et des tableaux dans le salon, que Beth avait dû apporter avec elle d'Angleterre. Le secrétaire était un cadeau de Frank et Sheila, lorsqu'elle s'était installée dans son nouveau logement de Croydon.

La porte de la chambre de Beth était ouverte et il entra dans la pièce. Le store était baissé et il mit la lumière. C'était la plus grande pièce de la maison, sans être particulièrement spacieuse. Les vêtements de Beth étaient posés sur toutes les surfaces disponibles, comme si elle avait essayé un certain nombre de tenues avant de filer en trombe à une soirée. Le lit deux-places était défait d'un côté et personne n'avait dormi de l'autre.

À l'autre bout – théoriquement – de la chambre se dressait une vitrine occupant quasiment toute la longueur du mur. À l'intérieur des tas de figurines de super-héros, chacune dans son coffret enveloppé de cellophane. On les avait disposées par taille, personnage et série de films. Nul doute qu'elles appartenaient à Jimmy. Frank se souvint alors des jouets abandonnés et par conséquent malheureux, qu'il avait vus dans le DVD de *Toy Story*, mais aussi à sa propre collection de figurines sur le manteau de sa cheminée. Son méli-mélo était présenté avec moins de soin et de souci de l'ordre et du détail que la collection de Jimmy, et devait sans doute valoir considérablement moins. Au-dessus de la vitrine, il y avait une bibliothèque remplie d'albums de BD et de romans graphiques disposés par taille, couleur de tranche et ordre alphabétique.

Il découvrit aussi un vieux pick-up dans un coin, mais pas de disques. Frank se demanda si celui-ci avait jamais été utilisé ou si le tourne-disques n'avait jamais tourné et était aussi triste que les figurines de super-héros toujours dans leur boîte, pour n'avoir jamais pu passer à l'action.

Le fait que Beth ait laissé les figurines et les BD de Jimmy exposées évoquait l'attitude de la mère d'un enfant disparu et bien-aimé qui conservait la chambre de celui-ci dans le même état qu'au moment de son départ, au cas où il reviendrait. Beth avait gardé au moins un côté de la chambre intact. Et bien rangé aussi. Un peu comme un sanctuaire en mémoire de Jimmy. Elle n'avait pas tout débarrassé ou stocké quelque part, pas plus qu'elle n'avait jeté la platine tourne-disque par la fenêtre, et Frank supposa qu'en ouvrant les portes coulissantes de l'armoire, il découvrirait qu'elle n'avait pas non plus découpé toutes les chemises de Jimmy. Il avait envie d'appeler Laura pour lui parler des preuves qu'il avait découvertes, mais elle était évidemment déjà au courant.

Il éteignit et quitta la pièce. Puis il revint à la fenêtre où il se glissa dans le personnage de James Stewart en récitant des répliques de *Fenêtre sur cour*. La rue était trop large et il y avait trop d'arbres dans son champ visuel, si bien qu'il ne pouvait pas espionner ses voisins de manière efficace. Si d'aventure une idylle ou un meurtre avait lieu dans l'une des maisons d'en face, il ne pourrait en être le témoin. Il regarda Bill sur le rebord de fenêtre à ses côtés et songea que Grace Kelly avait bien changé.

Lorsque Beth revint, le chat battit l'homme pour l'accueillir à la porte. Bill se frotta aux chevilles de Beth et ronronna pendant qu'elle lui parlait en babillant d'une voix haut perchée que Frank avait toujours eu honte d'utiliser, même quand il était complètement seul avec le chat. Frank appelait Bill depuis le jardin comme s'il essayait d'attirer l'attention d'un serveur pour régler la note en fin de repas. Beth s'accroupit pour caresser Bill et il fit le gros dos, en frottant la tête dans sa paume, son ronronnement évoquant maintenant un tracteur à vapeur au ralenti.

Lorsque Beth et Frank s'en allèrent quelques minutes plus tard, au moment où ils démarraient, Frank vit Bill assis à la fenêtre en train de les observer.

— Est-ce que j'aurais dû le déplacer ? demanda-t-il. Ou baisser le store ?

— Si les voisins ne l'ont pas encore remarqué, ils ne le remarqueront jamais.

Ils comptèrent les rues jusqu'à ce qu'ils arrivent à la promenade de la 3e avec ses boutiques. Beth allait aider Frank à trouver un cadeau d'anniversaire pour Laura. Dans le passé, il n'avait jamais trop réfléchi à ce qu'il achetait à Laura ou à Beth pour leur anniversaire ou Noël. De son vivant, Sheila prenait toujours ces décisions et la contribution de Frank ne dépassait guère l'inscription « et papa » sur une carte. Dans les années ayant suivi la mort de Sheila, il postait un chèque pour leur anniversaire et en envoyait un autre à Noël. S'il avait lu un jour ses relevés de compte, il aurait vu que les chèques n'étaient jamais encaissés. Frank traitait ses relevés de compte de la même manière que ses factures de gaz, d'eau, d'électricité. Il pensait qu'en n'ouvrant pas les enveloppes, leur contenu n'avait quasi aucun pouvoir réel.

Ils marchèrent dans la rue piétonne – sans doute la seule de L.A. – en regardant les vitrines et, lorsqu'ils entrèrent dans une boutique, Frank fit de son mieux pour ne pas trahir le moindre signe d'ennui. Il n'avait jamais aimé faire les magasins, mais était ravi de passer du temps avec sa fille. Il aurait été tout aussi heureux s'ils s'étaient allés en institut de beauté pour une manucure, voire une « *fish pedicure* » en plongeant les pieds dans un bassin grouillant de petits poissons nettoyeurs.

Ils se rendirent dans une boutique spécialisée en produits dérivés du cinéma, où il n'eut pas besoin de feindre son intérêt sur les articles en vente. Il regardait les posters, les photos dédicacées et les figurines, et Beth parut fascinée, ou du moins perturbée, par les rangées de super-héros et de méchants alignés sur les rayons.

Lorsque Frank eut presque oublié la raison de leur présence dans le magasin, il découvrit un ouvrage écrit par Bette Davis. Sur la couverture, elle était vêtue de noir et fumait une cigarette. Il ouvrit le livre à la première page et constata que celui-ci était signé.

— Je vais acheter ça, dit-il, un peu trop fort et content de lui.

— Combien ça coûte ? demanda Beth.

Frank regarda le prix. Le choc émotionnel entre la découverte du livre et celle de son prix était précisément la raison pour laquelle il ne consultait pas ses relevés de compte.

— C'est cher, observa Beth.

Frank y réfléchit. Il lui demanda à combien de dollars équivalait une livre. C'était la troisième ou quatrième fois qu'il lui posait la question depuis son arrivée. Au moins autant de fois qu'il lui avait demandé l'heure qu'il était au même moment en Angleterre.

— Je n'ai pratiquement rien dépensé depuis que je suis ici, dit-il. Et j'ai dû coûter une petite fortune à Laura cette semaine.

— Eh bien, à toi de voir, dit Beth.

— Je vais le prendre.

Au comptoir, un homme vêtu d'un vieux cardigan vert dit à Frank et Beth que le livre était paru peu de temps après un ouvrage écrit par la fille de Bette Davis.

— Celui-là n'était pas vraiment complémentaire. Rien à voir avec l'hagiographie à laquelle on pourrait s'attendre de la part de sa propre enfant, ajouta l'homme.

Il était américain, mais avait davantage l'accent anglais que Frank. Si bien que Frank se demanda si c'était juste son accent de travail et si l'homme retirait son accent anglais avec son cardigan lorsqu'il rentrait chez lui.

— Le dernier chapitre… reprit l'homme.

— Ne dévoilez pas la fin ! intervint Beth – mais il poursuivit.

— … prend la forme d'une lettre de Bette Davis à sa fille. Elle y exprime son sentiment de trahison face au livre écrit par son enfant. J'ai bien peur qu'on ait exploité la tension qui régnait entre elles pour vendre les deux ouvrages. Vous avez des filles ?

Frank et Beth répondirent oui à l'unisson.

— J'ai deux fils. William et Benjamin. Je vous fais un paquet cadeau ?

Beth dit oui avant que Frank ne puisse répondre. Elle devinait (à juste titre) que son père risquait de confier à leur interlocuteur qu'il avait autrefois eu deux chats appelés Bill et Ben, jusqu'à ce que Ben soit tué dans un accident de voiture.

L'homme emballa l'ouvrage. Les plis et l'assemblage du papier cadeau étaient parfaits, et il utilisa si peu de scotch qu'on le voyait à peine. Lorsqu'il tendit le livre emballé à Frank, le papier cadeau était aussi tendu que les draps d'un lit d'hôpital.

Ils quittèrent la boutique et Beth réitéra que cela représentait beaucoup d'argent pour un livre. Elle ajouta qu'elle reviendrait voir si le vendeur l'avait remplacé sur l'étagère par un autre « exemplaire unique signé ». Elle demanda ensuite à Frank s'il voulait une glace et, comme il répondit par l'affirmative, elle lui dit :

— Prends m'en une aussi. Faut que je trouve des toilettes. Je vais prendre une boule de Rocky Road.

— Une boule de quoi… quoi ?

— Rocky Road, une seule boule.

Frank répéta les mots dans sa tête.

— Attends que je revienne, si tu veux.

— J'ai déjà acheté des glaces, répliqua Frank d'un air qu'il espérait suffisamment bravache (alors qu'il était effrayé, en réalité). Qu'est-ce que je fais ?

— Tu y vas et tu demandes les glaces, et tu les paies.

— Comme chez moi ?

— Pareil. S'ils sont un peu plus sympas, ne panique pas.

— Faut que je leur donne un pourboire ?

— Un ou deux dollars. Tu as assez d'argent ?

— Je pense, dit-il en vérifiant dans ses poches. Tu voulais quoi, déjà ?

— Une boule de Rocky Road. On se retrouve là-bas.

Beth désigna un coin avec des places assises, puis partit en quête de toilettes.

Frank se dirigea vers le stand du glacier, tout en se répétant « Une boule de Rocky Road » en chemin.

— Oui, monsieur, en quoi puis-je vous être utile ? dit un jeune homme en chemise blanche et nœud papillon noir.

Frank commanda deux boules simples de Rocky Road.

— C'est-à-dire deux fois une boule ?

— Oui, s'il vous plaît.

— Deux glaces séparées ?

— Oui, merci beaucoup.

L'homme lui demanda quel genre de cornet il souhaitait. Frank se retourna pour voir si Beth était de retour mais, comme elle ne l'était pas, il choisit le premier type de cornet sur la gauche.

— Vous êtes d'Australie ? lui demanda l'homme en prenant la glace à l'aide d'une cuiller.

— D'Angleterre, répondit Frank.

— De quel coin ?

— Sussex.

— Sussex, répéta l'homme en imitant inconsciemment l'accent de Frank. En vacances ?

Il l'interrogea ensuite sur la garniture et, comme Frank ne voyait toujours pas Beth revenir, il répondit « oui » pour les vacances et « non merci » à la deuxième question, peu importe de quoi il s'agissait.

Puis Frank gagna le coin pour s'asseoir avec les glaces en main et attendit Beth. Un petit attroupement regardait un gars faire une démonstration de breakdance. Beth revint.

— Comment t'en es-tu sorti ? demanda-t-elle.

Frank lui tendit un des cornets, visiblement content de lui.

— Le type m'a pris pour un Australien. Je commence à douter de mon passé.

— Tu lui as donné un pourboire ?

— Un bon tuyau[1], en fait : je lui ai dit de ne pas lacer ses chaussures dans une porte à tambour.

— C'est un excellent tuyau.

— Merci.

Ils s'assirent au bord d'une mare artificielle et dégustèrent leurs glaces en regardant le breakdancer tournoyer sur la tête, posée sur un morceau de carton.

— Tu me dis si tu es fatigué, déclara Beth. On peut toujours rentrer à la maison.

— Ça va.

— OK, mais si tu es fatigué, n'hésite pas à me le dire ?

— OK.

Le breakdancer grimpait à présent sur un mur invisible.

— Quand j'étais à l'hôpital, reprit Frank, après l'accident, le médecin m'a dit que j'avais le cœur solide, comme un bœuf, et j'ai supposé que c'était une bonne chose.

— Peut-être que ça dépend du bœuf.

— Il a dit aussi que mon sang était bien. Ils m'en ont tellement pris à l'hôpital que j'étais étonné qu'il m'en reste encore. J'avais le bras d'un héroïnomane à ma sortie.

Beth avait entendu les histoires de son père depuis bien plus longtemps que Laura, mais elle ne s'habituerait sans

1. Jeu de mots sur l'homonymie de *tip* en anglais, ce terme signifiant à la fois pourboire et conseil, tuyau, information utile.

doute jamais complètement à certains des propos qu'il tenait.

— Le même médecin a décrit mes blessures au visage à un groupe d'étudiants, en disant que je ressemblais à une guêpe qui aurait mastiqué un bulldog.

— Je pense que tu veux dire un bulldog mastiquant une guêpe.

— C'est ce que j'ai dit. Mais le docteur a rétorqué que c'était bel et bien une guêpe ayant mastiqué un bulldog et il m'a passé un miroir. C'était un de ces médecins du genre « le-rire-est-le-meilleur-remède » dont tu m'as parlé.

— Moi ?

— Tu évoquais Laura et la manière dont elle gérait la maladie.

Le breakdancer acheva son numéro et les spectateurs applaudirent. Il replia sa piste de danse en carton, puis un musicien de rue vint le remplacer et brancha sa guitare électrique à un petit amplificateur.

Frank demanda à Beth si ça ne la dérangeait pas de parler de ce qui s'était passé hier, quand Jimmy était venu à la maison. Elle dit qu'il venait déposer un cadeau pour Laura et n'avait pas réalisé que Beth serait là.

— Tu lui as dit pourquoi tu étais à la maison ? s'enquit Frank. Parce que tu venais d'aller à l'hôpital ?

Beth secoua la tête.

— Si tu attends trop longtemps, tu ne lui diras jamais, répliqua Frank, en éprouvant une sensation étrange à l'idée d'être celui qui conseille.

Il était tout aussi hypocrite, parce qu'il n'avait pas encore dit la vérité à Beth sur le financement de ses billets d'avion. Il avait certes prévu de lui avouer et ne voulait pas repartir chez lui avec ce secret. Toutefois, il n'avait pas envie de gâcher le moment présent et décida de tout lui dire dans les prochains jours. Ou sur le chemin de l'aéroport.

Peut-être qu'il attendrait de se retrouver à des milliers de mètres d'altitude, après deux ou trois gin-tonic offerts par la compagnie. Il pourrait noter ses aveux sur une petite serviette en papier et la glisser dans la pile du chariot à cocktails de l'agent de bord. Il avait vu Warren Beatty faire un truc du même genre dans *À cause d'un assassinat*. Frank devait vraiment cesser de tout envisager sous forme de scènes de film. Mais Hollywood n'était peut-être pas le meilleur endroit pour commencer à changer.

Le guitariste jouait un morceau de Jimi Hendrix, sans oublier de faire de grimaces extatiques sur la note aiguë.

— Elizabeth, dit Frank.

L'emploi de son nom complet précédait souvent une déclaration grave ou pesante.

— Oui, père.

— Est-ce que je t'ai déjà laissé tomber ?

— Si tu m'as déjà laissé tomber ? Non. Comment ?

— Oh, j'en sais rien. D'une manière ou d'une autre, je suppose.

— Non, papa, tu ne m'as jamais laissé tomber.

— Bien. Tu me le dirais sinon ?

— Papa…

— OK. Désolé.

Jimi Hendrix faisait vraiment son show maintenant. À genoux dans la rue commerçante et piétonne, bordée d'arbres, il jouait de la guitare avec les dents, et Beth suggéra qu'ils s'en aillent parce qu'elle détestait la frime. Elle laissa quand même quelques dollars dans l'étui ouvert du guitariste et ils reprirent la voiture, puis passèrent au supermarché acheter des pizzas et un gâteau d'anniversaire.

En voyant le choix de variétés de chips, Frank remarqua :

— Je sais que l'Amérique n'est plus si différente de l'Angleterre. Vos voitures sont plus petites à présent et nos supermarchés plus grands. Mais je pense qu'on l'emporte sur les chips.

À la caisse, le même homme que la dernière fois emballa leurs achats. Il utilisa le moindre espace disponible dans le sac, avant d'en ouvrir un autre. Les courses étaient emballées tout aussi parfaitement que le livre de Bette Davis. Frank échangea de nouveau un signe de tête façon conducteur de Coccinelle avec l'employé, auquel Beth donna un pourboire. En sortant du magasin, Fran décida de lui attribuer le nom de Vieil-homme-emballeur-de-courses.

De retour à la maison, Frank s'assit sur le canapé et piqua du nez. Lorsqu'il se réveilla, il n'était pas loin de 7 heures du soir. Beth était sortie sans le réveiller pour passer prendre Laura au travail, et toutes deux se trouvaient à présent dans la cuisine. Un lecteur de CD diffusait de la musique, tandis qu'elles préparaient à manger et s'écartaient tantôt à droite, tantôt à gauche dans l'espace exigu, en se passant les couverts, comme si leurs mouvements étaient chorégraphiés.

Frank se demanda quelle signification le morceau en train de passer avait pour Beth. S'il s'agissait de la première chanson qu'elle ait entendue en rencontrant Jimmy ou de la dernière lorsqu'ils avaient rompu. Il observa sa fille et sa petite-fille se déplacer dans la cuisine au son de la musique, comme Morecambe and Wise[1]. Il trouvait stupéfiante leur ressemblance lorsqu'elles étaient ensemble. Et pas seulement l'une par rapport à l'autre, car Frank pouvait voir Sheila transparaître dans toutes les deux. Il ne voyait rien de lui physiquement dans le visage de Beth, ni aucun trait du père de Laura dans son visage à elle. Tout venait de Sheila. Le nez, les oreilles et, si Laura n'avait pas percuté un arbre à bicyclette… les yeux de Sheila.

1. Célèbre duo comique télévisuel britannique.

Sheila…

Ce serait le nom de Sioux de Laura et également celui de Beth.

Frank était soudain submergé par le bonheur de se trouver dans la même maison que ses êtres chers, tout en réalisant aussi combien sa femme lui manquait. À Fullwind, où tous deux avaient vécu tant d'années ensemble, nombre d'affaires de Sheila étaient encore présentes pour la lui rappeler, comme Beth l'avait fait avec la collection de jouets de Jimmy. Les objets de Sheila étaient au fond de tiroirs et de placards, suspendus aux murs, et dans les couleurs de peintures et les motifs de papier peints que Sheila avait choisis. Mais malgré tous ces souvenirs tangibles, Frank ne pensait pas autant à sa défunte épouse lorsqu'il était chez lui et aussi fortement que depuis qu'il se trouvait en Amérique. Ne serait-ce que dans ces dernières minutes où il regardait Beth et Laura dans la cuisine, il avait l'impression de voir une vidéo amateur de Sheila. Frank se dit qu'elle aurait adoré être là, à évoluer dans la cuisine avec ses deux sosies, toutes les trois évoquant des poupées russes ou un ensemble de valises assorties.

Sur le lit dégonflé, Bill émergea d'une de ses nombreuses siestes. Il se dressa et arrondit le dos comme un gymnaste, puis miaula. Aucun changement notable chez lui depuis le peu de temps qu'il séjournait aux États-Unis. Il présentait toujours un visage de marbre, plus impassible que le Mont Rushmore, mais son miaulement prenait une tonalité nasillarde peu familière :

Tu vas rester assis là au salon toute la sainte journée, Frank, ou tu vas te remuer et me préparer de quoi bouffer, bon sang ?

Ils mangèrent les pizzas que Beth et Frank avaient achetées et burent le vin offert par Jimmy. En voyant l'étiquette avec le nom de Laura, Beth avait jugé le geste « attentionné », et Laura et Frank avaient échangé un sourire de conspirateurs, tous deux considérant la remarque comme une fissure dans la carapace de Beth et une avancée possible du Projet Retrouvailles. Beth alluma les vingt et une bougies, apporta le gâteau au salon et Frank se joignit à elle pour chanter joyeux anniversaire à Laura. Celle-ci ouvrit ses cadeaux et hurlant presque lorsqu'elle vit que le livre offert par Frank était dédicacé. Elle dit que c'était vraiment trop, mais refusa tout autant de le rendre. Après 21 heures, une amie de Laura vint la chercher en voiture et elle partit fêter son anniversaire avec des gens de son âge.

Beth fit la vaisselle, puis dénicha une longue pelote de ficelle qu'elle attacha au nouveau collier de Bill. Elle coupa ensuite la veilleuse au-dessus de la porte d'entrée, qu'elle entrouvrit suffisamment pour laisser sortir Bill. Au début, il hésita un peu et ne s'éloigna pas du perron, puis il s'avança lentement sur la pelouse, tandis que Beth déroulait davantage de ficelle.

Ils jetèrent un coup œil par l'embrasure, en guettant d'éventuels voisins et en réprimant leur envie de rire, tandis que Bill se promenait à l'autre bout de la ficelle comme un cerf-volant. Il avança sous l'arbre, puis se mit à tourner autour jusqu'à ce que la ficelle soit trop tendue pour qu'il aille plus loin sans revenir sur ses pas. Bill s'assit. Un chien aboya dans les parages. Bill se soulagea.

— Quelqu'un va devoir ramasser ça, chuchota Beth à Frank.

— Ne me regarde pas. Je suis un invité.

— On pourrait l'entourer avec un ruban ou l'attacher à un ballon de baudruche, dit Beth. Et le laisser à Laura en guise de cadeau d'anniversaire.

Au bout d'un petit moment, Beth dut sortir en douce et démêler Bill pris dans la ficelle avant de le ramener à l'intérieur. Puis elle alla ramasser avec plusieurs serviettes en papier le cadeau d'anniversaire nauséabond de Laura. Elle le mit à la poubelle et rentra dans la maison.

Ils regardèrent la télé et imaginèrent ce que Laura pouvait bien faire. Beth espérait qu'elle n'était pas en train de tenter un jeu appelé « Vingt et un verres » qui supposait qu'on avale vingt et une boissons différentes.

— Elle est géniale, non ? dit Frank. Laura, je veux dire.

— Oui, j'imagine. J'ai beaucoup de chance, je suppose.

— C'est pas de la chance, dit Frank.

— Mince… Attends deux secondes. Tu veux dire que c'est parce que je suis une mère formidable, non ?

Frank hocha la tête.

— C'est de famille. Pas de mon côté, je précise.

— Tu n'es pas si mal, dit Beth.

— Oh, j'en sais trop rien. Dans ton cas, la plupart des décisions parentales importantes ont été prises par ta mère. Je regardais ça de l'extérieur, en faisant à l'occasion des commentaires bidon ou des grimaces débiles. Bref, j'étais plutôt une gêne qu'autre chose.

— Les grimaces débiles et les commentaires bidon, ça compte aussi. Ne sois pas aussi dur avec toi-même. Au pire, t'es un papa tout à fait acceptable.

— Merci beaucoup. Et tu as été une fille tout à fait satisfaisante.

— Merci aussi à toi. Quelle est la première chose que tu feras à ton retour ? demanda Beth.

— À t'écouter, on a l'impression que j'ai été dans le coma.

Frank changea de voix en prenant celle d'un homme sortant du coma, selon lui :

— J'irai boire une pinte de bière au pub et manger une tourte au porc.

— Je me demande si quoi que ce soit aura changé, dit

Beth. Je déteste rentrer de vacances en découvrant que tout est exactement pareil. Pas de nouvelles maisons ou de nouveaux magasins. Personne n'est mort, ne s'est marié ou n'a déménagé. Ça me donne la sensation que tout s'arrête en mon absence et que rien ne peut arriver sauf quand je suis là. Je ne veux pas de cette responsabilité.

— J'ai rêvé qu'on avait démoli l'appartement pour le transformer en supermarché, dit Frank. Si ça se vérifie, je vais devoir venir vivre avec toi.

— OK.

Il savait qu'elle déclarait uniquement cela parce rien de ce qu'ils disaient en ce moment n'était à prendre au sérieux et elle n'avait rien à craindre. Mais Frank aurait eu du mal à résister à une telle offre. Il s'autorisa à croire que c'était vrai. Il s'imagina alors à l'observatoire Griffith, en train de se promener dans la propriété de Greystone Mansion avec Beth et Laura, et tous les trois aller au cinéma ensemble chaque semaine. Il achèterait des pâtisseries et des pizzas au supermarché, où il sympathiserait avec le Vieil-homme-emballeur-de-courses. Tous deux se retrouveraient dans un bar désert au milieu de la journée, quand il ferait trop chaud à l'extérieur, pour boire de la Budweiser en cannette, grignoter des cacahuètes dans un bol et regarder le baseball sur une télé placée derrière le comptoir. Ils joueraient au billard et aux fléchettes, et iraient se faire raser à l'ancienne chez Venice Slice. Frank passerait ses week-ends au bord de la mer avec Beth et Laura. Il ne porterait plus de pantalon long et apprendrait à jouer aux échecs sur la plage ; et il n'aurait plus de gants, de bouillotte ou de parapluie.

Bill serait tellement plus heureux ici aussi. Beth et Laura le caresseraient et joueraient avec lui. Et même s'il n'aurait jamais le droit d'aller dans le jardin, Frank le ferait sortir en cachette et l'emmènerait à la plage, où le promènerait avec une laisse attachée à son collier façon bannière étoilée. Il avait vu aux infos une femme marcher dans la rue avec un furet en laisse et personne ne semblait sourciller. Frank promènerait donc Bill en laisse à l'extérieur, qu'on appelait *leash* ici et *lead* chez lui. Il apprendrait la langue. *Leash*, *boardwalk* (promenade), *trash can* (poubelle), *candy* (bonbons) et *potato chips*, *popsicle* (glace à l'eau) et *ladybug* (coccinelle). Il s'habituerait à marcher sur le *sidewalk* (trottoir) à la place du *pavement* (qui désignait la route ici). Il mangerait des *tomaytoes* (tomates), des *eggplants* (aubergines) et des *zucchini* (courgettes), le tout dans des *trash cans* en *aloominium*. Il porterait des *pants*, les poches remplies de cents, quarters, dollars.

Il aurait un *zip code* (code postal), un *cell phone* (mobile) et, en cas d'urgence, composerait le 911.

À 23 heures passées, Beth annonça qu'elle était fatiguée et Frank dut admettre qu'il l'était aussi. Ils gonflèrent le matelas de Laura à tour de rôle afin qu'il soit prêt à son retour, puis se souhaitèrent une bonne nuit et gagnèrent leurs chambres respectives. En l'absence du bruit rassurant de Laura en train de gonfler le matelas, Frank mit plus de temps à s'endormir mais, sitôt dans les bras de Morphée, il s'avoua trop épuisé pour rêver.

18

Beth envoya un SMS demandant à Jimmy de prévenir la société automobile qui, d'un coup de baguette magique, déverrouilla les portières et tous les trois se serrèrent dans le petit coupé noir parce que Laura « n'avait pas envie de gerber dans la bagnole de maman. »

Même si elle souffrait de sa première gueule de bois légale, Laura était ravie que Beth ait accompli ce petit pas en direction de Jimmy. Et lorsqu'il répondit lui aussi par texto en disant que le véhicule aurait besoin d'aller au garage pour une révision, c'était pratiquement comme s'ils sortaient de nouveau ensemble. Sur ces entrefaites, Frank s'étonna que Laura n'ait pas désactivé les portières ou simplement fait mine de ne pas pouvoir les ouvrir, et qu'en définitive quelque chose clochait quand même dans la voiture.

Laura replia son sweat-shirt pour en faire un oreiller et se replia elle-même sur la banquette arrière. Elle posa la tête sur son sweat-coussin et Beth les conduisit à la plage. Laura demanda à sa mère d'allumer la radio, puis de baisser le volume.

Beth fredonna sur les morceaux qui passaient, sans se douter que Laura avait reprogrammé la radio sur une station qui diffusait des succès de l'époque où Beth sortait avec Jimmy.

À la plage, ils louèrent un quadricycle. L'engin était pourvu de quatre roues, de sièges, de phares et de deux volants. À un moteur près, il aurait pu s'agir d'une voiture. Il était plus grand que le véhicule qui les avait amenés à la plage. Lorsque l'homme de la boutique de location qualifia l'engin de « Surrey », Frank demanda s'il y aurait une frange sur le toit. Ce fut le cas. Le quadricycle disposait d'un auvent festonné semblable à celui d'un salon de thé. Et il était rayé comme une pâte dentifrice. Tandis qu'ils circulaient sur la piste cyclable longeant la plage sur trente-cinq kilomètres de Malibu à Torrance, le feston claqua doucement dans la brise.

Beth et Laura étaient assises à l'avant et pédalaient, pendant que Frank se prélassait à l'arrière comme le roi de Siam. Il proposa à Laura de la remplacer, afin qu'elle puisse se remettre de sa gueule de bois à l'arrière, mais elle affirma qu'elle se sentait déjà mieux. Frank était soulagé, parce qu'après avoir gonflé le matelas la veille, son mollet droit le faisait souffrir comme s'il avait couru le marathon à cloche-pied.

Le quadricycle se révélait le moyen de transport à pédales le plus large sur la piste cyclable. Il projetait une ombre impressionnante sur le chemin devant eux. C'était aussi le plus lent et ils se faisaient doubler par les tandems, tricycles, monocycles, beach cruisers, choppers à guidon haut, vélos suiveurs, remorques enfant, rollers et autres parents sur patins à roulettes avec poussettes de bébé.

Frank regarda la plage sur la droite et son mélange habituel de joggeurs, de fous de soleil et de frimeurs. Il leva les yeux vers le ciel. Puis se demanda si les nuages finiraient par lui manquer. Un avion survola l'océan en direction d'Hawaï ou de l'Australie. Une grève des contrôleurs aériens ou le putsch à Fullwind qu'il avait craint à son arrivée à LAX lui paraissaient maintenant une idée formidable.

— C'est là où je travaille, dit Laura.

Elle devait hurler pour couvrir le vacarme des pédales. Elle retira les mains du volant pour indiquer un endroit vers la gauche.

— En haut de cette rue, un peu plus loin. Va plus vite, maman. Je me suis fait porter pâle.

Toutes deux accélérèrent la cadence. Elles riaient comme des folles. Le vrombissement de la chaîne et des roues s'amplifia, mais elles n'avancèrent pas plus vite. Un patineur à rollers les dépassa ; Frank songea que la musique diffusée dans son grand casque ne devait guère faciliter l'audition du jeune homme, mais il évita de partager sa pensée, car il craignait toujours de se cataloguer lui-même parmi les vieux.

Ils garèrent le « quike » sur le sable, à côté de la piste cyclable. Beth alla acheter des boissons fraîches, tandis que Frank et Laura s'asseyaient à l'ombre d'un palmier pour regarder le monde défiler sur roues, autochtones et touristes, jeunes et vieux, familles entières roulant en convoi.

— Tu fais beaucoup de vélo ? demanda Frank. J'espère que l'accident de tandem ne t'a pas découragée.

— Pas trop ces temps-ci. Mais pas parce que j'ai peur, répondit Laura. Je n'ai plus de vélo. Je pourrais en reprendre un, remarque, une fois que Jimmy aura récupéré sa voiture. Une incitation de plus pour faire aboutir le Projet Retrouvailles.

— Je roulais beaucoup à vélo dans le temps, dit Frank.

— Qu'est-ce qui t'a fait arrêter ?

— Les freins.

— Ha ! Ha !

— Oh désolé, tu voulais dire comment je me suis arrêté. Tu te souviens quand ta grand-mère était malade et qu'elle oubliait un peu tout ?

— Ça s'appelle l'Alzheimer, dit Laura. Je connais.

— Oui, bien sûr. L'Alzheimer.

C'était peut-être la toute première fois qu'il prononçait le mot à haute voix en relation directe avec Sheila. Les médecins le lui avaient dit et il l'avait lu dans le dossier médical de sa femme, mais jamais prononcé à haute voix.

— Quand ta grand-mère ne pouvait plus se rappeler les noms des gens ou comment tenir une fourchette, elle savait toujours faire du vélo, reprit-il. Alors je suppose que ce qu'on dit est vrai, à savoir que le vélo, ça s'oublie jamais. On dit ça ici aussi ?

— Je pense que c'est un dicton international.

— Exact. Un dicton. Eh bien, je m'inquiétais au sujet de toutes les autres choses qu'elle avait oubliées. Elle saurait peut-être faire de la bicyclette, mais si elle oubliait ce que c'étaient que les feux rouges ou de quel côté de la route on roulait ? Ou même ce qu'était une route. Mais elle aimait vraiment faire du vélo. Presque autant que nager. Elle allait à vélo à la plage ou faire les courses, et parfois sans but précis, juste pour le plaisir. Alors je n'ai pas voulu être celui qui devait tenter de l'en empêcher.

Il s'éclaircit la voix, en s'étonnant lui-même de l'émotion que l'anecdote avait provoquée en lui.

— Et le pire, c'est que j'ai mis une annonce dans le journal et j'ai vendu son vélo. C'était affreux de ma part, non ?

— Pas si tu ne faisais que la protéger, dit Laura.

— Mais je lui ai caché que je vendais son vélo. Quand quelqu'un l'a acheté, je lui ai dit qu'on l'avait volé. (Il secoua la tête, écœuré d'avoir menti à Sheila.) J'ai fini par vendre le mien aussi, parce que je ne pouvais pas continuer à rouler alors que je l'avais privée de ce plaisir tout simple. Ça aurait été sacrément injuste. Quoi qu'il en soit, ajouta Frank, en cherchant à prendre un ton plus léger, je ne crois pas que je roulerais assez vite pour garder l'équilibre maintenant.

— Tu pourrais faire poser des petites roues stabilisatrices, suggéra Laura.

Frank avait envie de lui dire que c'était Sheila qui le maintenait en équilibre mais, heureusement, la vue de Beth qui revenait avec trois cannettes l'empêcha de se ridiculiser davantage en jouant les vieux fous sentimentaux.

— Ta mère a gardé les petites roues sur son vélo jusqu'au début de son adolescence, dit-il.

— Intéressant. Dis-moi tout.

— J'aurais aimé avoir un caméscope. Je pourrais encore vivre sur ce que *You've Been Framed !*[1] m'aurait versé.

Frank se rendit alors compte que Laura ne connaissait peut-être pas l'émission. Il commença donc à lui expliquer.

— Oui, je sais, l'interrompit-elle. Comme *America's Funniest Home Videos*. Des détails, Frank. Balance les casseroles sur maman à vélo.

Beth s'approchait.

— Elle n'arrivait tout bonnement pas à se tenir droite. Il y a eu beaucoup de larmes et de genoux écorchés avant qu'elle y parvienne. Et beaucoup de bouderies. Ta mère pouvait bouder pour toute l'Angleterre. La première fois qu'on a entendu Elizabeth dire un gros mot, c'était après être tombée de vélo. Elle devait avoir à peine cinq ou six ans.

---

1. Littéralement *On vous a piégé* : émission britannique semblable à *Vidéo gag* en France, où les téléspectateurs envoient des vidéos familiales humoristiques.

Beth se trouvait à une vingtaine de mètres à présent.

— Qu'est-ce qu'elle a dit ?

— Je ne me souviens plus. Mais ça aurait été bipé à la télévision.

Frank se rappelait exactement ce que Beth avait dit, mais il ne voulait pas le répéter devant sa petite-fille. Il se remémorait la scène comme si c'était hier. Beth se relevant dans l'herbe, en jurant et flanquant des coups de pied dans la roue qui tournait encore.

— Dieu merci, il n'y avait personne dans les parages, sinon ta grand-mère et moi serions passés pour les pires parents au monde, alors qu'on essayait de ne pas rire devant notre enfant qui pleurait et était sans doute blessée, parce qu'elle avait dit un gros mot ; *Deux* gros mots, en fait.

— Je croyais que tu ne pouvais t'en souvenir, remarqua Laura.

— Je me souviens du nombre, pas des mots précisément.

— Elle boude toujours, dit Laura. Pour l'Amérique, mais elle boude toujours. Et elle jure. Tss... Tss... C'est une mère atroce.

Beth se trouvait à un mètre cinquante.

— Et la voilà.

— Qu'est-ce qui se passe ? dit Beth.

— Frank me racontait que tu n'arrêtais pas de tomber de vélo. Et que tu avais la langue bien pendue quand t'étais petite.

— Mes gros mots, je les avais forcément piqués quelque part, répliqua Beth. Et certainement pas auprès de maman.

Frank leva les mains en signe d'innocence. Beth glissa une cannette dans l'une d'elle, en tendit une autre à Laura, puis s'assit. Ils ouvrirent leurs boissons. Frank contempla la mer.

— Il y a quoi de l'autre côté ? demanda-t-il. Si tu nageais sans t'arrêter, tu parviendrais où finalement ?

— Hawaï, dit Beth.

— Là d'où vient ton peuple, dit Laura en montrant la chemise de Frank avec ses motifs de fruits et de fleurs.

Ses moqueries redoublaient d'intensité quand elle avait la gueule de bois. Frank baissa les yeux sur sa chemise. Laura et Beth éclatèrent de rire.

— Elle ne vous plaît pas ?

— Elle est super, papa, dit Beth.

— C'est comme si elle se rebellait contre le désir du pantalon de ne pas être vu, dit Laura en s'esclaffant.

Frank regarda alors son treillis camouflage.

— Il est un peu ridicule, non ? dit-il Je ne sais pas à quoi je pensais. J'étais aveuglé par toutes les poches.

Non loin d'eux, un groupe de percussionnistes se mit à frapper avec force des bidons d'huile en plastique et des couvercles de poubelle, et Laura se prit la tête dans les mains comme si elle souffrait le martyr.

— Ça te plaît d'avoir vingt et un ans ? demanda Beth.

— Je ne boirai plus jamais une goutte d'alcool, répliqua Laura. Encore une preuve que ce n'est pas un nombre heureux.

— Tu as parlé à papa des nombres heureux ? dit Beth.

Laura ôta les mains de ses oreilles, puis se mit à expliquer à Frank qu'il existait des nombres heureux et malheureux, et 21 était malheureux.

— Maths récréatives, précisa-t-elle.

— D'accord, dit Frank.

— OK, reprit Laura. Donc, tu choisis un nombre, puis tu calcules le carré de chaque chiffre ; tu additionnes ensuite les réponses et tu recommences. Tu continues comme ça jusqu'à ce que tu te retrouves avec 1 et ça signifie que le nombre que tu as choisi est heureux. Quatre-vingt-deux est un nombre heureux.

— Vraiment ? s'étonna Frank.

— Oui. Pour le découvrir, tu sépares les deux chiffres et tu te retrouves avec un 8 et un 2. Jusque-là tu me suis ?

— Oui.

— Multiplie le 8 par lui-même, ce qui fait 64, et multiplie le 2 par lui-même, tu obtiens 4. Tu me suis toujours ?

— Je pense.

— Ajoute ces deux résultats ensemble : 64 + 4 = 68 et multiplie. 6 fois 6, ça fait 36 et 8 par 8, ça fait 64. Ajoute-les et tu obtiens 100. Maintenant sépare 100 en chiffres. Ça fait 1, 0 et 0. 1 multiplié par 1, ça fait 1, 0 par 0 c'est 0, et l'autre 0 par 0, ça fait toujours 0. Tu es arrivé à ton résultat final : 1. Ce qui signifie que 82 est un nombre heureux.

Frank resta muet.

— J'ai mal à la tête maintenant, gémit Beth en portant une main à son front.

— Si tu appliques l'équation à 21 tu n'arriveras jamais au chiffre 1. Si bien que ça en fait un nombre malheureux, dit Laura. Il faut que j'attende vingt-trois ans pour mon prochain nombre heureux.

Frank affirma avoir compris, mais Laura ne le crut pas et elle recommença la démonstration, en traçant cette fois les nombres dans le sable avec son doigt, ce qui ne facilitait pas vraiment les choses car le sable était trop fin et trop sec pour lire ce qu'elle écrivait.

— Quel est mon prochain nombre heureux ? s'enquit Frank.

Laura réfléchit un petit moment, puis répondit :

— Quatre-vingt-onze. Celui de maman est malheureux aussi.

— Oh super, merci, dit Beth. Combien d'années vais-je

devoir attendre pour tomber de nouveau sur un nombre heureux ?

Pendant que Laura calculait, Frank leur parla des jouets délaissés et des valises qui n'étaient jamais parties en vacances. Son raisonnement était simple et n'avait pas besoin d'écrire une formule dans le sable. Il ne fit pas allusion aux figurines de super-héros de Jimmy, toujours dans leurs boîtes, et qui n'étaient jamais passées à l'action non plus. Il ne voulait pas avouer qu'il avait fureté dans la maison et s'était rendu dans la chambre de Beth ou plutôt – jusqu'à ce qu'elle entaille les chemises de Jimmy et entrepose les figurines ailleurs – celle de Beth et de Jimmy.

— Soixante-sept, annonça Laura. C'est ton prochain nombre heureux, maman.

— J'exige un recomptage, dit Beth.

Quand le groupe de percussions joua vraiment trop fort pour la gueule de bois de Laura, ils repartirent en quadricycle le long de la plage. Sur un tronçon de la piste assez large pour éviter tout embouteillage, Frank et Laura échangèrent leurs places et Frank se mit à pédaler.

C'était laborieux, mais ça lui faisait du bien de pas être passager pour changer. Au bout d'une cinquantaine de mètres, il avait l'impression d'avoir achevé son marathon en deux jours.

Plus tard, à la maison, Beth et Laura s'opposèrent au sujet de celle qui devrait amener la voiture à Pasadena pour la faire réviser. Laura affirma que ce serait logique de la garder un jour de plus et qu'ensuite Beth pourrait conduire la voiture au travail le lendemain et retrouver Jimmy pour déjeuner.

Frank imagina que Laura avait dû s'assurer que le déjeuner se déroule dans un restaurant éclairé aux chandelles, et veiller à ce qu'un violoniste leur fasse la sérénade en jouant les morceaux familiers de leur passé commun, avant que ne surgisse un vendeur de roses rouges. Après le repas aux chandelles – qui aurait lieu dans un restaurant chinois – deux biscuits de la chance apparaîtraient avec la note. Dans l'un d'eux le message serait : *L'amour finira par triompher*, et l'autre renfermerait une bague. À ce moment-là, il serait tard et Jimmy aurait trop bu (Dans son scénario, Frank oubliait que Jimmy ne consommait quasiment jamais d'alcool) et ne pourrait reconduire Beth chez elle, si bien qu'ils devraient louer une chambre d'hôtel. Frank songea alors qu'il avait peut-être raison dès le début de croire que Laura avait volontairement désactivé l'ordinateur de bord façon *Mélodie du bonheur*.

Beth répliqua un non catégorique à la suggestion de Laura, laquelle accepta de mauvaise grâce de conduire la voiture « en faisant tout le trajet jusqu'à Pasadena » le lendemain après son travail, alors qu'elle serait « si fatiguée qu'elle aurait sans doute un accident ».

Elle devrait aussi subir « les pires embouteillages au monde » pour faire un détour jusqu'à Silver Lake, où elle retrouverait un couple d'amis que ça « dérangerait à mort », mais qui la suivraient ensuite jusqu'à Pasadena dans leur véhicule. Laura laisserait donc la petite voiture noire à Jimmy, puis reviendrait en subissant « les pires embouteillages au monde » jusqu'à Silver Lake dans le véhicule de ses amis.

Elle irait ensuite boire un verre avec eux, puis ils la déposeraient chez elle. Dans une ultime tentative de la faire changer d'avis, Laura affirma à sa mère que c'était un moyen tellement tordu et compliqué de déposer la voiture chez Jimmy qu'elle risquait de ne pas être de retour pour dire au revoir à Frank avant qu'il ne reprenne l'avion ou, si elle arrivait à temps, elle allait ne pas le reconnaître à cause de sa barbe qui aurait énormément poussé dans l'intervalle.

— À toi de voir, maman.

— C'est tout vu, dit Beth. Tu peux rapporter la voiture.

19

Le lendemain matin, Laura partit travailler dans la voiture de Jimmy et laissa Beth passer toute la journée avec Frank. Ils lurent les journaux ensemble en prenant le petit-déjeuner.

À l'heure du déjeuner, ils sortirent et firent le tour de la maison, derrière laquelle, près d'un vélo d'enfant vert vif, deux fauteuils de jardin pliants étaient posés contre le mur ; ils avaient des rayures façon dentifrice de la même couleur que l'auvent festonné du quadricycle. Beth apporta les fauteuils dans le jardin collectif qui donnait sur la rue et les posa contre l'arbre. Puis elle déploya une couverture sur la pelouse.

— Déplie les fauteuils, papa, dit-elle avant d'entrer chercher le pique-nique. Et fais attention à tes doigts.

Frank prit l'un des sièges et batailla pour le déplier. C'était pourtant simple, mais Beth avait miné sa confiance et rendu la tâche plus compliquée ou plus dangereuse que prévu. Il n'avait pas encore réussi à ouvrir le premier fauteuil que Beth ressortait déjà avec un plateau de victuailles, qu'elle posa sur la couverture.

— Donne-moi ça, dit-elle en tendant la main.

Et Frank lui passa le fauteuil. Beth le déplia comme un cygne en origami et le posa sur l'herbe, près de la couverture. Elle fit de même avec l'autre siège et tous d'eux s'assirent.

Beth avait dépoussiéré une théière qui traînait au fond du placard de la cuisine et apporté deux tasses à thé avec leurs soucoupes, ainsi qu'un pichet de lait. Pas du lait de soja ou du demi-écrémé, mais du lait sorti d'une brique en plastique avec l'image d'une vache qui meuglait sur l'étiquette.

— On joue à la dînette ? dit Frank en tendant la main vers la théière.

— Fais attention, c'est brûlant.

— Je ne sais pas ce que je ferais sans toi. Je me brûlerais et me pincerais les doigts sans arrêt.

Lorsqu'il se cala dans le fauteuil, il se renversa du thé chaud sur la main. Il ne hurla pas et s'essuya sur la jambe de son pantalon, en espérant que Beth n'ait rien remarqué, et en confirmant ainsi le besoin constant de sa fille à le mettre en garde contre les dangers qu'il s'attirait.

Assis sous l'arbre, ils burent leur thé et mangèrent des sandwiches comme s'ils étaient dans la même version hollywoodienne de l'Angleterre que celle de carte postale de Smelly John, avec la cabine de téléphone rouge et l'agent de police londonien.

Frank s'asseyait rarement au jardin chez lui. Un de ses voisins surgissait toujours pour lui parler, alors qu'il essayait de lire le journal ou de se perdre dans ses pensées. Depuis qu'il était ici, il n'avait vu aucun des voisins de Beth. Peut-être qu'il s'agissait d'un quartier où chacun « aimait rester chez soi », ce qui – à l'exception de la personne ici présente – semblait à Frank tout à fait utopique.

Frank abaissa les clips solaires sur ses lunettes et observa le soleil jouer à cache-cache entre les branches et les feuilles de l'arbre. Une douce brise soufflait et un hélicoptère vrombissait au loin. On entendit une voiture klaxonner et un oiseau siffler un air qui semblait familier et provenait sans doute d'une des compilations du Projet Retrouvailles de Laura. Frank se demanda si sa petite-fille avait aussi fait appel à la faune locale pour son projet. Tout bien réfléchi, il avait certes remarqué que Laura sifflotait hier l'un des morceaux de la compilation d'un air absent, mais sans doute délibéré.

Frank et Beth discutèrent de la manière dont Sheila avait l'habitude de nourrir les oiseaux dans leur jardin.

— C'était la première chose qu'elle faisait chaque matin, dit Frank. Sortir et remplir toutes les mangeoires qu'elle avait suspendues dans les arbres. On ne possédait pas notre propre maison, mais on en avait au moins une demi-douzaine pour les oiseaux. Je pense aussi qu'ils mangeaient mieux que nous. J'étais jaloux d'un certain rouge-gorge.

— Je me souviens que j'inscrivais sur le calendrier tous les nouveaux oiseaux qu'on voyait, dit Beth. Tu l'appelais la Maman oiselle d'Alcatraz.

— Ah oui, en effet. J'avais complètement oublié.

Lorsque Sheila devint trop malade pour nourrir les oiseaux, Frank avait tenté de la remplacer, mais il oubliait, ou bien il n'y avait pas assez de nourriture, et un à un les oiseaux cessèrent de venir au jardin. Les pigeons et les mouettes restèrent, mais ils étaient plus agaçants que véritablement les bienvenus.

— Aujourd'hui, les seuls volatiles que j'ai au jardin sont les victimes de Bill, dit Frank.

Beth se passa un peu de crème solaire sur les bras et le visage, puis tendit le tube à Frank.

— Mets-en au moins sur les bras et la figure, dit-elle.

Frank en mit trop. Beth se leva et se pencha au-dessus de lui pour faire pénétrer la crème sur son visage. Puis elle se rassit.

— Tu n'as pas de short ?

Frank baissa les yeux sur ce qu'il portait. Un truc beige que Laura avait décrit comme « pantalon confortable pour les vieux ». La taille était élastique et les poches se fermaient avec du Velcro. Il regarda Beth qui s'enduisait les jambes de crème solaire. Elle portait un short en denim effiloché qui autrefois avait dû être un jean au complet.

— Il y a une époque dans la vie d'un homme où il vaut mieux pour tout le monde qu'il garde sa peau emballée.

Ils restèrent dehors près d'une heure. Ils discutèrent des autres jardins où ils s'étaient assis dans le passé. Dans leurs logements respectifs de Croydon et de Fullwind, ainsi qu'en vacances dans des cottages de l'île de Hayling et de l'île de Wight. Ils parlèrent de sodas à la crème glacée, du Dandelion and Burdock[1], ce qui les mena naturellement aux sodas Tizer et Tango, pour finir par chanter le jingle de R White's Lemonade.

Ils chantèrent d'autres jingles d'anciennes pubs télévisuelles, puis essayèrent de nommer tous les oiseaux que Sheila avait nourris dans leur jardin : mésanges bleues et mésanges noires, rouges-gorges, geais, pies, merles et sittelles. Beth demanda si les familles britanniques se divisaient toujours entre celles qui choisissaient leur programme sur le *Radio Times* et celles qui le sélectionnaient sur le *TV Times*. Frank répondit que c'était fort possible, et que Bill et lui vivaient toujours dans un foyer fidèle au *Radio Times*. Frank se souvint alors des albums qu'il avait dans sa valise. Laura lui avait demandé d'apporter des photos de famille avec lui et il avait complètement oublié qu'il les avait. Il espérait qu'elle ne lui en voudrait pas de les montrer à Beth en premier. Il lui en parla et ils se mirent d'accord pour les regarder un peu plus tard.

1. Bière sans alcool à base de feuilles de pissenlit et de racine de bardane.

Quand Beth s'apprêta à retourner à l'intérieur pour chercher des boissons fraîches et passer deux ou trois coups de fil, elle lui demanda :

— Tu veux rester là ?

— Je devrais sans doute finir par rentrer chez moi, répondit Frank. Sinon la boutique caritative va faire faillite.

— Tss... Tss... fit Beth en récupérant le plateau du déjeuner, avant de retourner à l'intérieur.

Frank rabaissa ses clips solaires, ferma les yeux et retrouvera sa rêverie américaine de la veille ou de l'avant-veille. Il s'imagina à présent dans un logement de la résidence-service en bord de mer, dont il avait vu la publicité à la télévision. Il était assis sur le balcon et savourait un Martini en regardant les beach-volleyeurs et les surfeurs sur le sable. Puis il contempla la mer au loin. Elle était encore plus bleue dans son imagination. Un avion passa dans le ciel sans nuages.

— On ne me fera jamais monter à bord d'un de ces engins, dit-il aux autres résidents sur le balcon.

Et tous se mirent à rire comme des fous et d'un air un peu las parce que Frank était le comique de la résidence. Le Vieil-homme-emballeur-de-courses était présent, ainsi qu'un couple que Frank avait baptisé Rit-tout-le-temps et Sourit-tous-les-jours, et deux femmes qu'il appelait Jane Fonda et Brigitte Bardot. Tous les hommes sur le balcon, dont Frank – surtout lui –, arboraient des chemises hawaïennes et des bermudas. Les femmes portaient des robes à fleurs, des chapeaux ou des visières de croupier vertes.

Lorsque le soleil californien brillait trop fort pour lui, Frank allait s'asseoir sous un palmier ou prenait l'ascenseur jusqu'à la piscine. Elle avait une forme de haricot, près d'un jacuzzi plus petit en forme de cœur. Tout le monde se détendait autour de la piscine ou dans l'eau, sur des matelas pneumatiques et des alligators gonflables, buvait des cocktails ou faisait des bombes en sautant les uns sur les autres. Frank se demanda s'il aurait assez d'argent pour revenir en Amérique. De l'instant où il franchirait le portillon de sécurité de LAX d'ici quelques jours jusqu'à celui où il reviendrait, ce serait juste une sorte d'entre-deux-fêtes.

Il sentait qu'il n'était plus seul. Il ouvrit les yeux et s'attendit à voir Beth avec des boissons fraîches, mais découvrit à sa place un petit garçon qui devait avoir dans les six ans ; mexicain, se dit Frank. Debout près du vélo d'enfant vert vif, le gamin dévisageait le vieux bonhomme dans son jardin. Frank sourit pour assurer à l'enfant qu'il n'avait rien à craindre.

— Hello !

Le gosse ne répondit pas et Frank regarda alentour en quête des parents du petit.

— C'est ton vélo ? (Le gamin ne bronchait pas.) Ma fille… Beth. (Frank désigna la maison). C'est la dame qui vit ici. Elle avait un vélo comme le tien. Mais elle en faisait très mal quand elle avait ton âge. J'imagine que tu es bien plus doué qu'elle. Je vois que tu as déjà retiré les petites roues.

Le petit ne disait rien, mais détaillait Frank du regard, notamment ses longs cheveux et ses lunettes de soleil amovibles. Frank s'amusa à les lever et à les abaisser.

— J'espère que je ne t'empêche pas de jouer. Tu as envie de faire du vélo ? Fais comme si j'étais pas là. (Le gamin restait muet et immobile.) Je vais rentrer chez moi dans quelques jours. En avion.

Frank ignorait si le petit comprenait ce qu'il disait. Il lança un regard vers la porte, dans l'espoir de voir Beth apparaître. Il regrettait de ne pas avoir écouté sa cassette de langue espagnole avant d'enregistrer les Sex Pistols dessus. S'il mimait un avion en écartant les bras comme des ailes, est-ce que ce serait condescendant, même pour un si petit enfant ? Ça risquait aussi d'être confondu avec une imitation de Leonardo DiCaprio.

— Si mon logement est toujours là-bas, bien sûr. Je crois bien que je m'en suis débarrassé. Ma *casa*, dit-il en se rappelant l'un des rares mots espagnols qu'il connaissait.

Frank baissa la voix d'un air de conspirateur.

— Je ne l'ai pas encore dit à ma fille et je crois qu'elle n'appréciera pas trop quand je le ferai, mais je ne veux pas la perturber, parce qu'elle va à peine mieux, après avoir été malade. J'ai juste envie qu'elle aille bien à nouveau. Je suis désolé, je parle un peu trop, non ? Peut-être qu'il vaut mieux que je te laisse faire ce que tu faisais et que moi je retourne à ma *siesta*.

Deuxième mot espagnol ; Frank le parlait plus couramment qu'il ne le pensait. Il rabaissa ses clips solaires et ferma les yeux, mais sentait toujours que le petit garçon le fixait. Il rouvrit les yeux et le vit toujours debout là, aussi continua-t-il à parler comme s'il avait une conversation avec son chat.

— J'ai cru que je risquais de ne plus jamais la revoir, ce qui m'a terrifié, pour ne rien te cacher. Mais elle va mieux maintenant. Même si Laura – c'est ma petite-fille, la fille de Beth –, la dame qui s'habille en noir, mais ne lui demande pas si elle est gothique, j'ai commis cette erreur –... même si Laura pense que Jimmy manque à Elizabeth. C'est l'homme avec le...

Frank réalisa qu'il ignorait à quoi ressemblait Jimmy actuellement, si bien qu'il ne pouvait le décrire.

— Bref, Laura essaye de réunir son papa et sa maman.

Heureusement, Frank fut interrompu par le bruit d'une porte qui s'ouvrait dans l'un des pavillons situés derrière la maison de Beth. Une femme en sortit.

— Hello, dit-il.

Il commença à se lever, mais la femme accéléra un peu le pas en s'approchant du petit garçon. Frank se rassit dans le fauteuil.

— Je suis le père de Beth, reprit-il. (Puis, songeant que la femme devait avoir un âge proche de celui de Laura :) Le grand-père de Laura.

La femme posa une main protectrice sur les épaules de l'enfant.

— Salut, dit-elle.

— Je suis en vacances.

Et ensuite ? songea Frank. Une imitation de Jimmy Stewart ?

— Bien, dit-il, avant de regarder le ciel et de faire mine de s'éponger le front du revers de la main, puis de consulter une montre-bracelet imaginaire. Je devrais rentrer à présent. Beth va se demander où je suis passé. J'ai eu beaucoup de plaisir à vous rencontrer.

La femme dit au revoir et souhaita à Frank un agréable séjour en Amérique. Après avoir bataillé un peu, il parvint à s'extirper du fauteuil. Lorsqu'il fut certain de ne pas chavirer, il entra dans la maison. Beth se tenait près du téléphone et notait quelque chose.

— Je viens de parler à tes voisins, dit-il.

— Oh, lesquels ?

— Un petit garçon, mexicain, je pense. Et sa mère.

— Elle est sympa. Qu'est-ce qu'ils ont dit ?

— Rien de particulier. Je pense qu'ils se demandaient qui je pouvais bien être et ce que je pouvais bien raconter.

— On est tous passés par là, papa.

Plus tard, Frank alla chercher les deux albums de photos dans sa valise. Ce ne fut qu'après avoir enregistré le bagage au départ de Heathrow que l'idée lui vint qu'il aurait pu simplement apporter les photos et laisser les albums chez lui. Cela aurait un peu allégé la valise. Quoi qu'il en soit, il apporta les albums à Beth, accroupie près de la porte d'entrée ouverte, en train d'attacher de la ficelle au collier de Bill. Le chat détourna gauchement la tête pour faire face à Frank avec son visage neutre comme la Suisse :

Ça recommence ? Je suis quoi maintenant ? Un chien ? Un furet ?

Cette fois, Beth et Frank ne dissimulèrent pas Bill aux voisins, tandis qu'il sortait à contrecœur de la maison. Ils laissèrent la veilleuse allumée et s'installèrent, côte à côte, sous sa lueur halogène et son bourdonnement de guêpe sur le perron, en regardant Bill marcher d'un pas lourd et sans enthousiasme sur la pelouse.

Frank passa à Beth le premier album.

— Je m'en souviens, dit-elle en époussetant de la paume la couverture écossaise.

Puis elle ouvrit le classeur à la première page, sur la photo de Laura prise à l'hôpital, au deuxième jour à peine de son existence, avec ses petites mains qui semblaient faites en pâte à modeler rose, qui tenaient le doigt de Frank comme de la vieille terre glaise. Beth lâcha un « Aaah » presque mélancolique et continua de s'extasier à chaque nouveau cliché, à mesure qu'elle voyait sa fille grandir sous ses yeux, une page par année, dans cette espèce de folioscope au ralenti, du bébé, qui devint princesse, puis ballerine, avant de muer en une adolescente timide, puis maussade. Lorsque les photos s'achevèrent sur son seizième anniversaire, avec Laura lançant des regards noirs à l'objectif et refusant de dire *Cheese !*, Beth demanda :

— Pourquoi ça s'arrête là ?

Elle tourna les pages planches, s'attendant à y trouver d'autres images.

— Tu as arrêté de me les envoyer, répondit Frank. J'ai

alors pensé que Laura n'avait plus envie de se faire tirer le portrait.

Beth y réfléchit une seconde.

— C'est vrai, admit-elle. Mais je suis sûre que je pourrais remplir ces pages pour toi.

Beth rendit l'album à Frank qui lui tendit alors le second. Elle épousseta aussi la couverture. Dans celui-ci, les photos n'étaient pas disposées dans un ordre particulier. On les avait prises à différentes époques, en couleur et en noir et blanc, et il y avait aussi quelques Polaroïds. Un certain nombre de clichés dataient d'avant la naissance de Beth. Une photo de Frank et Sheila devant l'église, le jour de leur mariage, avec d'autres membres de la famille, dont Frank ne pouvait se rappeler les noms quand Beth les lui demanda, et une autre de Frank et de Sheila dans un bar d'hôtel, lors de leurs dernières vacances ensemble au Portugal.

— Tout est marron sur cette image, observa Beth. Les vêtements, les meubles, les rideaux, toi et maman. Oh, j'adorais cette poupée ! ajouta-t-elle en oubliant ses remarques lorsqu'elle se vit sur une autre photo, en haut d'un toboggan, cramponnée à une poupée presque aussi grande qu'elle.

— Elle est sans doute toujours au grenier, dit Frank.

— Vraiment ?

— Je suis un de ces entasseurs compulsifs qu'on voit dans les émissions de télé.

— Bill ! s'exclama Beth. Les jumeaux.

Les deux chatons de la photo étaient identiques, encore que Ben paraisse déjà plus animé sur le cliché que Bill ne le serait jamais dans la vie réelle. Beth redressa l'album et le tourna vers Bill, assis sous l'arbre.

— Tu as l'air si jeune, dit-elle au chat, qui la regarda d'un air super-ahuri.

Et allez donc ! Vous m'avez tenu enfermé pendant une semaine, je suis seulement autorisé à sortir attaché à une corde et voilà que vous me montrez des photos de mon frère défunt. J'ai dû subir les plus insipides comédies romantiques jamais tournées et un festival nostalgique de chansons pop franchement pénibles. C'est quoi la suite ? La torture par l'eau ?

Sur la page suivante de l'album, il y avait une photo de Frank, Sheila et Beth assis sur un canapé en cuir marron.

— On était où ? s'enquit Beth.

— Chez toi, à Croydon.

— Ah bon ?

Beth rapprocha l'album de ses yeux et le tint sous la lumière du perron, en essayant de mieux discerner la photo un peu floue ou du moins le reste de la pièce sous un angle différent, comme dans une série policière absurde.

— Cette paire de rideaux est affreuse, dit-elle.

— Et le canapé ? répliqua Frank. J'ai dormi dessus après que ta mère est décédée. Je suis resté plusieurs jours chez toi, tu te rappelles ? Parce que mon appartement semblait si vide que je n'arrivais quasiment pas à fermer l'œil de la nuit. Je n'avais jamais remarqué tous les bruits qu'il faisait, comme s'il était en deuil lui aussi.

Il s'excusa auprès de Beth d'être aussi léger en parlant d'une période si triste.

— Mais c'est surprenant ce qu'un lieu peut se révéler bruyant quand tu t'y retrouves tout seul, dit-il en regardant à nouveau la photo. Ton canapé n'était pas le meilleur endroit pour résoudre mes problèmes d'insomnie. Il était trop petit pour moi et le cuir me faisait transpirer à grosses gouttes.

— Cesse de critiquer mes meubles.

— Tu viens de dire que les rideaux étaient moches.

— Les rideaux ne sont pas des meubles.

— Toutes mes excuses. À toi et à ton canapé.

Il se souvint comme Laura avait l'habitude de descendre très tôt le matin, lorsqu'il dormait là-bas, afin d'essayer de le réveiller pour qu'il puisse regarder la télévision avec elle. Beth devait lui dire de ne pas réveiller papy, mais Laura trouvait des moyens subtils et rusés pour le réveiller sans le faire exprès. Elle allumait la télé très fort ou faisait mine de tousser comme une forcenée.

— Elle s'asseyait sur la moquette à côté de moi et mangeait un bol de céréales tout près de mon oreille. Jusqu'à ce que sa mastication ou les crics, cracs et crocs m'aient réveillé par hasard.

À l'époque, Frank avait regardé beaucoup de dessins animés de bon matin avec Laura, ainsi que la première moitié de deux ou trois films, toujours les mêmes.En parlant du projet On-réveille-papy, Frank eut envie de mettre Beth au courant du dernier plan en date de Laura. Comment ne pourrait-elle pas être touchée ou enchantée ? Elle serait même fière de ce que sa fille tentait de réaliser, non ?

Lorsque Beth regarda la photo de Sheila en maillot de bain, prise dans le jardin de Fullwind, elle demanda :

— Maman était malade à ce moment-là ?

— Je pense que oui. Mais on ne le savait pas encore. Tu te souviens comme elle avait l'habitude de se tromper dans les noms ? Elle connaissait plein de gens qu'elle appelait Machin ou Untel. Et ça faisait des années qu'elle racontait des anecdotes où chaque nom était un « truc ». La chose au-dessus du bidule était coincée sous le truc, alors j'ai dû me servir du machin. Mais, en un sens, je savais exactement de quoi elle parlait. On avait un langage à nous. Elle était la seule à le parler et moi à le comprendre. Je pensais seulement que ça s'accentuait un peu. Jusqu'à ce que les « moments de sénilité » sur lesquels elle plaisantait devinrent plus fréquents. Elle devait savoir qu'elle allait mal avant que n'importe qui parmi nous s'en aperçoive.

— Elle est encore superbe, dit Beth en effleurant le visage de sa mère sur la photo. J'espère que c'est génétique.

Elle regarda Frank et il sut qu'elle risquait de croire qu'elle parlait de l'Alzheimer plutôt que d'avoir une belle allure en maillot de bain.

— Je sais, dit-il pour montrer qu'il comprenait.

La dernière photo de l'album montrait Frank sur le petit canapé de cuir marron, sous les affreux rideaux. Jimmy était assis à côté de lui. Ils étaient tous les deux assoupis et coiffés de chapeaux de Noël en papier. Frank savait à présent pourquoi Laura lui avait demandé de prendre des photos. « Apporte des souvenirs », avait-elle dit. Ce qu'il avait certes fait. Et pas seulement en parlant des sodas à la crème glacée ou du *Radio Times*. Lorsque Beth regarderait les clichés de sa mère et de son père ensemble, Laura espérait peut-être que cela lui rappellerait ses propres moments de bonheur en compagnie de Jimmy. Mais en regardant Jimmy sur cette dernière image, les deux hommes endormis sur le canapé avec leurs chapeaux en papier, les bras croisés et la bouche béante, Frank comprit ce que Laura voulait dire en le qualifiant de son arme secrète. Beth qui regardait les films préférés de Jimmy, écoutait sa musique et mangeait ce qu'il aimait, c'était bien, mais s'il existait une once de vérité dans la théorie selon laquelle les femmes épousaient les hommes qui leur rappelaient leur père, alors peut-être que le père de Beth lui rappellerait son mari. Les photos de Jimmy seraient certes assez puissantes, mais Frank était bel et bien réel. C'était Jimmy en 3D. La deuxième fois où Frank entendit Beth renifler, il se rendit compte qu'elle pleurait.

20

Maman j'ai raté l'avion : *Frank Derrick, 82 ans, est oublié à la maison par mégarde, quand sa famille part en vacances. Après avoir sauté sur les lits, mangé de la crème glacée et regardé des films de gangsters, Frank doit protéger la demeure d'un duo de cambrioleurs abrutis en posant une série de pièges aux conséquences hilarantes. Frank sauvera-t-il la mise et la maison ? Frank retrouvera-t-il sa famille ?*

Frank fit au revoir de la main à Beth et Laura, en les regardant s'éloigner à bord du véhicule de Beth. Elles lui manquaient déjà, comme les gens avaient coutume de le dire ici. Il aurait aimé leur accrocher une pelote de ficelle à toutes les deux et les ramener à la maison. Il espérait que Beth allait bien. Il avait détesté la voir aussi malheureuse. Quelques larmes étaient certes une réaction compréhensible à la vue de vieilles photos, mais quand elle s'était mise ensuite à pleurer vraiment, elle sanglotait et tremblait, et Frank ne s'était jamais senti aussi inutile. C'était tout juste s'il y avait même assez de place sur le perron pour la réconforter en la prenant par les épaules.

Frank avait certes vu Beth pleurer quand elle était enfant, mais une seule fois à l'âge adulte. C'était après les obsèques de Sheila. Beth s'était montrée si calme et méthodique jusqu'alors, aidant Frank à tout organiser, payant pour les certificats de décès et annonçant la nouvelle à des membres éloignés de la famille et à des amis, quand lui-même ne pouvait supporter de l'apprendre à quelqu'un d'autre. Beth avait conservé son sang-froid avant et pendant la cérémonie et, même quand le cercueil disparut derrière les rideaux du crématorium, elle avait simplement incliné la tête. Ce ne fut qu'ensuite, sur le parking, lorsque les autres parents et amis s'étaient mis en route pour la veillée, qu'elle avait craqué. Secouée de spasmes, elle avait pleuré de manière incontrôlable, presque inhumaine, au point que Frank, terrifié, avait d'instinct cherché Sheila du regard autour de lui. Heureusement, Jimmy avait été là. Et il avait su trouver les mots. La veille au soir, en revanche, Frank avait dû se débrouiller tout seul. Bill était certes présent, mais ne se révéla d'aucune aide. Tous deux regardèrent, impuissants, Beth lâcher totalement prise, en se balançant d'avant en arrière sur le perron, les mains agrippées à ses genoux. Entre deux sanglots, elle prenait de grandes bouffées d'air qui semblaient si désespérées et si vitales que Frank hésita même à appeler une ambulance et, après ce qui parut une éternité, mais dura sans doute moins d'une minute, les sanglots cessèrent et elle pleura de manière moins alarmante, puis commença à se calmer. Elle se tut, hormis quelques dernières inspirations profondes et volontaires. Elle s'excusa et rit à moitié en disant :

— Je suis un nombre malheureux vivant dans une rue malchanceuse.

Ce matin, Frank mourrait d'envie de parler à Laura en privé, afin d'informer la chef de projet que la dernière phase de son plan avait produit l'effet carrément inverse de celui escompté, et que peut-être les réminiscences subconscientes risquaient en fait de rendre Beth plus malheureuse qu'elle ne l'était déjà. Il souhaitait aussi interroger Laura au sujet de la photo de Jimmy et lui sur le canapé avec leurs chapeaux en papier. Ce cliché l'avait intrigué. Pas seulement à cause de l'effet dévastateur sur Beth, mais parce que Frank ne se rappelait absolument pas l'avoir déjà vu dans l'album.

Beth était particulièrement enjouée ce matin, tandis qu'elle s'affairait dans la maison, se préparait pour le travail et faisait des sandwiches à Frank. Elle lui avait demandé plusieurs fois si cela ne le dérangeait pas d'être tout seul pour la journée, en lui disant de penser à manger les sandwiches et à boire beaucoup d'eau. Elle laissa aussi un tube de crème solaire au salon, si Frank avait envie de s'asseoir dans le jardin, auquel cas elle lui rappela de s'installer à l'ombre de l'arbre et de ne pas verrouiller la porte ou de prendre les clés avec lui. Il lui demanda s'il pouvait laver certains de ses vêtements, car il était à court de chemises propres, et Beth lui montra comment utiliser le lave-linge. Elle posa une boîte de lessive sur la machine et lui dit qu'elle l'appellerait pendant sa pause déjeuner pour vérifier qu'il ne se soit pas enfermé à l'extérieur ou qu'il n'ait pas inondé la maison.

— Si je m'enferme dehors, je ne pourrai pas répondre au téléphone, observa Frank.

— Changement de programme, répliqua-t-elle. Ne t'enferme pas dehors.

Elle appela Laura, qui était dans la salle de bains, en lui demandant de se dépêcher, comme si elle devait la conduire à l'école plutôt qu'au travail, si bien que toutes les deux étaient déjà dans la voiture avant que Frank ait eu l'occasion de parler seul à seul avec Laura.

Sans leur présence, la maison parut si tranquille qu'on aurait dit qu'elles avaient emporté tous les bruits du monde avec elle. Il mit l'un des CD de compilation de Laura sur la platine, puis regarda les livres qu'elle avait placés ici et là à des endroits stratégiques. Des ouvrages que Beth et Jimmy avaient partagés, Beth lisant un chapitre avant de passer le livre à Jimmy, ou vice versa, l'un d'eux toujours un peu en avance sur l'autre dans l'histoire, comme Fullwind par rapport à Los Angeles.

Voilà un certain nombre d'années que Frank n'avait pas réussi à lire un bouquin. Il semblait avoir perdu la concentration requise et se contentait à présent de feuilleter les ouvrages. Pareil avec les journaux et les magazines. Il lisait les gros titres, jetait un œil sur les photos, puis en tirait ses propres conclusions.

Frank n'appréciait pas la musique qu'il avait mise. Il ne l'aurait pas qualifiée de « bonne ». Il coupa le volume, puis se rendit dans la chambre de Laura pour prendre ses chemises hawaïennes. Il les emporta dans la petite buanderie derrière la cuisine. Il ne se rappelait plus la dernière fois où il avait utilisé une machine à laver et, comme les photomatons, elles avaient bien changé.

Frank contempla le panneau de commande à l'avant de l'appareil. Il y avait trois boutons principaux et divers boutons poussoirs, ainsi qu'un écran où clignotait une rangée de chiffres 8, comme sur son lecteur de DVD à la maison. Il avait totalement oublié les instructions toutes simples que Beth lui avait données. Lorsque quiconque essayait d'apprendre à Frank quelque chose de nouveau ou de lui fournir des indications, il écoutait certes, mais les informations ne restaient pas longtemps dans sa tête.

Il regarda les chiffres et les symboles sur le panneau de commande et les compara avec ceux inscrits sur l'étiquette d'une des chemises. Rien ne correspondait. Aucun des termes sur les étiquettes des vêtements était en anglais et le peu d'indications qui se trouvaient à l'avant de la machine apparaissaient sous forme d'icônes et de hiéroglyphes, hormis quelques mots dénués de sens et semblant sortir tout droit du Scrabble version américaine ou de la description du poste de travail Beth.

Il chercha dans la cuisine un manuel d'utilisation. Dans le tiroir à couverts, il déplaça une cuiller dans le casier des fourchettes, histoire de donner quelque chose à faire à Jimmy lors de son prochain passage. Il finit par dénicher le mode d'emploi du lave-linge et, au bout de dix minutes, pensa avoir compris comment effectuer un simple lavage rapide.

— Laver séparément les couleurs sombres et les couleurs claires, précisait le manuel.

Frank contempla ses chemises et se demanda comment c'était possible, puis il les mit dans la machine. Il songea à y ajouter des affaires de Beth et de Laura, mais ne voulait pas risquer de les faire rétrécir ou que les couleurs de ses chemises déteignent. Laura avait beau prétendre ne pas être une gothique ou une emo, Frank doutait fort qu'elle se réjouisse de découvrir tous ses vêtements noirs teints en jaune. Il ferma la porte de la machine et versa un peu de poudre dans le tiroir.

Il pressa ensuite le bouton « MARCHE », entendit un déclic, un ronronnement, puis des lumières apparurent, et la machine se remplit d'eau. Le lave-linge se tut quelques instants, comme s'il n'allait pas fonctionner, puis le tambour se mit à tourner. Frank gagna alors le salon, satisfait de lui-même.

— Qui a dit qu'on n'apprenait pas à un vieux singe à faire la grimace ? lança-t-il à Bill.

Avant le premier rinçage, Frank s'ennuya à nouveau. Il remonta le volume de la musique. Il écoutait d'autres morceaux du Projet Retrouvailles, regardait plus de livres.

Il avait vu les films et les séries télé, et portait même l'après-rasage de Jimmy. À ce rythme-là, il risquait de tomber lui-même amoureux de son gendre.

Frank alla surveiller le lave-linge et contempla le cadran pour voir s'il remarquait le moindre mouvement, à mesure que celui-ci accomplissait différents cycles. Avec juste deux chemises à l'intérieur, les boutons cliquetaient contre le tambour métallique. Il aurait dû laver plus de vêtements. La Californie ne subissait-elle pas la sécheresse, au fait ? Il se sentit coupable d'y contribuer.

Frank souffrait de ne pas avoir la compagnie à laquelle il commençait à peine à s'habituer. Même Bill était endormi. Il se demanda si le supermarché se situait loin à pied, histoire de proposer au Vieil-homme-emballeur-de-courses d'aller boire un verre. Il pourrait ainsi l'interroger sur la condition de vieux en Amérique. Est-ce qu'il touchait une retraite et qu'est-ce qui se passait s'il tombait malade ? Est-ce qu'il vivait dans une résidence avec des palmiers et un minigolf ? Est-ce qu'on accueillait bien les vieilles personnes en provenance de l'étranger ? Frank était lui aussi un « Vieil homme emballeur » quand il faisait sa valise avant de partir et, d'ici quelques jours, ce serait de nouveau son sobriquet quand il se préparerait à rentrer chez lui. Ce qui lui donna envie de cacher ce bagage. Il se demanda si elle passerait à travers l'une des dalles du faux plafond. Il gagna la chambre et se mit à défaire la valise. Ne voulant pas envahir davantage l'espace privé de Laura en utilisant son armoire et sa commode, il n'avait pas déballé la plupart de ses affaires. Il trouva le tiroir le moins occupé et y glissa deux paires de chaussettes, puis suspendit un cardigan dans l'armoire. Parmi toutes les tenues noires branchées, ce chandail beige à torsades avec des boutons marron façon cuir faisait penser à un parent venu récupérer ses enfants à une soirée dansante de l'école, mais en déballant quelques affaires, Frank avait moins l'impression que ses vacances touchaient à leur fin. Il envisagea de laisser volontairement le gilet ou les chaussettes quand il rentrerait chez lui. Sheila avait coutume de dire que lorsque Beth laissait sa veste ou son sac derrière elle, après leur avoir rendu visite, cela signifiait qu'elle reviendrait.

Le téléphone sonna. Ce bruit insistant et étranger le surprit et le perturba, et Frank hésita avant de finir par décrocher. C'était Beth. Elle n'arrivait pas à se concentrer à son travail, parce qu'elle s'était convaincue qu'il inonderait réellement la maison. Il lui dit qu'il s'était bien débrouillé avec le lave-linge, lequel attaquait déjà son dernier essorage, ce qui expliquait pourquoi il CRIAIT EN CE MOMENT ! Il lui demanda si ça allait et Beth répondit qu'elle allait bien. Elle lui reparla encore de la crème solaire, des fauteuils de jardin, de la porte et des clés, et lui souhaita une agréable journée de détente.

Après avoir raccroché, Frank constata que la liste de numéros abrégés sur le téléphone commençait par « 1. PAPA ». Il n'avait jamais rien gagné dans son existence. Ce qui se rapprochait le plus d'un prix n'était autre que son tirage au sort bidon de Premium Bonds. Et pourtant il se retrouvait en tête du top-50 américain de la numérotation rapide. Il avait envie d'aller chercher la grosse main en mousse dans la chambre de Laura et de courir dans la maison en braillant : « Je suis numéro 1 ! »

Dix minutes plus tard, il décrocha le téléphone, pressa la touche 1 et écouta la sonnerie, en imaginant à quoi elle ressemblait à l'autre bout de la ligne, dans son appartement vide. Il se demanda si quelqu'un répondrait : le propriétaire, l'agent immobilier ou quelqu'un qui visitait le logement. Peut-être qu'un squatteur décrocherait ou bien le nouvel occupant, qui aurait déjà emménagé : assis sur le canapé de Frank, il regarderait la télé et prendrait l'appel. Peut-être que la police décrocherait et lui demanderait s'il était apparenté à Frank Derrick. Ou peut-être qu'il répondrait lui-même, comme dans un film de science-fiction ou un épisode de la série TV *Bizarre, Bizarre*. Frank se dit qu'après tout il n'était pas le « PAPA » en tête du répertoire et pouvait très bien appeler Jimmy. Il s'empressa donc de raccrocher et aussitôt le téléphone se mit à sonner. Frank décida de l'ignorer. Il gagna la buanderie et s'approcha du lave-linge, dans l'espoir qu'un bruyant essorage couvre la sonnerie, mais la machine avait terminé son dernier cycle. Le téléphone sonnait toujours. Le répondeur allait forcément se mettre en route d'ici peu. S'il était activé. Frank revint au salon et garda la main au-dessus du combiné, en essayant de lui faire croire qu'il allait répondre, de sorte que la faute à pas de chance pousserait le téléphone à ne plus sonner. Et si c'était quelqu'un qui le rappelait depuis chez lui ? Et si c'était de nouveau Beth ? Si Frank ne répondait pas, elle s'inquiéterait et devrait faire tout le chemin inverse pour revenir ici ou appeler la police. Si le téléphone ne s'arrêtait toujours pas dans les deux prochaines sonneries, il répondrait. Au bout de cinq, Frank décrocha.

— Allô ? dit-il en s'attendant à entendre Jimmy, Beth, Laura, la police, un agent immobilier ou sa propre voix venue du futur.

— Allô, dit celle d'un jeune homme… Américain. Je m'appelle Arnold, de West Coast Telemarketing. Pouvez-vous me consacrer quelques minutes ?

— Je pense que vous souhaitez sans doute parler à ma fille.

— Si je pouvais simplement prendre quelques minutes de votre temps ?

— Je suis désolé. Je ne vis pas ici.

— Aucun problème, monsieur. Puis-je avoir votre nom ?

— C'est Frank, mais je…

— Frank, répéta Arnold.

Frank entendit le cliquetis d'un clavier d'ordinateur.

— Puis-je avoir votre nom de famille, Frank ?

— Je suis ici en vacances.

— Très bien, monsieur. Si je pouvais avoir simplement votre nom de famille.

— C'est le téléphone de ma fille. Je ne vis pas ici en réalité.

— Si je pouvais simplement avoir votre nom de famille.

— Derrick, dit Frank.

Nouveau cliquetis de clavier à l'autre bout du fil. Puis un silence.

— D.E.R.R.I.C.K. épela Frank.

Encore un bruit de clavier, sans doute la touche retour arrière, puis le téléopérateur se remit à pianoter.

— Comme *Monsieur Derrick.*

— Merci, monsieur Derrick. À présent...

— Il travaillait avec Basil Brush[1].

— Désolé, monsieur ?

— Basil Brush.

— Je vous demande pardon, monsieur ?

— C'est un renard. On le voyait à la télévision et il avait toujours un faire-valoir humain.

— Oui, monsieur. Si je pouvais simplement…

— Il y avait un Monsieur Roy, un Monsieur Rodney et un Monsieur Derrick. Je pense qu'il y en a eu d'autres plus récemment. Cela fait un bout de temps que je n'ai pas regardé. C'est un programme pour enfants.

— Oui, monsieur, je…

Frank interrompit Arnold chaque fois qu'il voulut parler.

1. Célèbre marionnette d'une émission pour enfants de la BBC. Il s'agit d'un renard qui s'adresse à tous ses partenaires humains en disant « monsieur Untel ».

— Il avait une expression.

— Monsieur, si je pouvais…

— Boum ! Boum ! Vous avez Basil Brush en Amérique ? Avez-vous des renards, d'ailleurs ?

La semaine écoulée s'était révélée la plus longue que Frank ait connue sans démarchage téléphonique. Chez lui, les démarcheurs étaient parfois ses seuls interlocuteurs pendant des jours. Même s'il s'en plaignait constamment et avait mis son numéro sur une liste censée leur interdire de l'appeler, parfois, quand il se sentait un peu seul, l'argumentaire d'un fournisseur d'énergie ou une société d'études de marché pouvaient produire l'effet d'une thérapie antidéprime.

— Peut-être pourrais-je rappeler plus tard ? suggéra Arnold.

— Je m'en vais samedi.

Après le coup de fil, Frank sortit ses chemises humides du lave-linge et les étendit sur des cintres qu'il suspendit à la fenêtre de la chambre de Laura, en espérant que le soleil les sécherait.

Lorsque Beth revint, après être passée prendre Laura au salon, Frank leur annonça qu'il avait fait sa lessive sans inonder la maison ou casser quoi que ce soit, et que les chemises étaient déjà sèches et suspendues dans l'armoire. Difficile de dire qui était le plus fier : Frank, Beth ou Laura.

Après dîner, lors d'une interminable partie de Scrabble, Frank perdit tellement qu'ils ne se donnèrent même pas la peine d'établir le score. Laura ne l'avait jamais autant dépassée, alors qu'elle avait placé des mots rapportant peu de points comme *Love* et *Wed*[1]. Même *reunion*[2] lui en fit gagner seulement sept. Frank se dit que Laura avait

1. *Se marier, marié/e* en anglais.

2. *Retrouvailles* en anglais.

dû regarder les lettres avant de les piocher dans le sac vert. Mais ce n'était pas au Scrabble qu'elle tenait tant à gagner. Même s'il ne savait pas vraiment jusqu'où elle irait pour réussir dans son projet, Frank s'attendait à la voir se balader d'un jour à l'autre dans la robe de mariée de sa mère…

21

Maman j'ai encore raté l'avion : *Un jour après avoir été abandonné par mégarde et avoir repoussé les cambrioleurs, Frank Derrick finit par se retrouver par hasard en vacances avec le même duo de cambrioleurs. Il s'ensuit davantage de pièges et de scènes burlesques. Également filmé à cet endroit :* Maman j'ai raté l'avion.

Frank n'avait pas hâte de passer une deuxième journée seul à la maison. La nouveauté l'avait rapidement lassé. Beth lui laissa de nouveau un sandwich au frigo et les mêmes instructions que la veille. Elle lui dit d'utiliser la crème solaire s'il s'asseyait au jardin et d'éviter de s'enfermer dehors. Sitôt qu'il se retrouva seul, le téléphone sonna. C'était un homme différent posant les mêmes questions que la veille, mais Frank n'était pas d'humeur cette fois et il raccrocha alors que son interlocuteur continuait de parler. Pourquoi personne n'avait appelé quand Beth ou Laura se trouvaient à la maison ? À croire que ces gens-là savaient qu'il était seul.

Frank alluma la télé et commença à zapper, mais impossible de se fixer sur un programme. Il ne tenait pas en place. Il se dit qu'il gâchait ses vacances en restant à la maison. Il était en Californie, le soleil brillait suffisamment pour faire pousser des oranges. Dans quelques jours, il serait en Angleterre, où il pleuvrait et tout était importé. Il s'attendait sans cesse à recevoir un appel ou qu'on sonne à la porte pour tenter de lui vendre des housses pour fauteuil ou une baignoire à accès latéral. Il avait trop l'impression d'être chez lui.

Frank s'approcha de la fenêtre et regarda les rares voitures qui passaient dans la rue. Il s'assit sur le canapé et feuilleta un magazine. Il se déplaça vers une chaise près de la table, puis revint au canapé. Chaque fois qu'il changeait de place, Bill levait le museau en pensant que c'était à nouveau l'heure du petit-déjeuner, du déjeuner ou du dîner. Frank se levait et le chat s'apprêtait à le suivre dans la cuisine, puis Frank se rasseyait sur un siège différent.

C'est quoi ça ? Les chaises musicales à la con ?

Chez lui, lorsque Frank se trouvait dans cet état, il sortait faire un tour. Voilà une semaine qu'il séjournait à Los Angeles, mais il ne s'était toujours pas rendu dans un endroit qui ne commençait pas ou ne s'achevait pas sur un parking. Il se demanda si Santa Monica abritait une boutique caritative ou une bibliothèque et à quelle distance elles se situaient.

Il entra dans la chambre de Laura et s'assit sur le lit. Il était pieds nus et à court de chaussettes propres. Il aurait dû mettre plus de linge dans la machine à laver. Il enfila ses tongs façon bonbons à la réglisse multicolores et marcha dans la maison, en se rappelant aussitôt pourquoi il ne portait jamais ce genre de chaussures. Il passa d'une pièce à l'autre en marchant à plat, se rendit dans la salle de bains et changea la disposition des flacons de shampooing et de gel douche. En les rangeant par forme et par taille, comme Jimmy l'aurait fait s'il était là. Il se rendit dans la chambre de Beth et contempla les figurines de super-héros. Il sortit puis revint aussitôt après dans la pièce, en espérant voir les jouets hors de leurs boîtes ou à des places différentes ; Superman près de Batman, Robin derrière Captain America. Il gagna la cuisine, mangea la moitié d'un sandwich, s'assit sur le canapé et s'endormit.

À son réveil, c'était l'après-midi. Il alla à la fenêtre pour voir si le petit Espagnol était là. Il devait s'asseoir dehors. Il semblait faire plus chaud que la veille. Le téléphone sonna. Il faisait trop chaud pour du démarchage téléphonique. Frank ignora la sonnerie et se rendit dans la cuisine. Il ouvrit le tiroir des couverts et en sortit une paire de ciseaux, puis alla dans la chambre de Laura. Comme le téléphone sonnait toujours, il ferma la porte de la chambre. Il s'assit sur le lit et se mit à couper les jambes de son treillis. Il commença par la gauche, à environ vingt-cinq centimètres du bas, puis fit de même avec la droite. Il enfila le pantalon, puis glissa sa pochette zippée de voyage dans la poche droite et son plan de Los Angeles dans la poche arrière, puis se regarda dans le miroir. Une jambe était un peu plus longue que l'autre. Il se tint de biais pour essayer de corriger la différence et faillit dégringoler. Il retira le pantalon et recoupa chaque jambe de quelques centimètres jusqu'à ce qu'il juge les deux de la même longueur, puis il le renfila. Ce n'était pas parfait, mais il décida que ça passerait, dans la mesure où il était à court de tissu à couper. Il se rassit au pied du lit et enfila les chaussettes qu'on lui avait données dans l'avion. Elles étaient rouge vif. Il chaussa ensuite ses mocassins bateau. Il ouvrit l'armoire et choisit une de ses chemises bariolées, qu'il mit par-dessus le tee-shirt blanc qu'il portait, en la gardant ouverte.

Il sortit ensuite de la chambre, rangea les ciseaux dans la cuisine et déposa un peu de nourriture dans une assiette pour Bill. Le téléphone ne sonnait plus, mais Frank ne se rappelait pas l'avoir entendu s'arrêter. Il prit les clés de la porte, puis sortit le plan de sa poche et le jeta sur le lit de Laura, car il le gênait et Frank ne voulait pas passer pour un touriste. Il sortit sur le perron, abaissa ses clips solaires, traversa le carré de pelouse jusqu'à l'arbre, puis continua à marcher. Une fois sur le trottoir, regardé dans le monde entier sur les ordinateurs de la bibliothèque de Fullwind, les télescopes de l'observatoire et la *camera obscura*, Frank se mit à avancer dans Euclid Street. Des spectateurs plus attentifs auraient noté qu'un chat au visage impassible était sorti de la maison derrière lui.

Frank ne remarqua pas Bill et le chat ne le suivit pas. Frank se dirigea dans la même direction que Beth avait empruntée en voiture pour se rendre au supermarché et à la plage, parce que celle-ci lui était la plus familière. Personne dans la rue. Il y avait des voitures garées, mais aucune circulation. Devant lui, la route s'étirait toute droite. Il se dit qu'il pourrait voir des collines ou des montagnes. Frank était en Californie et le soleil brillait suffisamment fort pour faire pousser des oranges. Cela lui faisait du bien de marcher.

À quelques centaines de mètres de la maison, il s'arrêta et se pencha pour remonter ses chaussettes de vol. Dépourvues d'élastique, elles avaient déjà glissé dans ses chaussures. Une brève sirène retentit, accompagnée d'un gyrophare. Frank se redressa. Une voiture de police s'était arrêtée à proximité et deux agents en descendirent, un homme et une femme.

— Bonjour, monsieur, dit la policière. Tout va bien ?

— Oui, merci beaucoup.

Le policer parla dans une radio fixée à son épaule. Frank ne parvint pas à comprendre ce qu'il disait.

— Où allez-vous, monsieur ? continua la policière.

— Oh, nulle part en réalité, répondit Frank. Je partais juste me promener.

— Peut-être pourrions-nous vous déposer, monsieur ? suggéra le policier.

— Merci, mais ça ira. Je ne vais pas loin.

Frank se rendit compte qu'il fixait leurs armes. Il avait vu des policiers armés à l'aéroport d'Heathrow et à LAX, mais jamais d'aussi près dans la rue. Maureen, l'agent de police de proximité, avait tendance à laisser ses armes à feu chez elle quand elle était de service. Il tenta de se concentrer sur autre chose. Il se demanda si la voiture était la même que celle qu'il avait vue passer en regardant la rue sur Internet à la bibliothèque de Fullwind. Impossible de voir le numéro sur le toit du véhicule.

— Vous venez d'où, monsieur ? s'enquit le policier.

— D'Angleterre, répondit sa collègue. C'est bien ça ? demanda-t-elle à Frank.

— Oui. Du Sussex ouest.

— En vacances ?

Frank les jugeait fort sympathiques et courtois jusqu'ici, mais ils n'en demeuraient pas moins armés.

— Oui, répondit-il. Je séjourne chez ma fille et ma petite-fille.

— Et elles vivent à Santa Monica ? demanda la policière.

— Oui, juste un peu plus loin, dit Frank en se tournant pour désigner la rue derrière lui. Elles sont toutes les deux au travail. Et sans doute ravies de ne pas m'avoir sur le dos aujourd'hui.

Le policier parla dans sa radio.

— On a besoin de nous, dit-il à sa collègue, avant de remonter dans la voiture.

— Eh bien, soyez prudent, conseilla-t-elle à Frank. Pour votre sécurité, restez visible.

— Ça ne devrait pas être trop difficile avec cette chemise, répliqua Frank.

La femme éclata de rire.

— Et rappelez-vous qu'ici on roule à droite.

Si Frank avait parlé à Beth, il l'aurait corrigée : « Je pense que tu veux dire, du *mauvais* côté. » Mais comme Maureen, Beth n'était pas armé.

— Passez une bonne journée, monsieur, dit la policière.

— Merci.

La femme monta dans la voiture. Nouveau coup de sirène, demi-tour, et le véhicule s'éloigna. Frank les regarda partir. Lorsqu'ils disparurent au loin, il perçut la sirène. Cette fois elle continua de hurler.

Frank songea qu'il devait rentrer à la maison, mais se mit à marcher jusqu'à ce qu'il arrive à un carrefour. Il attendit pour s'assurer que la voie était libre, puis traversa. Il décida de continuer jusqu'au bout de la rue, puis de rebrousser chemin ensuite, mais lorsqu'il atteignit le bout de la rue, il n'eut pas l'impression d'être allé bien loin. Chez lui, il ne serait même pas encore parvenu à la bibliothèque. Il tourna à droite et s'engagea dans Santa Monica Boulevard en direction de la mer. Davantage de voitures circulaient et quelques piétons qui entraient ou sortaient de magasins et allaient récupérer leur voiture. Une joggeuse passa devant lui en lançant : *Salut !* Il s'imagina accélérer le pas petit à petit avant de piquer un sprint pour faire la course avec elle. Cela faisait si longtemps qu'il n'avait pas couru. Il se vit dans la peau du jeune Forrest Gump se débarrassant de ses attelles… *Cours, Frank, cours !* lui crieraient les gens au passage, tandis qu'il prenait de la vitesse et distançait aisément la joggeuse, jusqu'à ce qu'il arrive au bout de Santa Monica Boulevard, où il passerait en courant sous l'arcade menant à la jetée. Il dépasserait même le Frank qu'il était il y a quelques jours, assis sur le banc devant le restaurant *Bubba Shrimp*, quand Beth l'avait pris en photo. Mais la femme trottait déjà si loin devant lui que la seule idée de la rattraper le fatiguait.

Frank avait parfois accompagné Sheila lors de ses footings matinaux dans le village. Il finissait toujours par lui dire de continuer, alors qu'il se tenait plié en deux, les mains sur les genoux, avec un point de côté. Frank était toujours à quelques pas, quelques brasses ou quelques coups de pédale derrière Sheila, chaque fois qu'il courait, nageait ou roulait à vélo. Sheila était déjà à mi-chemin de la France quand il pataugeait encore dans les algues sur le rivage, de même qu'elle gravissait à vélo l'unique côte de Fullwind à la même vitesse qu'il la descendait. Telle une triathlète olympique, Sheila franchit le cap de la retraite sans effort, en battant Frank à plates coutures.

Il venait de dépasser la 5e Rue quand il s'assit sur un banc devant une banque et se demanda si celui-ci était apparu dans un film. Il considéra Santa Monica Boulevard d'un bout à l'autre. Il pouvait voir la mer. Il n'était plus qu'à mi-chemin de la plage, désormais devenue sa destination. Il s'y reposerait un petit moment, s'offrirait une boisson fraîche, avant de faire demi-tour jusqu'à la maison.

Lorsqu'il atteignit la plage, Frank s'installa sur un siège taillé dans une souche d'arbre, près de la boutique de location de vélos, et contempla le sable et l'océan. Il était à bout de souffle. D'ici, la grande roue et les montagnes russes sur la jetée ressemblaient plus que jamais à un gigantesque Attrap'Souris. Impossible cependant d'évoquer ce jeu sans penser également à Smelly John et à toutes les parties qu'ils avaient disputées, quoique très rarement achevées, sous la faible lumière de la salle commune de Greyflick House. Smelly John adorait les jeux de société et surtout ceux impliquant le chaos ou la dégringolade : La Tour infernale, Mika-Bille ou Bourricot ! Tout ce qui pouvait troubler la tranquillité des autres résidents plus résignés dans le salon du foyer-logement. Le jour où il apprit que Smelly John venait de mourir, Frank voulait justement l'emmener au parc tester les jeux format géant nouvellement installés. Il y avait un Puissance 4 de la taille d'un homme, un Jenga avec des blocs à empiler de la taille de vraies briques et un énorme Attrap'Souris, mais pas aussi colossal que celui que Frank contemplait à présent. Frank aurait aimé que John soit là pour le voir.

Il regarda alors les joueurs d'échecs sur la plage. Ils devaient détester le fait que leur jeu d'adresse et de stratégie vieux de plusieurs siècles, auquel s'adonnaient les rois et les scientifiques, soit regardé de haut par les couleurs criardes d'un jeu renommé pour son incapacité à atteindre son objectif, à savoir attraper une souris.

Il avait recouvré son souffle mais se sentait vraiment fatigué. Frank avait demandé un jour à Sheila ce qui arriverait si d'aventure elle nageait trop loin vers le large et était trop épuisée pour revenir sur le rivage, et elle lui avait répondu qu'elle ne nageait toujours que la moitié de la distance dont elle se sentait capable. Elle économisait toujours de l'énergie pour revenir. Si jamais elle avait mal calculé son coup et dépassait à la nage ce point situé à mi-parcours, elle aurait simplement continué jusqu'à ce qu'elle arrive en France. Frank avait dépassé son point de mi-parcours quelque part entre la 9e et la 8e Rue, mais avait continué à marcher et songeait à présent qu'il ne lui restait peut-être pas assez d'énergie pour rebrousser chemin.

Il regarda la plage, puis la direction qu'il avait empruntée et réfléchit aux choix qui s'offraient à lui. Il pouvait s'asseoir et attendre d'avoir suffisamment récupéré pour rentrer à la maison ; avec un peu de chance, la police l'arrêterait encore et, cette fois, il accepterait de se faire déposer. Il pouvait trouver un téléphone, appeler Beth et lui demander de venir le chercher, mais il n'avait pas son numéro au travail. Il ne pouvait même pas appeler la maison, le seul numéro qu'il composait parce que, même s'il se rappelait le numéro, Bill n'était pas pourvu des pouces opposables lui permettant de décrocher le combiné.

Frank songea à louer un vélo et à rentrer en pédalant jusqu'à la maison. Comme c'était jusqu'ici la moins raisonnable de ses solutions, il y réfléchit longuement, en considérant les différents modèles de deux-roues exposés devant le magasin, en se demandant lequel lui conviendrait le mieux. Il se décida sur un beach cruiser avec un guidon haut en forme de bréchet. Le vélo était peint dans un motif camouflage vert et kaki, conçu pour se fondre dans le paysage d'une guerre différente des cookies aux pépites de chocolat du treillis de Frank, ou de ce qu'il en restait. L'engin disposait d'une barre transversale plus large que toutes celles des vélos britanniques. Elle faisait davantage penser au réservoir d'essence d'une moto.

Frank glissa la main dans sa poche, en quête de sa pochette de voyage zippée, et sa main ressortit de l'autre côté. Il lorgna le bout de ses doigts qui dépassaient du fond de sa poche. À l'évidence, en coupant celle-ci sans le vouloir, la pochette avait glissé au travers. Il se mit à paniquer, en se demandant à quel endroit elle avait bien pu tomber. Sur le sol de la maison, avant qu'il s'en aille ? Ou quelque part entre le logement de Beth et la souche taillée dans la masse où il se tenait actuellement assis ? Son passeport se trouvait dans la pochette avec son argent. Il devait maintenant faire demi-tour. Revenir sur ses pas dans Santa Monica Boulevard et espérer pouvoir la retrouver. Peut-être qu'une bonne âme l'aurait déjà donnée à un commerçant, qui aurait mis un écriteau « On a trouvé un portefeuille » dans sa vitrine. Il palpa les autres poches pour s'assurer qu'il avait bien perdu la pochette. Dans la poche poitrine de sa chemise, il trouva la carte de visite de Laura. Celle-ci avait subi le même cycle de lavage et d'essorage que la chemise, si bien que Frank ne pouvait lire l'adresse ou le numéro de téléphone. Il observa la promenade où ils avaient circulé en quadricycle l'autre jour. « En haut de cette rue et un peu plus loin », avait dit Laura en montrant la direction du doigt. Frank ignorait bien sûr ce que signifiait « un peu plus loin » en terme de distance, et Laura aurait pu aussi dire en haut de cette rue et un peu plus loin dans Phoenix ou au Nouveau-Mexique, mais la balade à l'arrière du quike avait au moins semblé plus courte que le trajet à pied depuis Euclid Street, si bien que Frank décida de voir s'il pouvait trouver Venice Slice et sa petite-fille.

22

Si Frank avait emporté son plan avec lui, il aurait peut-être trouvé un itinéraire plus court pour rejoindre Venice Slice plutôt que d'emprunter Ocean Front Walk qui longeait la piste cyclable du front de mer. Une fois qu'il aurait traversé les plages de Santa Monica à Venice, il n'aurait pas eu à craindre de passer pour un touriste. Parmi tous les hommes édentés, cracheurs de feu, avaleurs de sabre, sculpteurs sur sable et dessinateurs sur trottoir, les bodybuilders à la peau de la texture et de la couleur des clémentines, les gros costauds roulant sur de minuscules vélos, les tatoués et les percés, les hippies, camés, victimes de l'acide et vétérans du Vietnam, les percussionnistes, joueurs de guitare à trois cordes, pianistes de rue et ceux qui dansaient sur la musique qu'ils entendaient dans leur tête… eh bien, dans son treillis découpé avec une jambe plus longue que l'autre, ses chaussettes rouges, dont une avait totalement disparu dans son mocassin, ses longs cheveux blancs et sa chemise bariolée, ouverte et claquant dans la brise comme une cape de super-héros, Frank donnait l'impression d'avoir vécu ici depuis des années.

S'il avait déplié le plan sur le sable de Venice Beach et demandé son chemin, les gens l'auraient pris pour un autre artiste de rue. De retour chez lui, s'il savait quoi pianoter dans le navigateur Internet, il aurait sans doute trouvé une vidéo de lui intitulée *Le gars incapable de replier son plan*, *Le plus vieil hippie au monde* ou *L'Australien paumé*. Ce serait son nom de Sioux sur YouTube, son nom SiouxTube. Il risquait même de finir sur l'une des fresques murales de la promenade de Venice Beach.

Tandis qu'il passait encore devant un atelier de tatouage ou une officine de cannabis médical, quelqu'un s'écria :

— Hé, Gerry Garcia !

Il se tourna et découvrit un jeune homme en jean ultra-large avec des trous aux genoux qui lui souriait à belles dents. Jusqu'à ce qu'il voie le sourire, Frank croyait que Gerry Garcia était peut-être une insulte espagnole. Il lui sourit donc à son tour et poursuivit son chemin, en se demandant ce que pouvait bien être un Gerry Garcia[1]. Il marchait déjà depuis trois quarts d'heure, en quête d'un point de repère, un kiosque à yaourts glacés ou un terrain de basket qu'il aurait reconnu sur le parcours en quike, mais tout lui paraissait nouveau.

Il s'arrêta pour rajuster ses chaussettes et une femme beaucoup plus jeune que lui, mais avec les cheveux tout aussi blancs, lui proposa de peindre son portrait sur un grain de riz pour cinquante dollars. Elle se tenait derrière l'un des stands alignés sur la promenade et tendait la paume ouverte par-dessus la table, pour montrer à Frank le grain de riz sur lequel elle réaliserait son portrait. Il ne voyait même pas le grain de riz. Il dit *Non, merci* et reprit son chemin.

Il avait mal aux jambes à présent. Ses mollets étaient durs et ses genoux douloureux. En se baissant pour remonter ses chaussettes, il avait l'impression de tendre les mollets

1. Allusion probable au chanteur californien Jerry Garcia (1942-1995), notamment connu pour avoir été le guitariste du groupe américain Grateful Dead pendant trente ans.

jusqu'au point de rupture. Il avait le dos raide et savait que lorsqu'il finirait par s'asseoir, le changement de position se révélerait difficile. En reprenant la station debout, l'inconfort serait encore pire. Alors il continua à marcher.

Il avait soif et était la seule personne sans bouteille d'eau sur la promenade. Il n'avait avalé qu'un demi-sandwich, mais n'avait pas faim. Les boutiques et les stands le tentaient en revanche avec leurs boissons fraîches, yaourts glacés, glaces, et massages des pieds. Il songea à son portefeuille par terre dans le salon ou entre les mains des flics du coin, qui devaient le faire circuler dans le poste de police en riant de la photo de son passeport. Lorsqu'il se rappela que sa carte postale punk de Smelly John était aussi perdue, il en eut la nausée.

Il regrettait à présent de ne pas être retourné chercher sa pochette. Pourquoi prenait-il toujours les mauvaises décisions ? Un homme passa à vélo, vêtu d'un bikini Princesse Leia et d'un manteau court en fourrure. Sans doute un touriste qui s'était perdu autrefois. Tout à coup la promenade semblait noire de monde et dangereuse.

Parmi les excentriques les plus débridés et les plus bariolés de la plage, certains commençaient à ressembler carrément à des fous. Même sans argent et sans passeport, Frank craignait de se faire détrousser. Il passa devant une nouvelle rangée de stands : un fabricant de badge, des bijoux, des bougies trop sophistiquées pour les faire brûler, et un homme qui réalisait des avions et des vélos modèles réduits dans des canettes de soda.

Lorsqu'il parvint au gymnase en plein air, il vit qu'un attroupement s'était formé pour regarder les culturistes lever leur propre poids en fonte. Frank avait au moins retrouvé son point de repère. Un gymnase similaire, mais plus petit, avait été ouvert un an plus tôt dans le parc aux abords de Fullwind, mais il était rarement utilisé, hormis par des adolescents du coin qui s'ennuyaient et venaient s'asseoir et fumer des cigarettes.

Une clôture métallique bleue entourait le gymnase en plein air. De l'autre côté, une rangée de badauds observait la demi-douzaine d'hommes et l'unique femme effectuer leurs exercices. Frank avait l'impression d'être au zoo. Quand Beth était allée acheter des boissons l'autre jour, elle avait dit qu'elle se rendait au « café près de Muscle Beach ». C'était la première fois que Frank savait à peu près où il se trouvait. Il avait marché trop loin, mais s'il faisait demi-tour et revenait une ou deux rues plus haut, il serait près du lieu de travail de Laura.

Il rebroussa chemin sur la promenade jusqu'à ce qu'il parvienne à un passage entre les immeubles ; il l'emprunta et déboucha sur une sorte de place de marché plus large que longue, où un homme tenta de lui vendre des fallafels. Il passa devant un café, une boutique de lunettes de soleil et un loueur de vélos et de planches de surf.

Il sortit la carte de visite de la poche de sa chemise et essaya de lire l'adresse du salon. Il chercha sur les bâtiments un nom de rue correspondant à la tache sur la carte, mais ne vit que des panneaux indiquant des ateliers de tatouage et de piercing, d'autres vendeurs de lunettes de soleil et loueurs de vélos.

Si la rue paraissait familière à Frank, c'était encore à cause du cinéma. Dans *La Soif du mal*, Orson Welles avait filmé ici un long travelling d'ouverture, que Frank refaisait à son insu dans Windward Avenue, en passant ici et là sous les arcades pour regarder dans les vitrines, en espérant que la prochaine boutique de tatouage ou de lunettes de soleil serait un salon de coiffure-pizzeria.

Parvenu à un grand carrefour, il vit le mot « VENICE » s'inscrire en lettres au néon – mais éteintes – suspendues entre les immeubles. De l'endroit où Frank se tenait, elles étaient à l'envers comme sur une ambulance. L'inscription indiquait l'entrée d'origine de Venice Beach. Mais avant que les canaux ne soient comblés et recouverts en 1929, il se serait trouvé sous l'eau ou à bord d'une gondole. Frank était convaincu que Laura travaillait dans cette rue, si bien qu'il décida de la suivre un peu, mais elle ne tarda pas à devenir plus résidentielle, si bien qu'il avait peu de chances d'y trouver le salon de coiffure. Il avait perdu la notion du temps. Depuis quand était-il en train de marcher ? Quand avait-il quitté la maison ? Deux heures ? Trois heures plus tôt ? Il avait quatre réveils sur la coiffeuse de Laura, mais aucune montre-bracelet. Il songea que la nuit risquait de tomber. Ou le ciel d'être voilé par les nuages. En cas d'averse de grêle, Beth le verrait peut-être aux infos et viendrait à son secours. Il releva les clips solaires de ses lunettes et gagna une heure de lumière.

Il n'y avait pas le moindre signe de vie dans la rue, à présent. Frank leva le nez vers le ciel et songea à faire signe à la *camera obscura* sur Google Earth. Si la bonne personne était en train de regarder, il pourrait retirer sa chemise et envoyer un SOS avec les bras. Il parvint à un nouveau croisement. Une église peinte en blanc se dressait dans l'angle d'en face. Il regrettait d'avoir chassé autant d'évangélistes et de brandisseurs de Bible ayant envahi son perron. S'il frappait à la porte de l'église pour demander refuge ou à être déposé en voiture et qu'on lui claque la porte au nez, ce serait une forme de karma. Mais en s'approchant du lieu de culte, il découvrit que la bâtisse avait été convertie en immeuble d'habitation.

Frank s'arrêta et consulta sa boussole interne. S'il tournait à gauche, il repartirait vers Euclid Street ou du moins dans cette grande direction. Il remonta la rue, plus courte que celle qu'il avait quittée et s'achevant sur une cour de récréation ou un parking désert.

Il effleura sa joue du revers de sa main. Il avait l'impression qu'un cheveu lui chatouillait le visage. Il l'attrapa entre le pouce et l'index et tenta de se focaliser sur le cheveu, ses yeux regardant au sud, à l'ouest, au nord et à l'est, mais il ne pouvait le voir. Il effleura de nouveau son visage, puis avança la lèvre inférieure et grimaça en soufflant. Le cheveu était toujours là. Comme le fil d'une toile d'araignée qu'il aurait attrapé au passage dans l'allée de son jardin, un jour qu'il faisait lourd et humide. Tellement obsédé par son cheveu gênant, Frank n'avait pas remarqué l'homme qui marchait vers lui.

Celui-ci avançait bien plus vite que Frank et ils allaient se croiser dans dix secondes. Il devait rapidement décider s'il allait lui demander de l'aide ou traverser la rue pour l'éviter. Frank évalua, jugea et établit le stéréotype de l'individu qui s'approchait. Il le nota sur dix comme un gymnaste ou un danseur de salon. En lui attribuant des points pour la menace, le risque et le danger qu'il représentait. Lorsqu'ils ne furent plus qu'à quelques mètres l'un de l'autre, Frank allait lui dire bonjour quand l'autre descendit du trottoir et traversa la route, en pressant encore le pas pour s'éloigner de Frank.

Le gars avait lui-même évalué le risque représenté par ce vieux bonhomme aux allures de cinglé avec ses longs cheveux blancs et sa tenue insolite, qui soufflait fort, regardait comme un fou dans toutes les directions, sans cesser de se frapper le visage, et Frank s'était vu attribuer la note 10 dans toutes les catégories.

Il continua jusqu'au bout de la rue et tourna à droite au niveau de la cour d'école. Elle était déserte, à l'exception d'un chien qui courait derrière la clôture, en essayant de trouver un moyen de s'échapper. Frank savait ce que l'animal devait éprouver. Il entendit une sirène au loin et l'écouta diminuer de volume. La cavalerie n'allait pas arriver. Frank se retrouvait seul. Il s'arrêta près de la clôture. Aussi farouchement indépendant, fier et buté qu'il puisse être, il devait bien l'admettre : il était perdu. Il pourrait sillonner Los Angeles dans tous les sens pendant des jours et ne jamais retrouver le chemin de la maison de Beth. Il allait rater la sortie aux studios Universal, qu'il attendait tellement, même s'il avait prétendu sur la jetée de Santa Monica qu'une simple porte à tambour lui donnait le tournis, pour éviter de monter sur le manège pour enfants. Il risquait même de louper son vol de retour. Il constituait à lui seul la grève des bagagistes ou l'éruption volcanique islandaise qu'il souhaitait tant. Il se mit à parler au chien derrière la clôture et l'animal grogna, puis commença à aboyer. Frank s'empressa de décamper.

Il avait entendu des histoires horribles sur des gens comme lui récupérés par la police, alors qu'ils erraient sans but dans un lieu qui n'était pas le leur, perdus et confus, sans la moindre pièce d'identité. Ils finissaient dans des institutions pendant des années, en protestant de leur santé mentale, alors que leur famille désemparée ne les revoyait jamais, mais continuait à les rechercher longtemps après, en imprimant des affichettes et en gardant leur chambre prête, au cas où ils reviendraient un jour.

Frank risquait de finir dans un asile ou de dormir sur la plage, où il aurait besoin d'imprimer sa griffe sur la promenade, qu'il s'agisse de pédaler en bikini doré ou de jouer du banjo à une seule corde. Lorsqu'on était entouré de cinglés, la meilleure façon de passer inaperçu et de rester en sécurité consistait à se détacher du lot et, à en croire la réaction de l'homme qu'il venait de croiser, Frank avait déjà fait la moitié du chemin.

La moitié du chemin… Il était temps de faire demi-tour. De nager vers le rivage, où une serviette l'attendait. Sheila.

Son corps entier semblait moite de sueur à présent et sa peau le démangeait. Il n'avait pas mis de l'écran solaire comme Beth le lui avait conseillé, si bien qu'il serait bientôt aussi rouge que ses chaussettes, lesquelles avaient désormais totalement disparu dans ses mocassins. Une ampoule se formait à l'arrière du talon de son pied droit et il boitillait depuis qu'il était passé sous l'inscription VENICE.

Frank tenta de penser à quelque chose de positif. Il songea à la résidence pour retraités de la pub télé et au soleil qui se couchait sur la mer, tandis qu'il buvait des martinis sur le balcon. Le Vieil-homme-emballeur-de-courses avait démarré une chenille autour de la piscine et Frank prit l'ascenseur pour se joindre à la bande qui serpentait autour du bassin, attrapait les retraités au passage et levait la jambe en criant « Hé ! » et « La-la-la-la » ! » au fil de leurs pas, zigzaguant entre palmiers et fontaines en chemise hawaïenne et en bermuda. Une résidence médicalisée. Voilà ce dont il avait besoin là, maintenant.

Il s'était toujours attendu à ce que l'Alzheimer, la maladie de Parkinson, une pneumonie ou une attaque entraîne sa chute. Le diabète, peut-être, une défaillance cardiaque, l'ostéoporose ou une nouvelle souche de grippe. Une cacahuète coincée dans la gorge, même. Mais pas ça. Il n'avait pas prévu de mourir parce qu'il s'était perdu en sortant se promener. Si quelqu'un s'était tenu à la porte d'une église en déclarant que c'était ce qu'il souhaitait, cela aurait été faux.

Frank n'avait pas rédigé de testament. Bien sûr qu'il ne l'avait pas fait. Il n'avait pas trouvé le temps de s'y mettre. Il n'avait laissé aucune instruction au sujet de son inhumation ou de sa crémation, ou à quel endroit ses restes devraient être éparpillés. Il n'avait pas demandé d'être jeté à la mer ou envoyé dans l'espace à bord d'une fusée. Il n'existait aucune playlist pour la musique de son générique de fin. Quelque chose qui braille, se dit-il à présent. Un des groupes préférés de Laura. Assez fort pour littéralement réveiller les morts. Il détestait l'idée que Beth doive choisir entre un cercueil en chêne ou en orme, ou se sentir la pire personne au monde en choisissant un bois de placage avec des poignées « imitation cuivre ».

Il s'inquiétait du sort qui serait réservé au plus grand zoo de cheminée de Grande-Bretagne. Serait-il démoli au bulldozer avec le reste de son appart et recouvert de bitume comme les canaux de Venice Beach, peu importe en quelle année ? Il ne s'en souvenait plus. Ses biens matériels ne valaient sans doute pas grand-chose, mais ça lui aurait plu qu'ils puissent former la base d'une nouvelle vitrine de la boutique caritative.

Même Smelly John avait laissé un testament, alors qu'il avait en tout et pour tout quelques vieux disques punk-rock, une carte postale et deux ou trois petits chapeaux. Frank aurait aimé avoir sous la main un papier et un crayon pour noter maintenant quelque chose. Il n'avait certes pas beaucoup de choses à léguer, mais il pouvait au moins dire au revoir à Beth et Laura, et noter son nom pour celui ou celle qui découvrirait son squelette épuisé et brûlé par le soleil.

Bon… il n'excellait pas vraiment dans les pensées positives.

Frank marchait depuis si longtemps à présent. Il haletait comme un chiot dans une voiture verrouillée et la nausée l'envahissait par vagues de plus en plus fréquentes et tumultueuses à chaque pas supplémentaire dans l'inconnu. Les rues, qui semblaient mathématiquement et géométriquement disposées sur l'ordinateur de la bibliothèque de Fullwind faisaient maintenant penser à un labyrinthe. Il se demanda à quel moment le jet lag finissait par s'atténuer. En éprouvait-il encore les symptômes alors qu'il se trouvait depuis un petit moment dans ce nouveau fuseau horaire ? Il salivait et se sentait nauséeux. Il avait du mal à se concentrer, la tête lui tournait, il était désorienté et angoissé. Cette lourdeur était déjà présente avant qu'il ne quitte la maison et ses courbatures n'avaient fait que s'accentuer. Éprouverait-il cette sensation jusqu'à ce qu'il remette son horloge biologique à l'heure en rentrant chez lui ? Mais il avait beau se sentir seul et perdu, la perspective de regagner l'Angleterre ne l'enchantait toujours pas.

Frank s'était engagé dans une rue qui ressemblait à une impasse. Il tourna les talons et se mit à marcher dans la direction par laquelle il était venu. Sa boussole interne avait été ébranlée et piétinée, et quelqu'un tenait un aimant au-dessus d'elle. Il n'avait aucune idée de la direction qu'il prenait maintenant. Un autre individu marchait vers lui et il décida qu'il devait absolument lui demander de l'aide, mais avant même de pouvoir parler, les deux hommes s'étaient percutés. On entendit un fracas de verre brisé.

— Putain, je rêve ! s'exclama l'individu qui – comme Frank pouvait à présent s'en rendre compte – avait l'air sans doute aussi cinglé que lui et le dévisageait avec fureur. T'as bousillé ma bouteille. Qu'est-ce que tu vas faire maintenant ?

Frank lorgna le sac en papier kraft par terre et les bris de verre dépassant de la partie ouverte. Un liquide jaunâtre s'en écoulait.

— Je suis désolé, dit Frank.

— Tu vas me la payer ? C'est ça ?

L'homme se tenait tout près de Frank. Ses cheveux avaient la couleur et la texture d'un tampon à récurer, tandis que son visage était violet et gris. Par ailleurs il empestait le fromage.

— Je suis désolé, répéta. Frank. Je n'ai pas d'argent sur moi.

Il glissa la main dans sa poche et la fit ressortir de l'autre côté. Ce qui sembla déconcerter l'homme qui regarda s'agiter les doigts de Frank par le trou, comme une marionnette lorsqu'il faisait une blague à Beth quand elle était petite. L'homme-tampon-à-récurer bredouilla des paroles inintelligibles et secoua la tête. Peut-être même cracha-t-il avant de s'éloigner. Frank l'imita, dans la direction opposée, aussi vite que ses pieds fatigués et perclus d'ampoules pouvaient le lui permettre. Il tourna à l'angle et traversa, en tâchant de mettre un maximum de distance entre lui et l'homme en colère.

Aussi égaré qu'il soit, Frank savait qu'il était victime d'une arnaque et la bouteille brisée était remplie d'un liquide de la même couleur que le whisky qui avait peut-être commencé sa vie comme whisky, mais n'en était plus du tout, et l'homme l'avait bousculé exprès. Pour avoir pratiqué pendant des années les démarcheurs au téléphone et de visu sur son perron, qui tentaient de lui vendre Jésus et des baignoires à accès latéral, Frank savait reconnaître les escrocs.

Le simple fil de soie d'araignée formait désormais toute une toile. Il se dit qu'il devenait aveugle. Il retira ses lunettes et les essuya sur sa chemise, mais lorsqu'il les rechaussa, il voyait toujours aussi trouble. Il les essuya de nouveau. Il vit des taches. Sheila avait des migraines. Elle lui manquait tellement. Il se remettrait à nourrir les oiseaux quand il rentrerait chez lui. Il avait à présent des bourdonnements d'oreille qu'il n'avait pas remarqués jusqu'ici. Il noterait le nom des oiseaux sur le calendrier. Il éprouvait de violentes brûlures d'estomac et salivait plus que jamais. Il avait l'impression d'avoir mangé des bonbons Opal Fruits. *Conçus pour vous mettre l'eau à la bouche.*

Il avait chanté ce jingle au jardin avec Beth. Un peu plus loin, il crut voir Laura rouler vers lui, au volant du coupé spot noir de Jimmy. *Patrick Bergin !* songea-t-il soudain. C'était le nom de l'acteur dans *Les nuits avec mon ennemi*. Sa vision passa alors du gothique à l'emo, et il s'écroula comme une tour HLM de Glasgow au moment de sa démolition. Lorsqu'il toucha terre, un vélo dégringola à proximité. L'effet papillon version L.A.

23

Il n'y avait aucune bouillotte et aucun avion survolant la maison pour lui indiquer l'heure. Il chercha la Bette Davis qui fumait et ses quatre réveils sur la coiffeuse : New York, Londres, Paris et Berlin, mais ils n'étaient pas là. Il ne voyait pas non plus la grosse main en mousse avec le doigt pointé et se sentait le numéro un de rien du tout en ce moment.

Même si, étendu sur le trottoir (*pavement* en anglais, mais *sidewalk* en américain), il se sentait relativement mieux que lorsqu'il marchait. C'était un soulagement de ne plus se mouvoir. Il attendait que sa vie défile à toute vitesse sous ses yeux. Quatre-vingt-deux ans, ça faisait un paquet d'années. Est-ce que la succession d'images serait plus longue que s'il était mort dix ans plus tôt ou bien le montage vidéo de sa vie défilerait vraiment vite ? Il attendit de se voir naître, grandir et rencontrer Sheila, puis la naissance de Beth, Laura, Smelly John, les femmes de la boutique caritative, celles du bus qui desservait le grand Sainsbury's. Il allait se regarder commettre à nouveau tous ces actes inconsidérés et immatures jusqu'à la bourde ultime et spectaculaire d'aujourd'hui, avant d'être réuni avec Sheila comme Leonardo DiCaprio mort et Kate Winslet âgée sur le *Titanic* englouti, à la fin du film.

Le ciel était si bleu et tout semblait si paisible. Ce n'était pas aussi sombre qu'il l'aurait cru. Il entendit des bruits et une sirène, dont le volume s'amplifiait cette fois. Frank leva les yeux sur l'homme qui le regardait au-dessus de lui. Était-ce Dieu ? Il aurait franchement dû se montrer plus patient avec ces missionnaires qui frappaient à sa porte. À moins qu'il soit en train de vivre une expérience extra-corporelle ? Il leva le nez sur son âme qui décollait en regardant son corps vide, comme il faisait défiler les rues de Los Angeles sur l'ordinateur de la bibliothèque, quand il était encore vivant. Frank était confus. Où était donc le tunnel, où était la lumière ? L'homme qui l'observait avait un visage tellement amical. Inquiet, mais souriant. Un visage rassurant. Il portait une barbe, comme Dieu, certes, mais pas aussi blanche. Les rares poils blancs dans celle-ci étaient les seuls signes tangibles qu'il avait vieilli au cours des cinq ans écoulés… depuis que Frank avait vu Jimmy pour la dernière fois. L'homme tenait un portable à côté de son visage sympathique, souriant, préoccupé, mais rassurant.

— Tout va bien, dit-il. Je l'ai retrouvé.

24

Beth expliquerait plus tard à Frank qu'elle avait appelé trois fois en une demi-heure, sans obtenir de réponses, au point qu'elle avait quitté son travail et était rentrée pour découvrir une maison vide. Elle avait trouvé la crème solaire sur le bureau, le demi-sandwich et la pochette zippée contenant le portefeuille et le passeport par terre, dans la chambre de Laura. Sur le lit, un plan de Los Angeles, une paire de tongs et le bas des jambes de pantalon treillis de Frank. Beth avait paniqué.

Elle ne savait plus quoi penser. Frank n'avait pas laissé de message, juste une série d'indices au hasard. Il y avait un stylo près d'un bloc-notes sur le secrétaire du salon, avec l'écran solaire. Il aurait forcément laissé un mot. Elle vérifia les autres pièces, en regardant sous les lits et, bizarrement, dans la machine à laver. Tout ce qu'elle trouva fut l'une des chaussettes humides de Frank et une senteur de prairie au printemps. Au moins, il avait utilisé un adoucissant textile.

Beth mena l'enquête à l'extérieur. Il n'y avait aucun endroit où se cacher. Elle regarda quand même dans les branches de l'arbre… car, on ne savait jamais à quoi s'attendre avec son père. Elle frappa à la porte de ses voisins et leur demanda s'ils l'avaient vu. La femme mexicaine répondit qu'elle l'avait rencontré la veille, mais pas revu depuis. Beth arpenta la rue de long en large, mais sans vouloir aller trop loin non plus, au cas où elle manquerait le retour de Frank à la maison. Elle regarda dans les jardins et cria son nom, comme si elle cherchait un chat ou un chien perdus. Elle s'inquiétait tellement pour Frank qu'elle n'avait pas remarqué que Bill n'était pas là non plus.

Elle appela Laura, qui était en train de couper les cheveux d'un client, pour savoir si Frank se trouvait avec elle. Laura lui dit de prévenir la police. Trente minutes s'étaient écoulées depuis le retour de Beth à la maison ; dix autres s'écoulèrent encore lorsqu'elle appela la police. Puis Jimmy.

Il mit à peine plus d'une heure pour retrouver Frank. Une chance inespérée. Il avait tenté de procéder par ordre, rue par rue, en les élimant calmement au fur et à mesure, mais les limitations de circulation et les sens uniques l'en empêchèrent, si bien qu'il ne tarda pas à repasser dans les mêmes rues encore et encore. Il aurait pu totalement rater Frank, si celui-ci n'avait pas été aussi facile à repérer.

Même s'il était en partie vêtu d'une tenue camouflage, sa chemise bariolée se voyait comme des pellicules sous la lumière noire d'une discothèque, et Frank se déplaçait. Jimmy avait plaisanté plus tard à ce sujet, en disant que Frank était le seul piéton de la ville, ce qui l'avait rendu plus facile à retrouver.

Frank avait cru voir la voiture de Jimmy, avant de perdre connaissance et de tomber à terre, en renversant un vélo dans la foulée. Le bruit du deux-roues heurtant le trottoir avait attiré l'attention de Jimmy sur son beau-père, qui gisait inconscient à proximité.

Jimmy avait su exactement comment agir. Il avait cherché la moindre blessure apparente. Puis, après avoir desserré la ceinture de Frank, il avait trouvé une vieille boîte en carton, avant de la remodeler comme un oreiller pour soulever les jambes de Frank et diriger ainsi le flux sanguin vers le cerveau. Beth allait plus tard douter du fait que son père en possède vraiment un. Bref, Jimmy s'était assuré que les voies respiratoires de Frank soient dégagées, puis il avait appelé le 911.

Frank se sentait déjà beaucoup mieux quand on le souleva sur un brancard pour l'installer à l'arrière d'une ambulance et il savoura le trajet jusqu'à l'hôpital, comme si c'était un épisode programmé de ses vacances. C'était la première fois qu'il roulait dans un véhicule avec une sirène.

Il s'étonnait même qu'elle ne soit pas plus forte. Il plaisanta avec les urgentistes, dont l'un était originaire d'une ville située à quelques kilomètres à peine de celle de Frank. Lorsque l'urgentiste dit que Disney avait raison et que le monde était vraiment petit, Frank l'approuva mais précisa qu'il ne voudrait pas en faire le portrait[1]. L'urgentiste, qui était né et avait grandi à Worthing, puis vécu à Manchester, avant de s'installer à L.A. s'exprimait avec un étrange accent hybride qui rappelait à Frank un entraîneur de football de première division.

Jimmy suivit l'ambulance jusqu'à l'hôpital, puis marcha à côté du brancard à roulettes poussé dans la salle des urgences. Frank se sentait à présent en pleine forme et commençait à se dire qu'il faisait perdre un temps précieux à tout le monde, quand ces gens-là devraient être en train de sauver des vies ou de vendre et acheter des grands vins. Il regarda Jimmy qui marchait à côté de lui. Jimmy n'avait guère changé. Cinq minutes avec un rasoir pouvait

1. Clin d'œil à une citation de l'humoriste américain Steven Wright : *This is a small world, but I wouldn't want to paint it.*

littéralement effacer cinq ans. Frank tenta de s'imaginer lui-même sous les traits de Jimmy. Pour voir s'il existait la moindre vérité dans la théorie selon laquelle les femmes choisissaient des hommes ressemblant à leur propre père. Il imagina Jimmy sans la barbe, en s'attendant à voir son propre visage, comme s'il essuyait la buée sur le miroir d'une salle de bains.

Frank avait dû voir il y a quelque temps un documentaire à la télévision qui traitait grosso modo du sujet père/fille/époux. La seule partie dont il se souvenait bien avait trait à un panda qui refusait de s'accoupler avec ses congénères, mais était sexuellement attiré par le gardien de zoo qui l'avait élevé. Cette pensée le rendit de nouveau nauséeux et faiblard, et il ferma les yeux jusqu'à ce que son malaise passe.

On l'installa dans un box dont on avait ouvert le rideau et Jimmy resta avec lui, pendant que le personnel médical lui prenait la température, la tension et son rythme cardiaque. Les urgentistes se parlaient entre eux par abréviations qui, pour Frank, semblaient autant inventées par Hollywood que les personnes qui les utilisaient.

Entre deux tests, Jimmy et Frank bavardèrent comme deux vieux amis et lorsqu'un médecin arriva et s'adressa à Jimmy, en pensant qu'il était le fils de Frank, ce dernier ne protesta pas. S'il avait eu un deuxième enfant, il aurait était heureux que ce soit un fils comme Jimmy. Celui-ci suggéra qu'ils attendent Beth avant que le médecin ne formule un diagnostic. Elle ne devait pas tarder.

À son arrivée, un large éventail d'émotions la submergea. Désarroi, inquiétude, angoisse, stupéfaction, colère, désespoir, soulagement, résignation, gêne, maladresse et gratitude en raison de la présence de Jimmy, de même que la sensation familière d'avoir fréquenté ce même hôpital une bonne trentaine de fois ou davantage. Elle commença par une déclaration qu'elle avait dû méditer sur le trajet, à savoir qu'il existait une vérité universellement admise selon laquelle tous les hommes étaient des crétins et que son père en était le roi. Beth ne trouvait pas les mots pour remercier Jimmy, mais elle fit de son mieux. Frank chercha en chacun d'eux l'étincelle d'un éventuel retour de flamme. Jimmy proposa d'aller dans le couloir afin que Beth puisse parler en privé à Frank.

— Je vais chercher du café, annonça-t-il.

Beth s'assit au pied du lit de son père.

— J'espérais ne pas revenir aussi vite dans cet hôpital, dit-elle.

— Je suis désolé, dit-il. Je suis un emmerdeur de première.

— Absolument, papa, admit Beth.

Il vit qu'elle contemplait son treillis découpé.

— Il faisait chaud, expliqua-t-il. (Il glissa la main dans la poche et fit ressortir les doigts par le trou.) J'ai coupé ça par erreur. J'ai gardé le bas des jambes.

— J'ai vu. Mais je ne vais pas te recoudre les morceaux.

— Et si une nouvelle guerre survenait ?

— *Vraiment ?* Tu trouves encore le moyen de plaisanter ? fit-elle en secouant la tête d'un air exaspéré. Mais où tu allais, bon sang ?

— Nulle part. N'importe où. Je voulais faire la surprise à ma petite-fille au travail. Ça me paraissait bien plus proche en voiture, et puis tu me demandes toujours si je fais assez d'exercice.

— N'essaye pas de me faire porter le chapeau.

— Désolé. Je suis juste sorti me promener. Comme le capitaine Oates.

— Qui c'est encore, celui-là ?

— Tu te souviens. Tu l'as appris à l'école. C'était l'explorateur de l'Antarctique, célèbre pour être allé faire une balade ?

Beth réfléchit un instant.

— N'était-il pas aussi célèbre pour avoir laissé un message ?

— Je pense qu'en fait il a simplement dit à tout le monde qu'il sortait. Franchement, je ne prévoyais pas de m'absenter suffisamment longtemps pour laisser un mot. J'ai été interrompu par la police, alors j'ai marché un peu plus loin. Une fois au bout de la route, j'ai juste continué.

— Tu n'es pas Forrest Gump, papa. Et tu disais quoi ? La police ?

Frank avait envie de lui raconter comment, par coïncidence, en marchant dans Santa Monica Boulevard, il s'était justement imaginé dans la peau de Forrest Gump.

— Les deux flics étaient très gentils. Ils m'ont même proposé de me ramener en voiture à la maison.

— Et tu as refusé ! Bon sang, papa, la police.

— J'avais à peine fait une dizaine de mètres à ce moment-là, et puis ils ont reçu un appel plus urgent par radio.

Beth enfouit son visage dans ses mains. Elle ne pouvait supporter d'en écouter davantage.

— Et je suppose que tu n'as pas mis d'écran solaire ? reprit-elle en abaissant les mains.

Frank envisagea de mentir, mais Jimmy lui avait montré son front et son nez rougis dans le miroir.

— Quand j'ai vu la mer, c'était si tentant, dit-il. Tu as retrouvé mon portefeuille ? Et mon passeport ?

— Oui. Tu ne vas pas éviter aussi facilement de rentrer chez toi.

— Tu veux que je rentre chez moi ?

— À cet instant précis, oui… soupira Beth lourdement. Non, bien sûr que je n'ai pas envie que tu rentres.

Elle l'interrogea alors sur son itinéraire et il tenta de lui répondre au mieux, mais après avoir quitté Muscle Beach, il n'avait aucune idée de la direction qu'il avait prise.

— Je ne suis pas très doué pour l'orientation, tu sais.

— Je ne te le fais pas dire.

On entendit des éclats de voix et le bruit d'une urgence à proximité. Des gens vêtus d'uniformes de couleurs différentes passèrent en trombe devant le box. Frank était déjà allé dans des hôpitaux mais, en un sens, c'était plus exaltant ici. Il imaginait des blessures par balles, des règlements de compte entre gangs rivaux et des fusillades au volant. Lorsque le brouhaha se fut dissipé, Beth et Frank échangèrent un regard.

— J'ignorais que vous aviez des crétins en Amérique, reprit Frank.

— On n'en avait pas jusqu'à lundi dernier.

Jimmy revint avec du café et Laura arriva peu de temps après. Elle surgit de derrière le rideau du box comme la petite dans le photomaton du supermarché. Elle vit Beth et Jimmy prendre un café ensemble et sourire d'une manière insouciante qu'elle n'avait pas réussi à obtenir depuis son neuvième ou dixième anniversaire. Elle transmit le sourire à Frank et hocha la tête. Il songea qu'elle ne croyait tout de même pas qu'il avait disparu exprès pour la réussite du projet de sa petite-fille. Laura répondit à sa question quand elle s'avança pour l'embrasser sur le front et murmurer quelque chose du genre *Bravo de te sacrifier pour la bonne cause*, avant d'ouvrir le sac de bowling noir qu'elle tenait. Il y avait une tête de mort avec une casquette de motard façon Marlon Brando à l'avant du sac et, en regardant à l'intérieur, Frank s'attendit à y voir une boule de bowling.

— Bill ? s'étonna-t-il.

— Quoi ? fit Beth.

Laura montra le contenu du sac à Beth, puis à Jimmy, peut-être le plus surpris de tous, car il ne savait même pas que le chat était dans le pays.

— Je l'ai trouvé dans la rue, expliqua Laura. Je n'étais pas sûre que ce soit lui. J'imagine que c'est pas le seul collier de chat de L.A. avec une bannière étoilée. Mais regarde sa tête.

Elle rouvrit le sac et l'animal leva le museau. Il ne chercha pas à s'échapper.

En toute honnêteté, ça fait du bien de sortir sans être attaché à ce bout de ficelle. C'est quoi cet endroit ? Ça sent comme à l'hôpital.

Le médecin revint et demanda à parler à Beth. Laura se hâta de refermer le sac.

— S'il tente de s'enfuir, appelle la sécurité, dit Beth à Laura, avant de suivre le docteur dans le couloir. Et je ne parle pas de Bill.

Laura s'assit avec le sac sur les genoux. Elle l'ouvrit à nouveau.

— Ça a dû coûter une fortune de transporter un chat par avion depuis le Royaume-Uni, dit Jimmy.

Frank répliqua que Bill avait payé son propre billet. Il ajouta qu'il faisait partie de ces gros richards[1] dont on parlait toujours à la télévision. Il demanda alors à Jimmy s'ils existaient aussi en Amérique et Jimmy répondit que les Américains avaient peut-être même inventé l'expression.

Frank regarda Laura. Elle avait ouvert le sac au maximum et caressait Bill comme Donald Pleasance dans *On ne vit que deux fois*. Loin d'être aussi démoniaque, la façon

1. Jeux de mots avec *fat cats* (gros chats) qui signifie aussi gros richards, gros bonnets.

dont Laura avait dirigé sa mère pour qu'elle voie, entende et mange même certaines choses précises depuis quelques semaines, dans l'espoir de lui rappeler le mari dont elle était séparée, s'apparentait certes à une forme de génie. Et à présent que la famille était au moins momentanément réunie, tout portait à croire que son plan avait peut-être marché.

Frank ne savait plus où le Projet Retrouvailles commençait et où il s'achevait. Il ne pouvait distinguer le planifié du fortuit, l'imprévu du programmé. Parmi les événements survenus aujourd'hui, lesquels relevaient d'un heureux hasard (comme dans le film *Un amour à New York*, que Laura avait sélectionné et qui racontait l'histoire d'un couple séparé qui venait de se rabibocher) et lesquels avaient été mis en œuvre par Laura ? Existait-il un autre itinéraire secret, uniquement connu de Laura ? Frank commença à se demander si l'idée de venir en vacances était vraiment la sienne.

Il lui semblait tout aussi probable que Laura ait loué les services du propriétaire ou d'un acteur jouant son rôle pour surgir à la porte avec un chèque, dans l'unique but d'attirer Frank en Amérique avec ses albums de photo, ses souvenirs, et de faire en sorte qu'il finisse par se perdre. Laura avait donné sa carte de visite à Frank en lui disant qu'il pourrait se faire couper les cheveux, et elle avait montré du doigt l'endroit où elle travaillait. Tout cela en vue de lui donner envie de venir au salon ? Peut-être que Venice Slice ne se trouvait même pas dans le coin désigné par Laura, et elle avait juste agi ainsi pour être sûre qu'il se perde à tous les coups. Il était certain de se rappeler qu'elle avait formé les mots *walk* (promenade) lors de la partie de Scrabble de la veille : onze points, entre *wife* (épouse) et *luckiest* (veinard). Et puis il y avait la page d'aujourd'hui de l'itinéraire : *Maman j'ai encore raté l'avion*. Bon, l'action ne se passait pas à New York, mais sinon qui était cette sorcière juvénile toujours vêtue de noir ? Même les chocolats que Frank avait apportés d'Angleterre pour Beth étaient des Matchmarkers[1], avec toutes les marques existant dans le monde ! Laura avait-elle plus ou moins orchestré le coup de fil du jour de Noël, de sorte à pousser Frank à apporter ces confiseries suggestives avec lui ? Et la totalité du plan de Lara… la musique, la cuisine, les films, le Scrabble et les chocolats devaient-ils tous conduire à l'apothéose finale : faire en sorte que Jimmy sauve la vie du père de Beth ?

Bien sûr que non.

Mais Frank l'observa caresser Bill dans le sac de bowling et se dit qu'il n'avait sans doute jamais été aussi fier d'une manipulatrice aussi diabolique de toute sa vie.

Beth revint et déclara que Frank s'était déshydraté et avait fait un malaise, qu'il avait par ailleurs une petite bosse sur la tête et les jambes en *jello*[2] (expression utilisée par Frank, qui décidément s'intégrait à merveille), mais sinon il allait bien et pourrait bientôt rentrer à la maison. Frank demanda si elle parlait de chez elle ou de *chez lui*, et lorsqu'il voulut savoir s'il serait capable de visiter les studios Universal ou pas, elle donna l'impression de compter jusqu'à dix avant de répondre :

— Tu ne vas aller nulle part, mon pote. Considère que t'es privé de sortie.

Ce qui était plus que jamais son désir le plus cher. Il n'avait pas envie de décoller du sol, en fait.

Une demi-heure plus tard, ils quittèrent l'hôpital avec Frank en chaise roulante. Sur le parking, Jimmy dit au

1. *Matchmaker* : entremetteur, marieur en anglais.

2. Dessert américain à base de gélatine dont la marque Jell-O est passée dans la langue courante.

revoir ; il serra la main de Frank et, lorsqu'il tourna les talons pour rejoindre sa voiture, Beth l'arrêta en disant :

— Tu as sans doute faim…

Laura dut alors avoir envie de lancer le sac de bowling avec Bill à l'intérieur dans le doux air du soir californien.

25

Ils mirent davantage de temps pour quitter le parking que pour regagner Euclid Street. Si Frank avait su que l'hôpital était si près de la maison, il se serait évanoui plus tôt lors de sa promenade. Il aurait pu être transporté aux urgences en ambulance, subir quelques tests de routine, puis être libéré à temps pour rentrer à pied, sans que Beth sache même qu'il en était sorti.

Ils arrivèrent à la maison à 22 heures passées. Frank s'appuya sur Jimmy entre la voiture et la porte d'entrée et, une fois à l'intérieur, Beth emmena Frank direct au lit, comme un enfant après un long voyage. Il ferma les yeux et s'endormit, en s'éveillant par intermittence pour capter quelques bribes de paroles et de rires étouffés en provenance du salon. Il mourrait d'envie de sortir du lit, juste au cas où il raterait quelque chose, mais n'en avait tout bonnement pas la force.

Lorsque Frank éloigna de son visage le réveil, qui s'était bizarrement glissé dans le lit et sous l'oreiller, il constata qu'il était 11 heures du matin et qu'il avait dormi pendant plus de douze heures. Il s'était réveillé avec un plan d'action en tête tellement clair qu'il avait dû le rêver. Il allait tout révéler à Beth à propos du propriétaire et du chèque, en lui expliquant comment il s'en était servi pour payer son billet d'avion et celui de Bill, et qu'en conséquence il ne lui restait plus que deux ou trois semaines pour libérer son appartement.

C'était si simple qu'il se sentait idiot de ne pas avoir dit la vérité dès le début. Il réfléchit certes à la manière dont il pourrait présenter la situation de sorte à lui donner un aspect légèrement plus positif. L'appartement se révélait trop grand. Il n'avait pas besoin de toutes ces pièces. Le jardin ne l'intéressait pas. Il commençait à peiner dans l'escalier. Avec un peu de ouate dans la bouche, il pourrait adapter son imitation de Marlon Brando qu'il ne faisait plus et la remettre au goût du jour en imitant le propriétaire et en répétant à Beth tout ce que celui-ci lui avait dit.

Il pourrait transformer le tout en une histoire drôle. Allongé dans le lit, Frank répétait son texte, tout comme Troy du planétarium et Robert du minibus d'Hollywood avait dû le faire, pensait-il, avant d'affronter leur public. Même le serveur de la Cheesecake Factory avait dû s'entraîner chez lui à lire les parfums et les plats du jour devant son miroir, avant de prendre son service. Si Frank devait annoncer la mauvaise nouvelle à Beth, autant qu'il en fasse un spectacle divertissant. Si seulement il avait préparé quelques clips vidéo et de la musique…

Il sortit du lit – il n'avait jamais eu autant l'impression de faire de l'escalade depuis son accident avec la camionnette du laitier – et entama sa descente du matelas jusqu'au sol. Sitôt qu'il posa le poids de son corps par terre, la douleur monta depuis ses chevilles jusqu'à sas tibias, ses mollets, ses genoux, ses cuisses et ses hanches comme si elle s'était accumulée dans le tapis pendant la nuit, gagnant en intensité au fil de ses heures de sommeil. L'ampoule sur son talon avait grossi. Son pied droit avait grandi d'une pointure. Il avait aussi d'autres ampoules à l'extrémité de ses deux pieds et, lorsqu'il toucha son nez, il comprit que celui-ci avait pris un coup de soleil. Par ailleurs, la joue sur laquelle il avait dormi pendant la dernière demi-heure portait la marque de son réveil.

Frank s'habilla. Il passa un tee-shirt par-dessus sa tête et remarqua que ses bras aussi le faisaient souffrir. Il ignorait pourquoi. Ils semblaient simplement se joindre au concert des douleurs. Il enfila lentement son pantalon, comme s'il pansait une blessure. Il prit ensuite son portefeuille sur la coiffeuse et sortit le chèque du propriétaire qu'il glissa dans la poche de son pantalon. Après un rapide coup d'œil dans le miroir, qu'il regretta aussitôt, Frank ouvrit la porte de la chambre avec la même incertitude qu'à son premier matin à Euclid Street. Il ignorait qui ou quoi se trouverait de l'autre côté. Colère et récrimination, ou bien rires et sourires du genre tout-est-bien-qui-finit-bien. Une salve d'applaudissements, peut-être.

Il n'avait pas entendu qui que ce soit s'en aller. Jimmy pouvait toujours être là. Tous les trois attendaient peut-être assis sur le canapé que Frank apparaisse. Pour une discussion sérieuse. Mais le salon était vide. Il se rendit dans la salle de bains. Lorsqu'il en sortit, Beth l'attendait. Elle n'avait pas l'air en colère.

— Comment tu te sens ? demanda-t-elle.

Frank regarda autour de lui.

— Où est l'escalier duquel je suis tombé ?

De toute évidence, il chancelait.

— Tu ferais mieux de t'asseoir.

Beth le prit par le bras et lui fit traverser le salon jusqu'au canapé, quelques mètres plus loin. Il grimaça à chaque pas.

— Je vais bien, dit-il.

— Bien sûr. Tu as l'air en pleine forme. Top Model USA !

Elle l'aida à s'asseoir. Il gémit malgré lui en s'installant. Il était déjà hors d'haleine d'avoir simplement marché depuis la salle de bains.

— Tu as faim ? demanda Beth.

— Je ne sais pas trop. Pas encore. J'ai soif. Tu peux me faire du thé « mélange anglais » ?

Beth gagna la cuisine. Elle apporta une petite table d'appoint et y posa la tasse dans une soucoupe. Frank essaya d'oublier son propre état et jaugea celui de sa fille. Comme elle était bien réveillée, il nota ses rythmes de sommeil 8 sur 10. Il attribua également un 8 à son appétit (elle mangeait une banane) et un autre 8 pour son énergie. Ses perspectives semblaient bonnes et son humeur pratiquement celle de Sandra Bullock : preuve de la présence récente de Jimmy à la maison – de même que le tableau redressé au-dessus du bureau du salon.

— On est un peu en retard pour les puits de goudron, dit Beth.

Elle s'empara de l'itinéraire et s'assit sur le canapé à côté de Frank, puis lut à haute le programme du jour :

— […] *Volcano* : Beth et Frank se rendent aux puits de goudron de La Brea. Un asphalte naturel qui jaillit du sol depuis des milliers d'années et a préservé les ossements des animaux pris au piège dans le goudron. Les films tournés sur ce site englobent (et sont sans doute les seuls) : *Volcano* et *Last Action Hero* (encore que celui-ci fut en réalité tourné ailleurs dans un décor, donc uniquement *Volcano*). Info du jour : L'appellation « Puits de goudron de La Brea » est redondante puisque *la brea* signifie *le goudron* en espagnol. […]

Beth déclara qu'elle n'avait pas vraiment envie d'y aller. Elle s'y était rendue auparavant avec Jimmy – ce qui expliquait pourquoi Laura avait inscrit le site dans l'itinéraire –, mais n'avait pas tellement apprécié, et puis cela représentait un long trajet.

— Et Laura a la voiture, précisa-t-elle. À moins que tu ne veuilles marcher ?

Elle regarda Frank, en s'attendant peut-être à ce qu'il lui réponde oui, mais il dit qu'il n'avait plus envie de remarcher nulle part.

— Et je ne pense pas vraiment que nous devrions sortir demain non plus, ajouta Beth. Un parc à thème n'est sans doute pas ce que le médecin t'a recommandé en ce moment.

Frank se faisait une joie de visiter les studios Universal, mais pour l'heure, en tout cas, ses douleurs et courbatures le forçaient à accepter.

— Tu devrais y aller quand même, dit-il d'un ton un peu trop consciemment altruiste et héroïque. Tu ne devrais pas perdre tous les billets à cause de moi. Je sais qu'ils ont coûté une fortune.

— On verra bien.

Frank prit une grande gorgée de thé. Il reposa la tasse sur la soucoupe avec le plus d'assurance qu'il puisse rassembler, histoire de montrer qu'il ne plaisantait pas.

— Elizabeth, reprit-il.

— Oui ?

— Tu te rappelles avoir dit que tu étais un nombre malheureux dans une rue malchanceuse.

— Oh, ne t'inquiète pas pour ça, papa, dit Beth en agitant la main pour bien montrer qu'elle avait bien évolué depuis. J'étais fatiguée et émotive.

— Je sais. C'est juste que je pense être plutôt un nombre malheureux dans une rue heureuse.

— Comment ça ?

— J'ai passé des moments merveilleux ici. Vraiment. Le temps était magnifique, comme tous les endroits que j'ai visités. Je n'aurais pu souhaiter de plus belles vacances.

Même la promenade d'hier était agréable pendant un temps jusqu'à ce que je ne sache plus où j'étais… et que j'aie un malaise et que je brise la bouteille de whisky de cet homme et tout le reste, bien sûr.

À voir l'expression perplexe de Beth, Frank se rappela qu'il ne lui avait pas parlé du sans-abri et de la bouteille fracassée, mais il continua sur sa lancée.

— Hormis pour Laura et toi, dit-il, et maman, bien sûr, je ne me suis jamais considéré comme un homme particulièrement veinard… Je ne suis pas un gagnant, Elizabeth. (Il prit une nouvelle gorgée de thé.) Je n'ai pas été tiré au sort pour les Premium Bonds.

— Quoi ? s'exclama Beth. Quoi ?

Frank glissa la main dans sa poche et en sortit le chèque. Il le déplia et le tendit à sa fille, puis se mit à tout lui raconter, en s'interrompant uniquement pour qu'elle puisse lui demander de répéter ce qu'il venait de dire et vérifier qu'il ne blaguait pas… Il devait sûrement plaisanter, il plaisantait tout le temps, ce n'était pas drôle, mais il ne pouvait pas s'être transformé en SDF uniquement pour partir en vacances… et où espérait-il vivre ? Il répondit qu'il n'avait pas vraiment réfléchi à la question sur le moment. Il reconnut qu'il avait certes été idiot et savait à présent qu'il avait pris une décision incroyablement imprudente et qu'il aurait dû lui demander son avis ou au moins son opinion ; au pire, elle aurait pu négocier avec le propriétaire et obtenir dix mille livres. Et surtout, Beth ne pouvait accepter qu'après s'être largement vanté de toujours traiter de manière experte et amusante les laveurs de carreaux, couvreurs, vendeurs et vendeuses d'assurance et de prêts hypothécaires, et tous les autres arnaqueurs et démarcheurs escrocs, le légendaire chasseur de fripouilles, la terreur des filous, le grand et puissant Frank Derrick ait pu simplement céder son logement sur le pas de sa porte !

— Il t'a donné le chèque et tu lui as rendu ton logement ? C'est aussi simple que ça.

Frank hocha la tête.

Beth dut se lever et tourner en rond pendant un petit moment, afin de se faire à l'idée et évaluer les dégâts causés par la dernière bombe en date de son père. Elle ne semblait plus pouvoir s'arrêter de secouer la tête ; chaque fois qu'elle songeait à une autre conséquence, elle secouait la tête. Bill traversa le salon, sa pause-café de 11 heures perturbée par les allées et venues de Beth. Elle regarda le chat et secoua encore la tête. Il serait lui aussi sans-abri ou tout aussi coupable.

— Qu'est-ce que je suis censée faire à présent ? demanda-t-elle.

— Tu n'as pas à faire quoi que ce soit.

— *Vraiment ?* Bon sang, papa. Pourquoi tu ne m'as pas demandé pour l'argent ?

— Ça ne me plaisait pas. Il y a un salaire de moins qui rentre en ce moment…

Beth l'interrompit :

— N'essaye pas de m'utiliser comme excuse et tu n'en savais rien, jusqu'à ce que je t'en parle.

— Tu étais malade. Et je suis vieux et j'avais peur de risquer de ne pas te revoir, dit Frank avec une boule dans la gorge qu'il ne pouvait dissimuler.

— Il est quelle heure ? dit Beth.

Frank regarda alentour en quête d'une pendule, mais Beth se posait la question toute seule.

— Quel est le numéro de téléphone de ton propriétaire ?

— Je ne sais pas. Il est dans mon carnet d'adresses.

— Ici ou chez toi ?

— Dans mon petit sac de voyage. Tu veux que j'aille le chercher ?

— Reste ici, dit Beth en tendant la main, paume vers lui, au cas où il ne comprendrait pas.

Elle alla dans la chambre de Laura. Frank regrettait d'être passé aux aveux. S'il n'avait rien dit, elle n'aurait jamais rien découvert et il aurait pu regagner l'Angleterre avec son secret, s'installer dans un nouveau logement et, tant qu'il garderait le même numéro de téléphone et reviendrait deux fois par an relever son courrier à son ancienne adresse pour son anniversaire et à Noël, Beth n'y aurait vu que du feu. Elle sortit de la chambre de Laura en tenant le carnet d'adresses. Une détermination farouche s'était emparée d'elle. C'en devenait presque effrayant et Frank avait peur de lui parler.

Elle décrocha le téléphone.

— Il s'appelle comment ? demanda-t-elle en ouvrant le carnet.

Impossible pour Frank de se rappeler le nom du propriétaire. Il n'était même pas certain de l'avoir jamais su.

— J'ai noté son numéro à côté de : *Le Parrain*.

Beth était trop concentrée sur ce qu'elle allait faire pour lui demander des explications sur cette appellation. Elle tourna les pages, puis composa le numéro.

C'était le soir en Angleterre. Le propriétaire de Frank était en train de dîner lorsqu'il répondit au téléphone. Au ton grave de Beth, nul doute que son pudding allait lui rester en travers de la gorge. Elle lui demanda s'il réfléchissait à ce qu'il faisait ; se rendait-il compte que son père était octogénaire ? Qu'éprouvait-il à l'idée de mettre un vieil homme à la rue ? Avait-il lui-même un père ou un grand-père ? Que ressentirait-il s'il se retrouvait SDF ? Elle ajouta qu'elle n'était même pas certaine que ce qu'il avait fait soit vraiment légal. Avait-il recommandé à son père de prendre conseil auprès d'un juriste ? Y avait-il des témoins lors de sa signature ? Pourquoi lui avait-il remis un chèque alors qu'il n'avait aucune intention de l'approvisionner ? Essayait-il d'embobiner un vieillard. Oui, embobiner. Un homme âgé vivant seul et vulnérable ? L'assurance posée de Beth rappela à Frank celle de Sheila lorsqu'elle résolvait problèmes et conflits – souvent financiers, en général créés par Frank. La voix de Beth était à l'évidence plus transatlantique que Sheila et elle semblait exagérer l'accent, parce qu'aux oreilles de Frank cela la faisait passer pour quelqu'un qui ne plaisantait pas du tout, et l'effet devait être similaire pour le propriétaire du Sussex ouest, à l'autre bout de la ligne. Elle s'exprimait comme s'il y avait une armada d'avocats teigneux à un milliard de dollars dans la pièce, plutôt qu'un seul et unique abruti à cinq mille livres. Même lorsqu'elle ne parlait pas, c'était Beth qui gardait le contrôle de la conversation. Elle conclut l'appel par :

— Je compte sur vous dès aujourd'hui.

Beth ne dit pas au revoir. Elle reposa le combiné sur le secrétaire, près du carnet d'adresses.

— C'est fait, annonça-t-elle. L'argent qu'il te reste après tes frais de taxi et tout ce qu'il te faut pour rentrer chez toi, tu vas le lui rendre. Je vais faire un virement pour le solde. Tu me rembourseras plus tard. Il va déchirer l'accord que je ne sais quelle raison farfelue t'a poussé à signer.

— Et c'est tout ? répliqua Frank en rassemblant le peu de volonté qu'il lui restait pour ne pas imiter le bougonnement et les gestes de Tommy Cooper[1].

— Il reste combien d'argent ?

— Environ la moitié, je pense.

— Je vais virer la totalité depuis mon compte et tu peux me rembourser. Bientôt. Avant de le dépenser pour un

1. Tommy Cooper (1921-1984) : célèbre magicien comique britannique, imité par l'artiste français Mac Ronay (1913-2004).

voyage à Paris ou un week-end en amoureux à Las Vegas avec Bill.

— Je vais me trouver un travail, dit Frank.

— Oui, papa… dit Beth en s'affalant lourdement sur le canapé.

Elle resta muette une minute entière, puis :

— Je lui ai dit que tu serais bientôt mort et qu'il pourra récupérer l'appartement pour rien.

Elle secoua une dernière fois la tête, avant d'ajouter :

— Pauvre idiot…

Et Frank ne pouvait qu'approuver.

Ils restèrent assis sur le canapé. Frank s'excusa encore et Beth dit qu'il ferait mieux de la boucler à présent et, même si elle était en colère contre lui, elle l'était encore davantage contre le propriétaire, et Frank devait en profiter avant qu'elle ne change d'avis.

Le calme revint enfin dans la pièce et, compte tenu du fait qu'il n'était jusqu'alors vraiment pas pressé de rentrer dans son appartement, Frank s'étonna d'être soulagé à présent de savoir qu'il pourrait le réintégrer. Lorsqu'il rentrerait effectivement chez lui, même si c'était couvert de neige et que son logement était déjà un supermarché, Fullwind-on-Sea semblerait affreusement morne.

Sur le moment, Beth avait peut-être plus envie de commettre un meurtre que de s'occuper de Frank, mais elle passa le reste de la journée à ses petits soins. Elle lui passa de l'après-solaire sur le nez et le front et ne cessa de lui arranger les coussins du canapé lorsqu'ils le gênaient et devenaient inconfortables. Elle lui prépara le petit-déjeuner, le déjeuner, des tasses de thé et retourna l'armoire à pharmacie de la salle de bains, les placards et les tiroirs de la cuisine, jusqu'à ce qu'elle déniche des antalgiques qu'il puisse avaler : « ceux qui n'ont pas une couleur brillante me restent coincés dans la gorge ». Elle lui noua les cheveux en queue-de-cheval, nettoya ses lunettes parce qu'il voyait toujours le fil d'une toile d'araignée. Elle lui fit écarquiller les yeux afin d'essayer de voir s'il y avait un cheveu ou un grain de poussière. Elle lui demanda de refermer les yeux et lui souffla fort sur les paupières. Une fois la toile d'araignée spectrale disparue, Beth mit une chaîne de télé diffusant de vieux films en noir et blanc.

Debout près du canapé, elle contempla Frank et songea à l'époque où il la taquinait en disant qu'un jour il deviendrait si vieux et si infirme qu'elle devrait s'occuper de lui. Le pousser dans un fauteuil roulant, le laver, le nourrir et lui changer ses sous-vêtements.

— J'ai pensé qu'en mettant neuf mille kilomètres de terre, d'océan et de contrôle frontalier entre nous, j'arriverais à échapper à ça, dit-elle.

Frank la regarda en souriant. À l'instar des dinosaures de *Jurassic Park*, Frank Derrick avait trouvé un moyen.

Entre les films de Laurel et Hardy et *Le Trésor de la Sierra Madre*, ils discutèrent des périodes où Beth était malade, n'allait pas à l'école, et passait la journée sur le canapé comme Frank. Sheila envoyait Frank en ville acheter un livre de coloriage, des crayons de couleurs et une bouteille de Lucozade enveloppée dans du cellophane doré, puis il devait ressortir quand elle commençait à aller mieux, pour lui acheter les esquimaux à la banane et les mandarines dont elle avait tant envie, à mesure qu'elle recouvrait l'appétit.

— Ici, on n'a que du Gatorade, dit Beth.

— Je ne pense pas connaître, dit Frank. C'est du jus d'alligators ?

— Exact.

Frank aurait aimé être là pour acheter des livres de coloriage et déballer des boissons sucrées, quand Beth se remettait de son cancer. Il ne doutait pas un instant que Laura ait formidablement bien rempli ce rôle, mais se sentait malgré tout coupable d'avoir été si loin.

— Tu vas en parler à Jimmy maintenant ? demanda-t-il. De l'Enflure ?

Beth s'étonna de l'entendre utiliser le surnom inventé par Laura.

— Une étape après l'autre, dit-elle.

Il y avait donc des *étapes* ! Frank avait hâte de le répéter à Laura.

— En attendant, il pourrait toujours utiliser mon billet pour les studios Universal, suggéra Frank.

— Peut-être, répondit Beth l'air de rien – si vite qu'elle avait forcément dû déjà y songer.

Décidément, Frank avait des tas de choses à dire à Laura.

26

Psychose : *studios Universal, Hollywood. Les films tournés là-bas englobent quasi tous ceux auxquels tu peux penser. Infos du jour : Quand Jim Carey se trouvait là-bas sur le tournage de* Man on the Moon, *dans lequel il incarnait l'humoriste Andy Kaufman, il se déguisait en mère de Norman Bates et surgissait de derrière la maison de Psychose avec un couteau en caoutchouc et bondissait sur un tram effectuant la visite, pour effrayer les passagers.*

Depuis qu'il avait vu les photos de Beth à l'époque où elle s'était installée en Amérique, Frank avait souhaité se rendre aux studios Universal. C'était le seul jour de ses vacances qu'il avait lui-même programmé. L'itinéraire de Laura n'était qu'un pense-bête. Frank avait pris deux brochures différentes à l'agence de voyages et regardé des vidéos sur Internet montrant des étrangers qui prenaient du bon temps sur les attractions, notamment pendant la visite des studios en tram, au point qu'il s'était imaginé à leur place avec sa famille. Frank avait l'impression de trouver son chemin dans les rues factices des studios Universal, à l'évidence nettement mieux que dans celles de Los Angeles. Il y avait treize pâtés d'immeubles et quatre hectares de fausses rues portant des noms tels qu'Alfred Hitchcock

Lane, Bing Crosby Drive et James Stewart Avenue, qu'il avait tellement hâte d'arpenter, et tout un siècle de décors sur le vaste terrain des studios qu'il voulait voir dans la réalité, en essayant de deviner les films et les séries TV auxquels ils appartenaient : Cabot Cove, où vivait Jessica Fletcher, La place du tribunal de *Retour vers le futur* et les faux pavés la Petite Europe et de la Cour des Miracles, où *Dracula* et *Frankenstein* avaient été tournés dans les années 1930. Quand le circuit ralentissait ou s'arrêtait pour l'écroulement d'un pont ou un tremblement de terre dans une station de métro, ou pour *King Kong* ou *Les Dents de la mer,* Frank aurait crié en exagérant sa peur ou sa surprise, et quand le dinosaure crachait de l'eau sur le tram ou que survenait une soudaine crue mexicaine, Beth et Laura auraient éclaté de rire après s'être assurées que Frank est assis sur le siège extérieur du tram, où il était certain de se faire éclabousser.

En lisant les panneaux d'avertissement à l'entrée des manèges : *L'accès est interdit aux personnes concernées par les conditions physiques décrites comme suit : Troubles cardiaques ou tension anormale ; problèmes de dos, de cou ou états de santé similaires ; femmes enceintes ; mal des transports ou vertige ; sensibilité aux effets de brouillard ; claustrophobie ; opération chirurgicale récente ou toute autre condition physique pouvant être aggravée par cette attraction*, Frank aurait prétendu qu'aucune de ses interdictions ne s'appliquait à son cas. Il aurait gardé la tête haute et le dos aussi droit que possible et, sur le manège, aurait essayé de ne pas agripper trop fort la barre transversale sur ses genoux, à mesure que les promesses de basculement à grande vitesse, chute vertigineuse, arrêt, montée, accélération, rotation, renversement et secousse seraient remplies. Il aurait espéré que personne ne remarque qu'il avait fermé les yeux par moments ou serré les lèvres, par crainte que son dentier ne s'envole, en gâchant ainsi le plaisir de tous quand un membre du personnel aurait dû rallumer pour chercher les fausses dents de Frank et que tous les spectateurs auraient vu qu'ils étaient simplement bringuebalés dans un fauteuil, devant un écran de cinéma. Frank avait vraiment attendu avec hâte la visite des studios Universal. Mais en regardant Beth, Jimmy et Laura partir sans lui depuis les marches du perron, il était heureux de se sacrifier une fois de plus.

En arrivant ce matin-là, Jimmy avait serré la main de Frank en l'appelant « monsieur » et en lui demandant comment il se sentait. Pendant qu'il attendait que Beth et Laura finissent de se préparer, Jimmy s'était assis à côté de Frank sur le canapé, comme sur le cliché, tous deux évoquant les fantômes d'un Noël révolu. Hormis les poils grisonnants dans la barbe de Jimmy et l'absence de chapeaux en papier, aucun des deux hommes n'avaient beaucoup changé depuis que la photo – découverte comme par miracle dans l'album de Frank – avait été prise. Jimmy plaisanta, en lui demandant s'il avait d'autres balades en ville de prévues. Frank lui répondit que Beth lui avait caché toutes ses chaussures.

Lorsque Beth et Laura apparurent au salon, elles semblaient toutes deux impatientes de s'en aller, comme si elles avaient attendu Jimmy et non l'inverse. Avant de sortir, Beth s'attarda un instant sur le perron et étreignit Frank.

— Tu es sûr que ça ira ? demanda-t-elle. Je culpabilise de te laisser. Je ne suis pas obligée d'y aller, tu veux que je reste ?

— Passe un bon moment, répliqua Frank. Et oublie-moi. Je serai toujours là à ton retour.

— Est-ce que je devrais te demander de le mettre par écrit ?

— Une fois que vous serez partis, je n'ouvrirai même pas la porte, promit Frank. Même s'il y a le feu.

En voyant le regard inquiet de sa fille, il se dit qu'elle allait effectivement rester, s'il n'ajoutait pas :

— Il n'y aura *pas* le feu.

Debout sur la pelouse dans ses chaussettes de vol, il fit au revoir de la main jusqu'à ce que la voiture soit trop loin pour savoir si quiconque à l'intérieur lui faisait signe aussi, mais il continua d'agiter la main, au cas où. Lorsqu'ils eurent disparu, Frank resta dehors un petit moment et écouta l'Amérique se lever. Les bruits qui désormais lui étaient familiers. La rumeur incessante de la circulation sur une autoroute à distance, à moins que ce soit celle des climatiseurs dans la rue. Il ne saurait peut-être jamais. Il y avait aussi le chant des oiseaux qu'il n'avait pas encore vus. Qui sait ? Peut-être qu'il n'y avait aucun volatile et que le sifflement mélodieux provenait de haut-parleurs dissimulés dans les jardins bien tenus et les arbres bordant la rue. Il existait aussi d'autres bruits de circulation propres au quartier. Les postiers et les livreurs de lait, Pierre le Facteur[1] et Benny Hill dans des tenues plus cool, la sirène des pompiers filant vers un site en flammes comme dans la *Tour infernale* ou *Backdraft*. Peut-être que rien de tout cela n'était réel. Sauf pour Frank, le seul et unique spectateur, mais aussi la star du film, tout comme Jim Carey, dans un des premiers longs métrages qu'il avait visionné dans le cadre du Projet Retrouvailles.

Frank sentit Bill à ses pieds, frottant son museau contre la jambe de son maître. Les vacances de Bill s'achevaient aussi et il ne fit aucun effort pour s'échapper par la porte d'entrée restée ouverte. En se frottant, Bill leva la tête dans l'espoir que Frank ait oublié ou qu'il n'ait pas vu que

1. *Postman Pat* (série d'animation britannique pour enfants) devenue *Pierre le facteur* en France.

Beth l'avait déjà nourri ce matin. Frank baissa les yeux sur le chat. Bill ne pourrait jamais jouer dans un film, il ne possédait pas toute la gamme des expressions du visage.

Notre travail ici est terminé, Frank. On rentre dans la maison et on fait les bagages ?

Frank ferma la porte d'entrée, puis gagna la chambre de Laura et hissa sa valise sur le lit. Il l'ouvrit et retira tout ce qu'il n'avait pas encore déballé, puis se mit à tout ranger pour le retour. Il plia ses pantalons et ses chemises, puis les déposa dans la valise. Il ajouta les tongs aux semelles façon réglisse multicolore, puis récupéra les quatre réveils sur la coiffeuse – New York, Londres, Paris et Berlin – ; il retira les piles et les posa dans une serviette, au fond de la valise, puis replia la serviette par-dessus.

Il n'avait pas envie de les glisser dans son bagage à main et d'être obligé d'expliquer à nouveau pourquoi il voyageait avec autant de réveils. Il sortit les chaussettes du tiroir, le cardigan et la chemise bariolée de l'armoire, puis mit le tout dans la valise. En retirant la chemise, il eut l'impression de couper la lumière.

Il étala son treillis camouflage sur le lit et posa les jambes découpées à leur place, sous les genoux. Comme Frank avait coupé le tissu en plusieurs fois, il manquait quelques centimètres. Il jeta les jambes du treillis dans la corbeille à papier, replia le short, le glissa dans le tiroir de la coiffeuse et referma celui-ci. S'il laissait quelque chose, ça voulait dire qu'il reviendrait. Il parcourut les deux albums de photos sur le lit et, avant de les ranger dans la valise, retira le cliché de Jimmy et lui assoupis sur le canapé à Noël. Il ressortit le short du tiroir, glissa la photo dans la poche arrière, puis remit le short dans le tiroir.

Frank rangea toutes les affaires de toilette dont il n'aurait pas besoin et laissa son pyjama sur le fauteuil avec ses vêtements pour le lendemain. Il porterait le sweat-shirt avec les planètes qu'il avait acheté à l'observatoire Griffith, parce qu'il voulait avoir l'allure d'un touriste en arrivant à Heathrow, un visiteur en transit qui ne faisait que passer. Il glissa dans la pochette intérieure de la valise la carte de visite de Laura qui sentait une prairie au printemps, ainsi que le bout de papier craché par la machine Zoltar lui annonçant que son vœu avait été exaucé. Il espérait que c'était le cas. Il referma la valise et regarda l'étiquette avec l'adresse. La valise avait finalement pris des vacances et elle s'en réjouirait. Bientôt elle retrouverait la plus petite que Frank avait cruellement abandonnée toute seule, alors qu'il emmenait le reste de la famille en villégiature.

Il alla au salon et regarda la télé. Il était toujours fatigué, mais se sentait beaucoup mieux que la veille. Il avait sans doute suffisamment récupéré pour visiter les studios Universal, mais il avait été ravi d'exagérer sa claudication et de feindre un peu ses courbatures et ses douleurs pour le bien commun et l'avenir de sa famille. Par amour même.

Dans l'après-midi, Laura téléphona. Elle devait crier tellement les gens étaient surexcités autour d'elle.

— On se régale ! dit-elle. Papa et maman sont sur la *Vengeance de la momie*.

— Cette attraction ne te plaisait pas ? Trop fade ?

— Tu rigoles. C'est terrifiant. Je les ai laissés y aller seuls.

Frank dit qu'il s'étonnait que Laura puisse être effrayée par quelque chose et elle s'en défendit en affirmant que la *Momie* était une de ses attractions préférées. Frank n'était pas le seul à se sacrifier pour la bonne cause.

— J'aurais aimé vous accompagner. Mais au moins le billet n'est pas perdu.

— Il y en aura quand même un de perdu dans le lot.

Depuis le début, Laura était sûre que Jimmy irait aux studios Universal, si bien qu'elle avait acheté quatre billets.

Frank aurait pu les accompagner, au final. Son calvaire n'avait servi à rien. Laura fit allusion à Scooby Doo qui marchait vers elle, puis dit à Frank qu'elle l'aimait et la communication fut coupée. Après avoir raccroché, Frank réalisa que Laura venait d'appeler Jimmy « papa ». Frank n'était peut-être plus le Papa numéro 1 dans Euclid Street, mais ça ne le dérangeait pas de renoncer au trône et, jusqu'à ce que Laura trouve un garçon ou un homme qui ne soit pas abruti, il n'avait pas à craindre pour son titre de Papy Numéro 1.

En début de soirée, le moteur du coupé sport noir de Jimmy arracha Frank à son petit somme sur le canapé. Le bruit fut suivi par le *ding-ding-ding* tenace informant le chauffeur qu'une portière était restée ouverte ou qu'une ceinture de sécurité n'était pas bouclée, puis Frank entendit l'onéreux claquement sourd et sud-coréen des portières qui se referment et le bref *bip-bip* du verrouillage centralisé. Il se redressa sur le divan pour accueillir tout le monde, et lorsque Beth arriva, elle ne put cacher son soulagement de le retrouver fidèle au poste. Laura et Jimmy suivaient. Laura trimballait un grand Spider-Man sous le bras.

— J'ai gagné un truc pour toi, annonça-t-elle.

Elle tendit le super-héros en peluche à Frank. Il mesurait un mètre vingt et était tellement rembourré que ses jambes bleues menaçaient de craquer aux coutures. Laura posa le super-héros obèse sur le canapé, à côté de Frank. Comme elle ne pouvait pas les lui plier, Spider-Man dut se tenir les jambes arquées, dans une posture peu commode, avec ses gros bras tendus de chaque côté, comme s'il était prêt à dégainer une paire de pistolets.

Jimmy aida Beth à préparer le repas et, après dîner, chacun montra à Frank les photos de la journée sur son portable, mais elles étaient trop petites pour qu'il les apprécie vraiment. Beth promit d'en faire imprimer certaines et de les lui poster pour qu'il puisse remplir les pages vides de son album de photos incomplet sur les anniversaires de Laura. Cette dernière ne demanda pas à voir les albums et Frank fut soulagé, parce qu'il n'avait pas envie qu'une journée visiblement remplie d'éclats de rire s'achève sur des larmes. Il ne savait toujours pas vraiment si elle n'avait pas déjà feuilleté les albums, de toute manière.

Frank se réjouit aussi que Beth n'ait pas parlé à Laura et à Jimmy du propriétaire ou des cinq mille livres. Il en parlerait lui-même à Laura par téléphone ou par e-mail, plus tard, quand cela deviendrait une anecdote amusante, une fois qu'il aurait eu le temps d'oublier certains détails et d'en ajouter de nouveaux. C'était tellement plus facile de mentir par voie électronique.

Après que Jimmy eut insisté pour faire la vaisselle et reconfigurer le tiroir à couverts, il dit qu'il avait une idée et sortit chercher quelque chose dans sa voiture, puis revint avec une tablette tactile. Il y transféra ensuite les photos prises avec son portable.

— Il me faut un truc comme ça, dit Frank en naviguant avec le doigt parmi les images.

Jimmy lui montra comment aller sur Internet. Frank chercha Fullwind sur une carte et zooma sur sa rue, puis son apparemment, dans l'espoir de se voir rentrer des commissions ou Bill en train de dormir dans les hautes herbes, près de la remise. Il bascula sur l'image satellite de son appartement et crut voir que des tuiles manquaient sur le toit, et songea que tous les couvreurs qu'il avait renvoyés disaient vrai depuis le début.

Pendant que Frank et Jimmy naviguaient sur le Net, Beth et Laura nettoyèrent de fond en comble la panière de voyage en plastique de Bill. Beth y déposa un tapis absorbant spécial acheté à l'animalerie et ajouta deux friandises aux aromates pour chat, afin d'aider Bill à supporter le vol long courrier. Laura s'entraîna à la boxe avec Bill et lui fit pourchasser une souris en peluche, en l'amenant petit à petit vers l'ouverture de la panière, jusqu'à ce qu'elle place le jouet dedans. Au début, Bill se montra prudent, puis il suivit bientôt la souris à l'intérieur. Il y resta un petit moment, assis sur son nouveau tapis de sol et renifla les friandises aux aromates. S'il s'acclimatait à présent à la boîte, celui ou celle qui devrait l'y mettre demain finirait peut-être avec moins de griffures sur les mains que Frank, deux semaines plus tôt, d'autant que personne ne possédait des gants dans cette ville…

Frank n'avait pas envie que s'achève sa dernière journée à L.A. Il souhaitait voir toutes les émissions de télé interrompues par un flash info. Il attendit en vain une grève à l'aéroport ou une éruption volcanique en Islande.

Jimmy gonfla le matelas pour Laura. Il mit si peu de temps que s'il n'avait pas été quelqu'un d'aussi modeste de nature, on aurait pu l'accuser de frimer. À vrai dire, c'était l'une des rares personnes que Frank ait rencontrée ces douze derniers jours qui n'était pas un m'as-tu-vu.

— J'ai joué de la batterie chez mon frère, dit Jimmy, à peine essoufflé. C'est la jambe dont je me sers pour la grosse caisse.

Quand Jimmy s'en alla, il fit ses adieux à Frank et ajouta qu'il espérait le revoir bientôt. Ils se serrèrent la main et, même si ce n'était pas dans ses habitudes, Frank passa la sienne dans le dos de Jimmy et le tapota affectueusement. Jimmy étreignit Laura, puis gagna la porte d'entrée en compagnie de Beth.

— Tu pourrais rester, dit Beth à mi-chemin de la porte.

Mais, Jimmy, toujours en parfait gentleman, répliqua :

— Il vaut mieux que je m'en aille.

Beth hocha la tête. Il y eut un moment de gêne où aucun des deux ne sut quoi faire ensuite. Jimmy tendit la main comme s'il espérait que Beth la lui serre, mais elle la prit comme pour l'attirer vers elle. Leur étreinte fut un peu maladroite au début, à croire que chacun avait oublié la forme du corps de l'autre et combien les deux s'imbriquaient à merveille, puis ils retrouvèrent leurs marques.

Les mains en porte-voix, Laura chuchota à Frank :

— C'est tellement romantique…

Lorsqu'il partit se coucher, Frank ne s'attendait pas à dormir.

27

Jour 13. Y a-t-il enfin un pilote dans l'avion : Vol à destination de Fullwind. Les films tournés sur le site englobent Cauchemar dans Sea Lane *et* La Petite boutique caritative des horreurs.

Ils roulèrent dans Euclid Street et s'arrêtèrent au premier carrefour pour laisser un joggeur traverser. Frank regarda le logo sur le tee-shirt de l'homme et se dit qu'il pourrait bien s'agir du même joggeur qu'il avait vu sur les ordinateurs de la bibliothèque de Fullwind.

Être filmé par une webcam diffusant ses images dans le monde entier avait sans aucun doute valeur de célébrité de nos jours. Au bout de la rue, ils tournèrent à l'angle dans Santa Monica Boulevard et Frank fit le décompte des rues, 12e, 11e, 10e et 9e, avant qu'ils n'obliquent dans la 8e qui, par superstition ou à cause d'une erreur de calcul, s'appelait Lincoln Boulevard.

Ils roulaient dans la voiture de Beth. Elle conduisait et Laura était assise à l'arrière avec Bill dans sa panière. Au début, le chat n'avait pas voulu y entrer, mais à présent qu'il y était il semblait plutôt calme et ne remuait pas dans tous les sens, pas plus qu'il n'essayait de mordre pour recouvrer la liberté.

Lorsqu'ils firent un bref détour le long de la côte, Frank contempla la mer une dernière fois. Elle était plus bleue que jamais. Ils passèrent devant les vieux joueurs d'échecs, gymnastes, joggeurs, cyclistes et autres personnes prenant un cours de taï-chi.

Avant qu'ils n'atteignent Muscle Beach, ils tournèrent à l'angle. Ils empruntèrent peut-être certaines rues où Frank s'était perdu, mais rien ne lui semblait familier jusqu'à ce qu'il aperçoive une enseigne en relief sur la façade d'un immeuble, avec l'image d'une paire de ciseaux découpant une pizza.

La même image qui était imprimée sur la carte de visite de Laura, avant que Frank ne lui fasse subir trois ou quatre cycles de lavage-essorage. Beth s'arrêta devant le salon pour déposer Laura, et pour l'ultime surprise que sa fille réservait à Frank, avant que Beth ne l'accompagne à l'aéroport. Laura et Frank descendirent du véhicule, tandis que Beth allait chercher une place de stationnement.

Tout dans le salon – murs, sol, plafond, fauteuils, lavabos, matériel et installations – était noir.

Frank avait l'impression d'arriver par erreur à une veillée funèbre, en pensant qu'il s'agissait d'une soirée costumée.

— Voici mon grand-père Frank, lança Laura à la cantonade – et tout le monde dit *Salut !* Et voici tous ceux qui travaillent ici, ajouta-t-elle en les désignant d'un geste ample comme un magicien blasé.

Outre Laura, le personnel de Venice Slice comptait trois personnes. Un homme avec une barbe semblable à celle de Zoltar, le diseur de bonne aventure, nettoyait des peignes dans un lavabo ; un autre prénommé Henry était juché sur tabouret de bar et mastiquait un bâton de réglisse rouge ; un troisième avec des favoris en forme de squelette de poisson sortit une bouteille d'eau minérale d'un frigo à la porte vitrée et l'apporta à Frank, en dévissant le bouchon d'une seule main.

Il se présenta comme étant Oscar.

— Oscar est mon patron, dit Laura. Ce sera ton barbier aujourd'hui.

— Par ici, s'il vous plaît, dit-il.

Frank suivit Oscar jusqu'à une rangée de fauteuils de coiffeur devant des lavabos et des miroirs. Il était encore tôt et il n'y avait aucun autre client. Oscar s'arrêta devant le dernier siège et invita d'un geste Frank à s'asseoir.

— On dirait que vous avez pris le soleil, remarqua Oscar en regardant le reflet de Frank dans la glace.

— Frank a essayé de venir ici à pied depuis la maison, dit Laura.

Elle parut capter l'attention de tout le monde, comme si c'était aussi dingue que s'il avait tenté de faire la roue tout le long du chemin.

— Les flics l'ont interrompu en chemin.

— Ils n'aiment pas les marcheurs, observa Henry.

Frank regarda Oscar dans le miroir. Il se tenait derrière lui avec une serviette chaude dans les mains, et tout devint noir quand Oscar la posa sur le visage de Frank. Au bout de quelques minutes, il la retira et se mit à travailler la mousse à raser au blaireau dans un grand mug. Il appliqua l'épaisse crème blanche sur le menton, le cou et les joues de Frank, ainsi que sous son nez. Il la déposait en formant des volutes, un peu comme le glaçage d'un gâteau. Il essuya le surplus, puis laissa reposer la mousse, tandis qu'il sortait une trousse en cuir qu'il déplia en divulguant un impressionnant éventail de coupe-choux qui semblaient incroyablement affûtés.

La dernière fois que Frank était allé chez un coiffeur, il y avait des photos en noir et blanc au mur qui montraient les trois seules coupes de cheveux disponibles : les numéros 1, 2 et celle avec la nuque et les côtés bien dégagés. Il y avait un poteau de barbier rotatif à l'extérieur, et sa coupe lui avait coûté une livre.

Oscar testa l'élasticité de la peau de Frank, puis commença à le raser.

— C'est la première fois que vous venez aux States, Frank ? demanda-t-il.

— Oui, en effet, répondit Frank. J'ai failli aller au Canada dans le temps, quand on m'a évacué pendant la guerre, mais le bateau a été torpillé et on a dû faire demi-tour.

— Waouh… fit Henry.

— Je ne savais pas ça, intervint Laura. C'est vrai ?

Frank hocha la tête et faillit perdre une oreille.

— On nous a fait monter dans des bateaux pneumatiques et emmenés vers l'Écosse à bord d'un pétrolier.

— Vous aviez quel âge ? demanda Zoltar.

— Huit ans.

— *Waouh…*

Frank n'aimait pas parler de la guerre. Non pas parce que ça lui était pénible, car il en conservait plutôt le souvenir d'une aventure : fusils, bombes, uniformes et les avions qu'il fallait éviter en se cachant. C'était juste que tout cela remontait très loin dans le temps et donnait l'impression que lui-même datait de l'âge de pierre. Mais comme ses interlocuteurs insistèrent pour en savoir plus, il se mit à prendre goût et commença à embellir le récit, en décrivant le temps qu'il faisait, l'odeur du pétrolier, la couleur et la largeur des rayures du pyjama qu'il portait quand la torpille avait frappé le paquebot de croisière hollandais et qu'il dut l'abandonner.

Oscar passa son rasoir avec soin et d'une main experte sous les lobes d'oreille de Frank, tout en égalisant les pattes de sorte qu'elles soient désormais symétriques. Il dut s'interrompre comme Frank s'animait particulièrement pour décrire une explosion ou une vague. Chaque *Dingue !* ou *Waouh !* prononcés par les autres personnes présentes dans le salon encouragèrent Frank à ajouter davantage de couleur et de détails à son histoire, en se rappelant des scènes qu'il avait oubliées, dont certaines étaient à présent si vivantes qu'elles auraient pu s'intégrer au scénario de *Titanic*.

Il ne vit pas Beth arriver. Elle s'assit sur une chaise près de la porte, avec Bill sur les genoux dans sa panière de voyage. Elle avait certes déjà entendu le récit de guerre de Frank auparavant, mais jamais relaté avec autant de plaisir et de fougue.

Frank avait été inspiré par Troy du planétarium et Robert du circuit en minibus, et tous les autres qu'il avait croisés ces quinze derniers jours, pour donner à son aventure de jeunesse l'aspect d'un remake hollywoodien.

Quand Oscar eut fini de raser Frank, il lui rinça le visage avec une serviette froide et lui passa un baume apaisant sur la peau. Il refusa tout argent. Il dit que l'histoire constituait sa rémunération.

Pendant les vingt minutes que Frank resta dans le salon, tout le monde le chouchouta comme s'il était un enfant malade à une rencontre organisée avec un groupe pop. Ils rirent de bon cœur à ses blagues qui ne le méritaient pas autant, orientèrent un ventilateur dans sa direction lorsqu'il affirma avoir chaud, et lui offrirent de quoi boire et manger, en désignant la cloison vitrée à l'autre bout du salon, à travers laquelle Frank pouvait voir un pizzaïolo faire tournoyer une galette de pâte comme un jongleur d'assiettes dans un numéro de cirque. Lorsque vint le moment de partir, Beth alla récupérer la voiture et Frank serra la main d'Oscar, d'Henry et, lorsque Zoltar – qui s'appelait Greg – lui tendit le poing, Frank le frappa doucement avec le sien, en stupéfiant une dernière fois sa petite-fille. Quand Beth klaxonna dans la rue, Laura dit à Oscar qu'elle n'en avait pas pour longtemps et sortit faire ses adieux à son grand-père.

Ils s'étreignirent sur le trottoir, devant la portière ouverte du véhicule, et Laura passa la main sur les cheveux de Frank.

— Si jamais t'as besoin d'une coupe, dit-elle, le salon est ouvert sept jours par semaine.

— J'ai ta carte, dit Frank en se tapotant la poitrine.

Même s'il n'y avait aucune poche sur le sweat-shirt et que la carte était dans la valise, elle-même dans le coffre de la voiture, et si les mots inscrits dessus avaient depuis longtemps disparu dans les eaux usées d'Euclid Street.

Laura lui effleura alors sa joue rasée de frais pour en sentir la douceur, puis elle recula. Frank se toucha la joue.

— J'ai l'impression que c'est le visage de quelqu'un d'autre, dit-il.

Beth était descendue de voiture pour aider Frank à s'installer et, ne voulant pas être en reste, elle se pencha et effleura aussi le visage de Frank. Les passants avaient dû se demander s'il n'était pas un shaman ou un porte-bonheur.

— Je t'envoie un e-mail, promit Laura.

— Sauf si je t'en envoie un en premier, répliqua Frank.

Un jeune homme passa à vélo le long du trottoir et ils durent s'écarter. Il fit retentir la sonnette de son guidon. Frank leva les yeux vers le ciel et lança :

— Bravo, Clarence !

Ce n'était certes pas sa meilleure imitation de Jimmy Stewart dans *La vie est belle*, mais elle se révélait suffisamment bonne pour que Laura la reconnaisse et que ses yeux à la David Bowie se troublent et menacent de fondre en larmes. Elle se hâta de dire au revoir pour ne pas éclater en sanglots, puis regagna le salon.

Beth et Frank traversèrent les petites rues de Venice, jusqu'à ce qu'ils se retrouvent sur Lincoln Boulevard, qui les mena quasi tout du long jusqu'à l'aéroport. Frank était désormais blasé par les boulevards, autoroutes et autres voies express. Il remarqua à peine les débits de boissons et les armureries, les drive-in ou les gigantesques panneaux publicitaires lorsqu'ils passèrent devant. Les voitures de flics et les bus scolaires jaunes n'étaient rien d'autres que des voitures et des autobus.

Beth se gara devant le hangar de fret aérien, puis ils emmenèrent Bill à l'intérieur et le tendirent dans sa panière à Joan ou Jackie Collins, derrière son haut comptoir. Ils échangèrent des documents et la femme maquillée à outrance emporta la panière en franchissant la porte située derrière elle. Beth fit au revoir de la main à Bill, mais le chat ne lui répondit pas.

Frank acheta un Milky Way au distributeur, tout en sachant qu'il s'agissait en réalité d'un Mars. Il ne serait plus jamais aussi surpris de mordre dans une barre chocolatée. Ils reprirent la voiture pour l'aéroport, où Beth se gara, puis ils restèrent un petit moment assis à l'extérieur, car ils étaient trop en avance pour que Frank puisse enregistrer son bagage.

— Il est quelle heure en Angleterre ? demanda Frank.

Elle compta sur ses doigts.

— Il est 8 h 10.

Frank hocha la tête.

Ils se turent quelques instants en regardant les autres passagers descendre des taxis et des limousines à rallonge.

— Je ne pourrais plus jamais manger dix After Eight[1], déclara Frank.

— Moi si, je pense, affirma Beth. Je crois bien que je l'ai déjà fait.

Lorsqu'ils entrèrent dans l'aérogare, les avertissements au haut-parleur et notamment la voix grave et théâtrale façon bande-annonce de film, prévenant de la destruction de tout bagage abandonné, constituèrent l'ultime numéro de dramatisation hollywoodienne avant le départ de Frank.

— On t'a déjà appelé au haut-parleur ? demanda Frank.

— Je ne pense pas. Et toi ?

— Je n'en ai pas le souvenir. Mais quand j'entends une annonce, je m'attends toujours à ce qu'on appelle mon nom et ça m'épouvante.

Ils enregistrèrent sa valise, puis marchèrent ensemble jusqu'au contrôle de sécurité des bagages à main. Lorsqu'ils atteignirent la limite à laquelle Beth était autorisée sans détenir de billet, ils s'arrêtèrent.

— N'oublie pas de m'appeler dès que tu arrives, lui dit-elle. Même s'il est tard.

— Bien sûr, promit Frank.

Beth entoura Frank de ses bras et l'étreignit si longuement qu'on aurait pu les prendre tous les deux pour une nouvelle sculpture de l'aérogare.

Près de 604 000 vols effectués par 70 compagnies aériennes, desservant 87 destinations nationales et 69 destinations internationales décollent et atterrissent chaque année à LAX. Plus de soixante millions de passagers transitent par l'aéroport. Tous filmés sous des centaines d'angles différents par trois mille caméras de vidéosurveillance, reliées à un vaste mur d'écrans dans une salle de contrôle où, comme d'habitude, il n'y avait rien d'extraordinaire à

1. Jeux de mots sur *Ten after eight* (Huit heures passées de dix minutes) et *Ten After Eights* (Dix confiseries After Eight). Cf. note 10.

regarder, hormis un autre passager en sweatshirt souvenir disant au revoir à sa fille, avant de faire passer ses chaussures et son bagage cabine aux rayons X, en évitant si possible de perdre son pantalon. Aujourd'hui, il voyageait sous son nom de Sioux : Vieil-homme-qui-rentre-chez-lui.

28

Frank était assis dans la salle d'embarquement et dressait le profil psychologique des autres passagers en spéculant sur celui qui risquait d'être son voisin de siège : Adolescent-au-jeu-vidéo-braillard ou Femme-qui-renifle. Peut-être qu'il retrouverait Dustin-Hoffman-dans-*Rainman*. Ça ne le dérangerait pas.

Une femme en uniforme de compagnie aérienne s'approcha de lui.

— Excusez-moi, monsieur, dit-elle calmement avec un sourire destiné à lui faire savoir qu'il n'avait rien à craindre. Vous voyagez seul ?

Frank réfléchit un instant, en se demandant s'il devait inclure Bill ou non dans ses calculs.

— Oui, dit-il.

— Nous volons un peu à vide aujourd'hui. Nous serions ravis de vous offrir un surclassement.

Elle lui demanda alors son passeport et son billet, avant d'ajouter :

— Si vous voulez bien me suivre, monsieur Derrick, et nous pourrons ensuite vous installer à bord.

Frank se leva et suivit la femme à la porte d'embarquement.

— Vous étiez en vacances ? demanda-t-elle.

— Oui. Je suis venu rendre visite à ma fille et à ma petite-fille.

— Oh, c'est bien. Vous avez pris du bon temps ?

— Tout à fait, dit Frank.

La femme nota quelque chose, puis scanna son billet et Frank s'engagea sur la passerelle fermée, en se voyant une fois encore privé de son embarquement façon Beatles, puis arriva à bord de l'avion.

Frank s'installa dans un fauteuil plus confortable que celui qui l'attendait à la maison, dans son salon. Il se retrouva avec un verre de vin offert par la compagnie et un journal anglais sur les genoux, si bien qu'il pouvait se tenir au courant de toutes les nouvelles qu'il avait manquées en son absence. Il se bornerait à parcourir les gros titres, regarder les photos et devinerait le reste.

Le siège était moelleux et vaste, avec un repose-pieds et de la place pour les jambes. Dans cette partie de l'avion, il n'avait besoin de mi-bas de contention pour éviter la phlébite. Son repas lui serait servi sur une nappe avec des couverts en inox et tous les accessoires offerts tiendraient dans une pochette en veloutine.

Il se demanda où Bill se trouvait dans l'avion par rapport à lui. S'il s'agenouillait sur la moquette et l'appelait en prenant la voix de Beth ou de Laura, entendrait-il le chat lui répondre en miaulant des gros mots depuis la soute ? Frank ne savait même pas où celle-ci se situait dans l'appareil.

Il se détendit. Il replia le journal et le glissa dans la pochette du siège placé devant lui, puis parcourut le programme des vidéos proposées à bord. Il y avait une nouvelle série de polars scandinaves qu'il n'avait pas encore vue et un film que Laura lui avait recommandé. Il regarda par le hublot. Le ciel ne serait peut-être plus jamais aussi bleu. Une musique d'ambiance était diffusée, interrompue de temps à autre par une annonce. Personne n'y prêtait attention sauf Frank. Toutefois, il ne se sentait pas aussi angoissé que lors du vol aller. C'était un grand voyageur désormais. Bientôt ils traversèrent les nuages, puis les survolèrent. La fatigue l'envahit soudain. Il ferma les yeux et songea que maintenant serait le moment idéal pour disparaître, pendant que tout allait à merveille ; il pouvait tirer sa révérence au top de sa forme et en pleine gloire, comme dans la série *L'Hôtel en folie* ou Buddy Holly.

Qu'est-ce qui le conservait en vie, en définitive ? Hormis le pilote, le copilote et le pilote automatique, il y avait l'air à l'extérieur de l'appareil et le système de valves de régulation de pression, les échangeurs de chaleur et les chambres de mélange qui apportaient l'air dans la cabine, et si tout ça défaillait, les masques dégringolaient du plafond. Un toboggan gonflable tomberait de l'issue de secours, en cas d'amerrissage, et un gilet de sauvetage était glissé sous le siège avec le sifflet et la lampe. Sans oublier le personnel naviguant hautement entraîné, toutes les équipes de recherche et sauvetage venues des quatre coins du monde en hélicoptère, et les croiseurs de la marine qui viendraient le retrouver, si l'avion s'écrasait. Tant de facteurs étaient susceptibles de le garder en vie pour l'instant. Et surtout, il avait promis à Beth de lui téléphoner quand il serait arrivé. Sa valise contenait la tablette tactile que Jimmy lui avait offerte avant de s'en aller, quand il eut fini de gonfler le matelas de Laura avec sa jambe musclée par la grosse caisse. Jimmy lui avait montré l'emplacement de la caméra vidéo intégrée et lui avait ouvert un compte chat par webcam, de sorte que Frank pouvait parler à sa famille chaque fois qu'il en avait envie. Comme il n'avait rien à donner à Jimmy en retour, il avait demandé à Laura si elle ne voyait pas d'inconvénient à offrir à Jimmy le Spider-Man qu'elle avait gagné en lançant une balle dans un anneau, aux studios Universal. La figurine était trop grande pour tenir dans la valise de Frank et Laura accepta, bien sûr. Jimmy remercia Frank et parut bien plus enchanté par son cadeau qu'il n'aurait sans doute pu l'être, en voyant combien ce super-héros ultra-rembourré ressemblait si peu à l'original et n'était pas dans un coffret fermé sous cellophane.

Frank regarda le minuscule avion sur l'écran encastré dans le siège de devant, tandis que celui-ci entamait son vol retour vers Heathrow. Il se demanda si quoi que ce soit avait changé en son absence ou si le monde s'était vraiment arrêté sans lui là-bas.

Il espéra que l'agent immobilier avait retiré le panneau À VENDRE et qu'aucun de ses voisins ne le verrait lorsqu'il reviendrait à l'appartement. Il aurait trop de choses à expliquer, entre le panneau, la valise, le coup de soleil sur le nez qui commençait déjà à peler. Il profiterait d'une partie du vol pour mettre au point son histoire en tâchant de la rendre aussi divertissante qu'instructive, et aussi hollywoodienne que possible. Du coup, il attendait quasiment cela avec impatience à présent. S'il n'y avait personne pour l'accueillir devant chez lui, il signalerait son retour en pressant sa sonnette bizarroïde.

Le vol durait douze heures jusqu'à Heathrow, sans compter une ou deux autres pour le passage en douanes, le contrôle des passeports et la réception des bagages, plus trois ou quatre heures de taxi entre l'aéroport et Fullwind, et encore un peu de temps pour tâcher de se rappeler comment la tablette de Jimmy fonctionnait… Bref, Frank espérait revoir Beth juste après l'heure du déjeuner. Il se demanda quelle heure il serait alors à Los Angeles.

Épilogue

Frank était de nouveau perdu dans L.A. Quelque part dans les petites rues de Venice, il se demanda soudain où il était ou dans quelle direction il avançait. Il se retrouva ensuite sur un étrange parking, au milieu d'un campus universitaire, puis là-haut dans le ciel. Il cliqua sur la carte en ligne et recommença. Il était de retour dans Euclid Street à présent, une artère qu'il reconnaissait. Du bout du doigt, il tapota sur l'écran de la tablette tactile de Jimmy jusqu'à ce que la flèche au centre de la rue le fasse avancer par tranche de dix mètres.

Il passa devant le joggeur et la voiture de police, jusqu'à ce qu'il soit devant la petite maison avec l'arbre à proximité. Il s'attendit presque à voir Beth debout devant la porte ouverte en train de l'attendre, pieds nus et vêtue d'un sweat-shirt ample de couleur grise avec le pantalon de jogging assorti. Ou peut-être qu'elle serait assise dans un fauteuil de jardin à rayures sur la pelouse commune, buvant un thé et caressant Bill qui prenait un bain de soleil à ses côtés, avec un bout de ficelle attaché à son collier décoré de la bannière étoilée.

Frank se tourna vers le chat qui dormait profondément devant le radiateur à gaz, sans doute en train de rêver de son séjour en Amérique et de penser à Beth ou à Laura qui le caressaient et le chatouillaient. Au retour de leurs vacances, Frank avait essayé de se montrer plus tactile envers lui mais, en dépit du visage inexpressif de l'animal, Frank savait que Bill trouvait, comme lui, ses élans d'affection atypiques aussi inconfortables que maladroits. Lorsque Frank avait tenté de lui parler d'une voix haut perchée, Bill l'avait simplement regardé comme s'il était fou.

Frank attendait son appel vidéo du week-end en provenance de l'Amérique. Chaque samedi ou dimanche, il bavardait en ligne avec Beth, Laura ou Jimmy et parfois tous les trois se serraient sur le canapé et parlaient de leur journée, de celle de Frank qui était presque finie et de celle de Beth, Laura et Jimmy qui commençait à peine. Par moments, l'écran de la tablette se figeait et Frank devait la réinitialiser comme Jimmy le lui avait montré pour qu'ils puissent se reconnecter et reprendre leur discussion où ils l'avaient laissée. Mais parfois Frank attendait quelques instants et tenait l'image fixe de Beth, Laura et Jimmy entre ses mains comme une photographie encadrée. Il songea à faire de la place sur la cheminée et à la poser là, près de la photo de Sheila et lui dans un bar d'hôtel au Portugal, lors de leurs dernières vacances ensemble, histoire d'avoir toute la famille à nouveau réunie au milieu de toutes les girafes.

Remerciements

Merci à Nicola Barr de Greene & Heaton, et à Natasha Harding de Pan Macmillan. Merci à Becky Plunkett, à Eloise Wood et à toute l'équipe de Pan Macmillan. Merci à Kate Rizzo. Merci à Jacqueline et à Holly. Merci à maman et à Becca. Merci à Marc Ollington et à Neil Witherow, Les Fruitbat Certer, Tim Connery et Chris T-T. Merci à Jonathan, Justine et Karen de la Bookseller Crow du quartier de Crystal Palace. Merci à Emma, Mac Ollington, Cerise, et Mark Hallam Larkin de m'avoir permis sans le savoir d'effectuer des recherches avancées pendant que je séjournais dans vos résidences respectives de Los Angeles, en faisant mine d'être en vacances. Merci à tous les blogueurs, aux lecteurs, aux critiques et à tous ceux qui ont dit tant de choses agréables sur le premier ouvrage de Frank Derrick et – je croise les doigts – sur celui-ci aussi.

Le vieux qui voulait changer sa vie

J.B. Morrison

Frank Derrick a 81 ans. Le jour de son anniversaire, le vieux grincheux se fait renverser par le camion du laitier et se retrouve immobilisé chez lui. Déjà que la vie n'était pas très drôle avant son accident… Depuis, il n'a plus rien à faire et les journées durent une éternité. Jusqu'au jour où une bouffée d'air frais entre dans sa vie sous la forme généreuse de Kelly, jeune aide à domicile. Avec sa petite voiture bleue qu'elle conduit comme un chauffard, c'est un vrai tourbillon de joie. Elle rit même aux blagues de Frank, c'est dire !... Au fil des jours, Kelly va changer la vie trop banale de Frank en quelque chose d'extraordinaire. Grâce à elle, le vieux bonhomme se souvient qu'il y a un monde au-delà des murs de son appartement et que la vie lui appartient. Il suffit de le vouloir…

Un roman délicieusement drôle et tendrement émouvant.

ISBN : 978-2-8246-0477-0

www.city-editions.com